ジョン万次郎の失くしもの

浮世奉行と三悪人

田中啓文

集英社文庫

目次

本文デザイン／木村典子（Balcony）
本文イラスト／林　幸

ジョン万次郎の失くしもの　浮世奉行と三悪人

海《え》老《び》尻《しり》家《いえ》路《じ》の巻

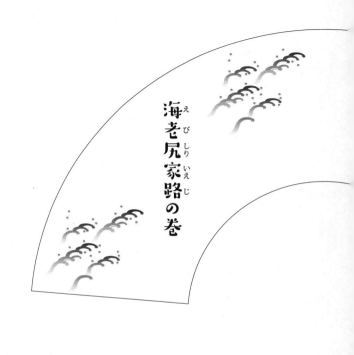

一

　カリフォルニア州サクラメントから汽車で六百キロほど入った山のなかに、その金鉱はあった。砂金が採《と》れる川の周辺には無数のテントが張られていた。一八五一年七月のことである。酷暑のなか、汗と泥でぐじゃぐじゃになったデニムを着、太陽から頭部を守るためのテンガロンハットをかぶり、ある程度の砂金が採れるまで一週間や十日、ぶっ続けで作業をする。町に戻るまで風呂もまともな飯もお預けだ。塩漬け肉を焚《た》き火であぶり、ナイフで切って、強い酒とともに食う。寝床は虫だらけなので嚙《か》まれたところが腫れ上がり、痛痒《いたがゆ》くてたまらないが、金が欲しいなら辛抱するしかない。

　彼らは皆、腰に拳銃をぶら下げている。いつ、ほかの連中の襲撃を受け、採った金を根こそぎ持っていかれるかわからないからだ。泣きを見たくなかったら自衛するしかない。山中で酒に酔った採掘者同士が撃ち合いをするのはしょっちゅう見かける光景だった。また、大金を手にして気が大きくなった男たちは、サクラメントの町に戻ると、大酒を飲み、博打《ばくち》をし、ちょっとしたことで諍《いさか》い、殺しあった。

カリフォルニアで金が発見されたのはこのわずか三年まえ、一八四八年のことだった。一攫千金《いっかくせんきん》を狙った東部人たちは争ってカリフォルニアに押し寄せた。東部人ばかりではない。清《しん》国、イギリス、フランス、ドイツ……などの外国人たちも、こぞって金鉱を目指した。これが「ゴールドラッシュ」である。カリフォルニアの人口は二年のうちに二万人から十万人にまで膨れ上がったという。欲に目がくらんだ男たちのまわりには、安酒場、安ホテル、賭博場、娼館《しょうかん》……などが建ち並び、博打打ち、娼婦、ならず者……といったいかがわしい連中がハイエナのように金をこそぎとっていった。なかには、博打で全財産をすってしまい、拳銃で自殺するものや、浮浪者になるもの、身体《からだ》を壊してすごすごと郷里に帰るものもいた。

金に夢を見たそんな男たちのなかに、ひとりの若い東洋人がいた。日に焼けた精悍《せいかん》な顔立ちで、小柄だが腕は太く、胸板も厚い。皆が酒を飲みながらその勢いを借りて採掘しているのに、ひとり黙々と素面《しらふ》で作業を続けている。川原をシャベルで掘り、金の交じった土に行き当たったら、それを篩《ふるい》に入れて川の水で洗う。足にも腰にも腕にも負担のかかるたいへんな重労働である。

「おい、そこの清国人」

酒と煙草《たばこ》臭い息を吐きながら、顔の半分が隠れるほどの髭《ひげ》を伸ばした大男が近づいてきた。

「さっきから見てたら、朝から糞《くそ》まじめに仕事ばかりしてるな。それじゃあ長続きしねえぜ。こっちへ来て一服しねえか。なんならウイスキーを分けてやってもいいぜ」

「一服ならここでもできゅう。それにあしは清国人やない。日本人じゃき」

「日本？　そいつは失礼した。とにかく俺のテントに来い。ちょいとしたカード博打をやろう。なあに、怖がることはねえ。賭け金はほんの少し……こどもの遊び程度だ」

「いらん。あしは博打はしたことがない」

「俺が教えてやるぜ。たまには息抜きも必要だろ？」

そう言ってなおも近づいてきた男に、若者は拳銃を抜き、

「そこで止まれや。動いたら容赦せんぜよ」

「な、なんだよ。俺は親切心から……」

男は若者の目つきが真剣なのを見て舌打ちすると、

「勝手にしろ、金の亡者め」

捨て台詞《ぜりふ》を吐いて、どこかに行ってしまった。若者は額の汗をぬぐうとギラつく太陽を見上げ、

「太陽は世界中どこに行っても見える。あしの故郷《くに》でも照っちゅうはずじゃ。あしは……あしはなんとしてでも日本へ……土佐《とさ》へ去《い》ぬぜよ」

そう呟《つぶや》いた若者の名は、ジョン・マンという。のちの中浜万次郎《なかはままんじろう》である。

◇

雀丸《すずめまる》は、ぼーっとしていた。

仕事場の土間に敷いた筵《むしろ》に座り、乾いた竹を一本手にしてはいるが、それをどうこうするわけではない。やることがないから、なんとなく持っているだけだ。屋号の入った印半纏《しるしばんてん》、腹掛けに股引《ももひき》という格好ではあるが、仕事をする様子はない。

「寒いな……」

雀丸はそう呟いた。

「冬だからな……」

冬が寒いのはあたりまえである。

「暇だな……」

寒いのと暇とは関係がない。

「暇だからぼーっとしているのか、ぼーっとしているから暇なのか……」

しばらくその問題について考えたすえ、

「両方だな」

そう結論づけた。寒くて外出《そとで》をする気にならないのだ。ならば屋内で掃除や洗濯などをすればいいのだろうが、まったくそういう気にならない。ひたすらぼーっとしているのである。なにしろ仕事がまるで来ないのだ。今にはじまったことではないが、近頃はことにひどい。理由はわかっている。世のなかがどんどんきな臭くなりつつあるのだ。

これまで、阿蘭陀《オランダ》と清国以外との貿易をかたくなに拒否し、世界への門戸を閉ざしてきたこの国に、英吉利《イギリス》、仏蘭西《フランス》、露西亜《ロシア》、亜米利加《アメリカ》……といった国々が、開国を求めてたびたびやってきているらしい。今のところ公儀は、開国する意思はない、としてつっぱねているようだが、さすがに以前出していた「異国船打払令《うちはらいれい》」は廃し、かわりに「薪水《しんすい》給与令」なるものを出して、無闇に異国船を打ち払ったり、異人を召し捕ったり、射殺するのはやめにした。それについて、弱腰だと非難する大名も、よいことだと賛同する大名もいるそうだ。

大坂弓矢奉行付き与力《よりき》という先祖代々の職もろとも武士を捨てた雀丸は、そういった政《まつりごと》の世界にはできるだけ目を向けないようにしてきたのだが、そんな彼にも感じ取れるぐらいなのだから、

(城のなかはたいへんなんだろうな……)

江戸城でも大坂城でも諸大名の居城でも、これからの日本の進むべき道はどうだ、そのなかでわれらはどういう役目を果たし、生き残っていくのか……などといった熱い議論が昼夜問わず行われているにちがいない。なかにはみずからの説を主張するあまり、

相手をののしったり、ひとを傷つけたり、徒党を組んで武力を行使したり、腹を切ったりしているものもいるかもしれない。

だが、雀丸はそういうことからできるだけ離れていたかった。生まれつき、口論も喧嘩《けんか》も戦いも好きではない。ひとと争うのが嫌いなのだ。武士だったころは、亡くなった父親に仕込まれてそれなりに武芸を修めはしたが、

「敵に後ろを見せる」

「勝敗をつけない」

「すぐに逃げる」

この三つを信条にしていたぐらいだ。武士を辞めて竹光《たけみつ》作りを生業《なりわい》とすることにしたのも、命を奪う刀より竹でできた刀のほうがいくらかましだと思ったからである。だが、どうやら世間は、その「ひとを斬る刀」が必要な方向に向かっているようなのだ。刀だけではない。鉄砲、大砲……といった武器がこれからはどんどん売れるだろう。竹光の注文がない道理だ。

（まあ、しかたがない。そうなったらそうなったときのことだ）

大きく伸びをした。色が白く、鼻も口も小さい。あっさりした、目立たない顔立ちである。肩幅も狭く、腕も細く、ひょろりとしていて、どう見ても頼りになりそうにないが、なぜか竹光作りの才能があるのだ。彼が作る竹光は、ただの偽ものではない。依頼

主が持ってきた刀とどこからどこまで瓜《うり》二つに作り上げるのだ。拵《こしら》えばかりではなく、抜いても見分けがつかないほどそっくりに仕上げる技を雀丸は会得していた。竹に銀紙を張っただけのものが鋼《はがね》に見える、というのは数々の技法を組み合わせての、

「手妻《てづま》のようなもの」

だと本人は言うが、それらはすべて、だれから教わったわけでもない、雀丸が独自に編み出した工夫なのだ。

しかし、いくら本物そっくりであっても、戦《いくさ》の役には立たない。これからの時代は雀丸の腕は持ち腐れになっていくことは間違いなさそうだ。

(異人が持っているサーベルとかいう南蛮刀の竹光を作って、異国に売ろうかな……)

雀丸はそんなことを思った。

竹光屋は、高麗橋筋《こうらいばしすじ》と今橋筋《いまばしすじ》のあいだにある「浮世小路《うきよしょうじ》」という狭い通りにある。このあたりには風呂屋、楊弓屋《ようきゅう》、質屋、花屋、餅屋、煙草屋、稽古屋……などが並び、出会い宿や船場《せんば》の商人の妾宅《しょうたく》も多く、浮世の縮図のようだ、というところから「浮世小路」と呼ばれるようになったらしい。遊里《ゆうり》でもないのに三味線や太鼓の音も聞こえ、独特の風情《ふぜい》があった。

「雀丸、夕餉《ゆうげ》の菜《さい》はなにかや」

奥から祖母の加似江《かにえ》がのっそりと現れた。名前のとおり、蟹《かに》に似た面相である。雀丸

は祖母の顔を見るといつも、曽祖父母の命名ぶりに感心するのだ。おそらく赤ん坊のときから蟹に似ていたのだろう。しかし、加似江と名づけられたことで顔のほうが次第に蟹に似ていった、ということも考えられなくはない。赤ら顔の深い皺《しわ》は茹《ゆ》でた蟹の甲羅の模様のようであり、頭巾からはみ出た髪は蟹の脚のようである。

「なにをしげしげとひとの顔を眺めておる。おかずはなにかきいておるのじゃ」

「さっき昼餉にうどんを食べたばかりではありませんか」

「昼餉を食うから夕餉のことを考える。あたりまえのことじゃ」

「なにがよろしいですか」

「そうじゃの。今日は寒さもひとしおじゃ。久しぶりに河豚《ふぐ》でも食うて精をつけるか」

「そんなお金はありません」

「わかっておる。言うてみたまでじゃ。——どうせ今日も目刺しか炒《い》り豆腐に漬け物であろう」

「申し訳ありません」

「雀丸、おまえもちいとは金を稼ぐ算段をせよ。このままでは人間の日干しがふたつできあがるぞよ」

「ですねえ。困ったものです」

「まるで困っておるようには聞こえぬ。それが困ったものじゃ」

「あははは……。ですが、仕事がないのだから仕方ありません」

「いっそ夢八《ゆめはち》のように、市中を『竹光のご用命はありませぬか』と鉦《かね》や太鼓を叩《たた》いて練り歩いてはどうじゃな」

夢八というのは雀丸の知り合いで、「嘘《うそ》つき」を仕事としている男である。といっても詐欺師ではない。色里《いろざと》を流して歩き、声がかかると座敷に上がり、あることないことでたらめを交え面白おかしく話をして座を盛り上げる。幇間《ほうかん》や落語家に似たところもあるが、幇間のように置屋に籍を置いているわけではない。また、落語家のように習い覚えたネタを一席うかがうわけでもない。あくまで即興の口からでまかせなのだ。

「私は竹光作りのほうを受け持ちますから、お祖母《ばあ》さまには喧伝《けんでん》のほうを引き受けてもらえますか」

雀丸は皮肉のつもりで言ったのだが、加似江はうなずいて、

「うむ。わしも退屈しておったところじゃ。ひとつ、夢八を見習《みなろ》うて、竹光屋を喧伝してみようかのう」

加似江が乗り気そうなので雀丸はあわてて、

「やめてください。あそこの家は年寄りにひどい真似《まね》をさせている、と変な評判が立ちますから」

「なにを言う。今はなんであれ、名ビラ、引き札、喧伝、広告、コマアサルの世の中じ

や」

「竹光は、だれでも欲しがるようなものではありません。買いたいひとは喧伝しなくても来ますし、買いたくないひとはいくらコマアサルされても来ないでしょう」

そのとき、

「雀《じゃく》さん、おるかーっ」

雀丸のことを「雀さん」と呼ぶのは親しい連中だけだ。見ると、同じ浮世小路に店を構える髪結い「浮世床《うきよどこ》」の彦太郎《ひこたろう》だった。もっとも浮世床は浮世小路の東端で高麗橋に近く、竹光屋とはかなり離れている。

「彦さん、どうしました？　竹光の注文ですか」

彦太郎ははあはあと息をつきながら、

「アホなことを……わて、竹光なんぞ持っても使い道ないがな。あんたのもうひとつの仕事のほうの用件や」

「もうひとつの仕事……？」

「なにをとぼけとる。横町《よこまち》奉行やがな」

「ああ、そっちですか……」

雀丸はがっくりした。彼は、竹光屋であると同時に大坂横町奉行という職にも就いている。ただし、こちらはいくら働いても一文にもならない。無報酬の務めなのである。

「奉行」という肩書きだけは立派だが、町役《ちょうやく》、町名主、町年寄のような公職ではない。横町奉行というのは大坂だけに存在する制度であり、イラチな大坂の町人の必要性から生まれたものだ。

大坂町奉行所の与力・同心は東西合わせても百六十人である。その人数で大坂全域と摂津《せっつ》、河内《かわち》、和泉《いずみ》、播磨《はりま》の四カ国における司法・行政・警察をまかなうのは不可能である。なかでも「公事《くじ》ごと」つまり町人や農民からの訴えごとにはめちゃくちゃ時間がかかる。平気で何年も待たされる。公事は、ひと月に八日間の「御用日」にしか審理されない（金銭に関する公事は「御金日」という）。田舎《いなか》から公事のために出てきたものたちは順番が来るまでずっと、「公事宿」とか「用達《ようたし》」と呼ばれる宿泊所に泊まって待っていなければならない。宿泊費用も膨れ上がるし、あいだに入る「公事師」に、やれ手数料だなんだといって金をふんだくられる。

商人同士の取り引き上の揉《も》めごとや、農民の水争いなどは、即断即決が肝要である。何年も先に裁定が下されたとしても意味がないのだが、お上《かみ》のほうは、「御用繁多である。順番が来るまで待っておれ」と一向に相手にしてくれない。そういうときに大坂人が公事ごとの裁きをつけてもらうためにみずから設置したのが「横町奉行」である。

「商売の道に明るいのはもちろん、諸学問にも造詣が深く、人情の機微によく通じ、利害に動じることのない徳望のある老人が、乞われてこの地位に就いた」と一書にあるように、横町奉行は訴えの当事者双方の話を聞き、ただちに裁きを言い渡す。その裁断が不服でも文句を言うことは許されぬ。もともとそれを承知で横町奉行のところに持ち込むのである。そして、代々の横町奉行の裁きには、被告も原告も納得させるだけの説得力があったという。

そんな横町奉行に、「徳望のある老人」どころか、若造で世間知らずで商いの道にも疎く貫禄《かんろく》も経験も乏しい雀丸が就任することになってしまった。浮世小路に住まいがあることから、「浮世奉行」と呼ぶものも増えているようだ。

しかし……タダ働きであることに違いはない。

「えらいこっちゃで。浮世小路はじまって以来の大事件や」

「まことですか？　まあ、聞くだけ聞いてみましょう」

雀丸は、上がり框《がまち》に続く板の間に薄い座布団を出すと、そこに座るよう彦太郎にうながした。

「うちの店の隣が空き家になってたのは知っとるやろ」

「ああ、幽霊屋とかいう煎餅屋があった……」

「幽霊屋やのうて、ほんまは『有名屋』やけど、店主の爺《じい》さんの顔が陰気やさかい、みんな幽霊屋、幽霊屋て呼んどったんや。あの爺さんが死んだあと、化けて出る、ゆう噂《うわさ》が立ってな、だれも借りるもんがおらなんだのやが、こないだようやく借り手がついたのや」

「いいことじゃないですか。ああいう場所を長いあいだ空けておくのは物騒ですから」

「それがやな、その借り手というのが『ふらふらの兎七《としち》』という男や。雀さん、知ってるか?」

　雀丸がかぶりを振ると、

「日ごろは南地《なんち》や新町《しんまち》で野幇間《のだいこ》みたいなことをして暮らしとるんやけど、金が貯《た》まったら、ふらっとどこぞへ行ってしまいよる。それで『ふらふら』ゆうあだ名がついたのや。いなくなったら一、二年は帰ってこん。どないしたんやろな……と皆が思たころにふらっと帰ってきよる。金がのうなったんやろな。阿波《あわ》に行ってた、とか、蝦夷《えぞ》に行ってた、とか言うとるけど、ほんまかどうかわからん」

　夢八に似てるな、と雀丸は思った。あの男の言っていることもどこまでが嘘でどこまでが真実なのかわからない。なにしろ「嘘つき」が商売なのだから。

「そんな兎七がまた大坂に戻ってきよってな、今度はわても心を入れ替えました、まじめに商いをはじめたいと思います、言うて、うちの隣を借りよった」

「なんの商いです?」

「稽古屋や」

雀丸は拍子抜けした。稽古屋なら、浮世小路にすでにあるではないか。もう一軒増えたぐらいで目くじら立てることはなにもない。

「いいじゃないですか、陽気なお仕事で。なんのお稽古をするんです？　浄瑠璃？　踊り？　三味線？」

「それやったらわてもここへは持ち込まん。あいつがやりだしたのは……エゲレス語の稽古屋や」

「え、エゲレス語？」

さすがに雀丸も耳を疑った。

「阿蘭陀語ではなくてエゲレス語ですか？　それも、蘭学塾ではなくて稽古屋？」

わけがわからない。

「わてが聞いた話では、あいつ、長崎へ行ってたらしいのや。なんとかいう通詞《つうじ》の家に住み込みで働いてるうちに門前の小僧でエゲレス語を聞き覚えよってな、それを大坂で皆に指南しよう、という腹づもりみたいやな」

「へえーっ……」

雀丸は雀のように目を丸くした。

「考えることが並じゃない。なかなかすごいですね」

「感心しとる場合やないで。大事《おおごと》になるんとちゃうやろか」

それまで黙っていた加似江が、

「かもしれぬぞい。お上は、蘭学を毛嫌いしとるからのう」

加似江によると、公儀は蘭学に対する規制を緩和したわけではない。蛮社《ばんしや》の獄で牢《ろう》に入れられ、その後脱獄した蘭学者高野長英《たかのちようえい》が自刃したのはつい先年のことだ。蘭学、ことに医学の知識はたいへん有益である。多くの病人が救われており、そのことをお上もわかってはいる。ならば、阿蘭陀語と阿蘭陀医学の勉強をどんどん奨励すればいいようなものだが、今のところあくまで鎖国にこだわっている公儀にとって、蘭学はけっしてただ有益な学問、というわけではなかった。蘭学とともに入ってくる世界の知識は、いつしか鎖国のたがを緩め、日本をなしくずしに開国へ向かわせるのではないか……それを恐れているのだ。

お上がそういう態度なのだから、庶民は皆、蘭学など切支丹伴天連《キリシタンバテレン》の妖術ぐらいに心得ていて、わけのわからない文字やわけのわからない言葉を使うわけのわからない学問……という認識であった。蘭学者もかなり胡散臭《うさんくさ》い存在で、蘭学を学んでいる、というだけで、

「ご禁制の切支丹ではないか」

「生き血を飲んで生肉を食べているのではないか」

「魔法を使うのではないか」

「ひとをさらって異国へ売り飛ばそうとしているのではないか」
と疑われるような風潮だったのである。ましてや英語だ。一応は許可されている阿蘭陀語ですらそんな扱いなのである。公儀は、清国を阿片《アヘン》戦争で破り、非常に不平等な条約を締結させた英国を諸外国のなかでもっとも警戒していた。そもそも「異国船打払令」が出されたのも、とくにフェートン号事件、大津浜《おおつはま》事件などを起こした英吉利を念頭に置いてのことだった。

フェートン号事件というのは、文化《ぶんか》五年に英吉利の軍船フェートン号が阿蘭陀船を装って長崎に入港した事件であり、大津浜事件というのは、文政《ぶんせい》七年に英吉利の捕鯨船数隻が水戸《みと》大津浜に現れ、十二名の乗組員が上陸した事件である。いずれにしても英吉利国は日本の近海にたびたび出没し、なにかこちらの応対に落ち度があれば、ただちに戦を仕掛けようと手ぐすね引いて待っているようなのだ。

「そんな危ない国の言葉をおおっぴらに教えるなどとんでもない、とたちまちお上に目をつけられるのではないかな」

加似江はそう言った。雀丸は彦太郎に、
「そもそも阿蘭陀語ではなくてエゲレス語を学ぼうというひとがそんなにいますかね」
「さあ……それはわからんけど、『英吉利言葉指南処《どころ》』ちゅう看板があがっとるで」

端と端とはいえ、同じ小路なのにまるで知らなかった。寒いから家に閉じこもっていたからだろう。

「でも、近くに適塾《てきじゅく》があるのに……」

「適塾？　ああ、緒方《おがた》先生の塾のことかいな」

適塾というのは、蘭学者であり蘭法医である緒方洪庵《こうあん》が開いた私塾のことで、浮世小路から二筋北にある過書町《かしょまち》の銅座《どうざ》のすぐ隣にある。大坂の蘭学塾では筆頭に数えられる名高い塾であり、日本中から蘭方医《らんぽうい》を志す医者の子息や蘭学者を目指す若者が集まっているらしい。

「あんな結構な塾があるのですから、聞き覚えのひとからでなく、きちんと緒方洪庵殿から習うほうがいいんじゃないでしょうか」

「あのなあ……ああいうのとはちょっとちがうねん」

「ああいうの、とはどういうのです？　まえはよく通りますが、私は適塾のことはまるで知らないのです」

「緒方先生の塾はとにかく猛烈やねん。住み込みのもんと通いのもんをあわせると、書生さんの数は五十人を超えとるけど、みんな熱心すぎるほど熱心でなあ、勤勉なお方ばかりや。朝から晩まで必死になって阿蘭陀語を勉強しとる」

加似江が、

「おまえとは大違いじゃのう、雀丸」

彦太郎は笑いながら、

「一冊しかない字引を何十人かがくじ引きして奪い合っとるそうやで。ちょっとでも怠けたり遊びが過ぎたりしたら退学させられる。そのうえ、飯は粗食で、おかずはなしで豆腐汁だけの日もある。しかも、それを立って食べるらしいねん」

「ひゃーっ、うちよりひどいわえ」

加似江が呆《あき》れたように言った。

「こういう寒い折でも、書生さんは皆、塾のなかではふんどしも締めんと、なんもかんも放り出して過ごしとるそうや。酒は飲むし、喧嘩はするし、大声で歌は歌うし、ときには刀を抜いて部屋のなかを斬りまくったりする。掃除もええ加減やから、あちこち虫が湧いとるらしい。やる気まんまん、血気盛んな若い男が日本中からやってきてひとつの建物で寝起きしとるのや。そら、そうなるで」

「たしかにそんな塾では、よほどの意気込みのあるひとしか続かないでしょうね」

「そやねん。蘭学を志すお武家の子か、お大名に仕える医者の子か……そういう連中ばっかりやわな。ところが兎七の言うには、『うちは塾やのうて稽古屋やさかい、百姓でも町人でもなんぼでも入門できるのや』……」

「えーっ、それはすごいというかめちゃくちゃというか……」

驚いた雀丸だったが、考えてみれば、かつては武士のものだった「剣術」も最近はすっかり様変わりしているではないか。近頃、町道場の入門者のほとんどは百姓・町人だそうだ。逆に侍は、一文にもならぬ剣術など学びたがらない。金がないから、とにかく金のことばかり考えている。

武士以外にも分け隔てなく教えてくれる師のもとで剣の腕を磨き、金を積んで侍株を買えば、庶民が武士となって出世することも十分可能なのだ。もはや百姓・町人と武士の差異はないに等しい。これからこの国を動かしていくのは、そういった庶民あがりの武士たちかもしれないのだ。

(だとしたら、エゲレス語を私たちが学んでもおかしいことはないかも……)

雀丸がそんなことを思ったとき、彦太郎はもっと驚くべきことを口にした。

「兎七のところでは、女子《おなご》にも稽古つけるらしいで」

「まことですか？　それはさすがに……」

「ほんまや。嘘やあらへんて！　わてが今日、まえを通ったときにちらっとのぞいたら、きれいな着物着た若い女子がエゲレス語の『いろは』みたいなもんを唱えとったわ。あれはきっと、武家の娘はんやで。ほんまになにを考えとんねやろ。とんでもないことやろ」

「うーん……まあまあ、それは……」

「まあまあそれはやないで！　大坂や京には、蘭学ゆうだけで目くじら立てる連中も多いねん。緒方先生の塾にも、夷狄《いてき》の学問を広めて国を滅ぼす、ゆうて塾生に石投げつけたり、暴れこんだりするやつらもおるそうや。おまえらみんな切支丹やろ、ゆうて食ってかかる坊さんや神主もおるらしい。雀さん、考えてみてくれ。すぐ隣にそんな物騒な稽古屋ができてみ。毎日、町方の手先やらなにやらがまわりをうろつくわ。切支丹は出ていけ、ちゅうて喧嘩ふっかけるやつも出てくるわな。そのうち町奉行所のお召し捕りが始まるわ。うちは商売にならへんがな」

「町方が見張っているんですか？」

「今はまだそんなことあらへん。同心衆のお耳に入ってないのやろ。けど、すぐにそうなるに決まってる！」

　彦太郎は涙目になり、

「だいたいわてら髪結い床は、お上の御用を引き受けとるねん。髪結いをするかたわら、牢屋敷の下働きをしたり、怪しいやつらを見つけたら町方の旦那に内々に伝えたり、という役目を負うとるのや。その横に、エゲレス語の稽古屋なんぞ作られたらどもならん」

「ははは……心配いりませんよ。そんな稽古屋、どうせ流行《はや》らないでしょう。すぐに潰れますよ」

「それがそこそこ、いや、かなり流行ってるのや」

「はじめだけですって。大坂のひとは飽きっぽいですから」

「雀さんは他人事《ひとごと》やと思てそんな薄情な物言いするのや。これはうちだけのことやない。浮世小路全部にかかわることやで。わてらの、この浮世小路を毎日毎日朝昼晩町方が見張ってるような場所にしてもええのか？　え？　どうなんや？」

「そう言われても……」

「横町奉行は、いや、浮世小路の浮世奉行の務めは、わてら大坂の町人の困りごとをなくすこととちがうんか。わてらここの住人は今、ものごっつう困っとるんや。なんとかしてえな」

自分だけの問題を「ここの住人」全体の問題にすり替えようという腹はみえみえだった。

「けど、まだなんの諍いにもなっていないんでしょう？　もう少し様子を見て……」

「あかん！　そんな悠長なこと言うとって、取り返しのつかんことが起きたらどうするねん。鉄は熱いうちに打て、て言うやろ」

「でも、私になにをせよ、と……」

「早い話が、兎七にエゲレス語の稽古屋をやめさせたいねん。うちの隣から追い出してほしいのや」

「家主さんもいるでしょうし、そこときちんと話がついているのであれば、私の出る幕ではありませんよ」

「ほたら、その家主も呼び出して、そのようなけしからぬ商いのために家を貸すとは不届き至極！　きっと叱りおくぞ！　と言うたら一件落着やがな」

「彦太郎さんのほうが上手《うま》いですね。でも、エゲレス語の稽古がよろしからず、ということであれば、お上からなにか指図が来ますよ。まだなんの落ち度もないのに私がでしゃばるのは……」

「落ち度が見つかってからでは遅い。わてが恐れてるのは、蛮社の獄みたいなえげつない騒ぎになるんちゃうか、ゆうことや。うちの隣でひとがぎょうさん死んだ、てなことになったら、だれがうちに髪を結いに来る？　煎餅屋の爺さんの幽霊ひとりで済んでたのが、幽霊のご一行さんになってしもたらどうすんねん。――さ、行こか」

「え？　どこへ？」

「決まってるがな。兎七のところや。まずは、その目で見てくれ」

「なにを？」

「稽古屋の繁盛ぶりを、や。百聞は一見にしかず。あれを見たら雀さんもわてがなんでこないにおののいとるかわかるはずや」

「うーん……」

「な、頼むわ」

「うーん……」

「な、頼むわ。な、頼むわ。な、な、な、な、な……」

「何遍『な』を言うんですか」

「雀さんが引き受けてくれるまでや。な、な、な、な……」

「わかりました。行きますよ」

「行こ行こ。どうせ暇なんやろ」

カチン、と来たが、本当のことだから反論できない。雀丸は、夕食までには帰ると加似江に言い置いて、彦太郎とともに店を出た。途端に、びょう……と身を切るような寒風が吹きつけた。ふたりは北風よけに手ぬぐいで頬かむりをして、高麗橋方面に向かった。ちらちらと白いものが落ちてくるのが見えた。

「寒いなあ」

歩きながら彦太郎が言わずもがなのことを言った。

「寒いわ。ほんまに寒い」

寒いときに寒いと言ったからといって寒さが和らぐわけではないのだが、思ったことを口に出さずにはいられぬ性分なのだろう。

「寒い寒い。寒い寒い。寒いわあ寒い」

身体を震わせながら寒い寒いと傍《そば》で言われるとよけいに寒くなってくる。黙っている

と損をしているような気分になってきたので、雀丸も負けじと、

「寒いですね。凍えそうです。寒い寒い。寒い寒い」

「寒いやろ。氷になってしまいそうや。寒い寒い」

「鍋ものが食べたいですね。寒い寒い」

「熱燗《あつかん》が飲みたいなあ。寒い寒い」

掛け合いのように寒いを連呼しながらふたりは「浮世床」の手前までやってきた。

「見てみ、雀さん」

彦太郎が指差したのは、彼の店のまえの人だかりである。髪結いに来た客が入りきれずに待っている……のではなさそうだ。

「あれは皆、エゲレス語の稽古をのぞきに来とる暇なやつらや。このクソ寒いのに……アホやで」

町の稽古屋はたいがい表が格子造りになっていて、暇を持て余した連中が大勢そこに立ち、なかの稽古を見物していた。それがまた稽古屋の宣伝にもなったのである。しかし、

（浄瑠璃や踊りならともかく、エゲレス語の稽古をのぞきに来るとは……）

どうも解せない。異国の言葉を習得する、という真剣な取り組みを見物しても面白くもなんともないだろうに、と雀丸は思った。そこで、見物衆のひとりに、

「面白いんですか」

と声をかけてみた。懐手《ふところで》をした男は震えながらも格子のあいだから目を離さず、

「おお、めちゃくちゃおもろいで。こんなおもろいもんはじめてや」

「どう面白いんです」

「あんたもしばらく見てたらわかるわ」

しかし、弟子とおぼしき十五、六人が座っているのが見えるだけだ。ほとんどは町人だが、侍もいる。若い男が多いが、なかには彦太郎が言ったように女性も数人交じっている。僧衣を着て、数珠を手にした、どう見ても僧侶のような男性もいる。稽古屋としては大繁盛のほうだろうが、なにが行われているのかはいまひとつわからなかった。

「わての言うたとおりやろ。女子もおるがな」

「まことですね」

「女子だてらにエゲレス語やなんてアホというかはしたないというか……。ああいう女子は、お上のほうで取り締まったらええと思うで」

「いや……そこまでは……」

奥まったところにこちらを向いて座しているのは、頭をつるつるに剃《そ》り上げ、緋色《ひいろ》の派手な着物に星の紋がついた羽織、という妙ないでたちの男だ。彼が「ふらふらの兎七」なのだろう。

「ここで見ていてもわかりません。なかに入りましょう」

雀丸が彦太郎に言うと、見物の男は、

「おっ、入門かいな。酒落《しやれ》とるなあ。粋やなあ」

と言った。エゲレス語を学ぶのが粋なのか……雀丸の解せぬ思いはますます膨れ上がった。

ふたりが正面に回ると、玄関脇には「英吉利言葉指南処・宇佐岐堂《うさぎどう》」と墨痕淋漓《ぼっこんりんり》と書かれた看板が掲げられていた。戸は開け放たれており、なかから不思議な歌声が聞こえてきた。

「えーびーしーりーいーえーじー……」

すると、見物していた連中も一緒になって、

「えーびーしーりーいーえーじー……」

と歌い出したではないか。雀丸は彦太郎に、

「海老尻《えびしり》……なんです、これは？」

「わからん。毎日、このけったいな歌が聞こえてくるねん」

「海老の尻を持って家路につく、ということでしょうか」

「さあ……」

歌声は続く。

「へしあいぜんけー、えるえるめー」

「へしあいぜんけー、えるえるめー」

雀丸はまた首をかしげ、

「押し合いへし合いしていた禅家の坊主が……えるえるめー、と叫んだとか」

「さあ……」

「のーみーくーわー、えしちんゅー」

「のーみーくーわー、えしちんゅー」

雀丸の顔が少し明るくなった。

「飲み食いは、越前湯《えちぜんゆ》で、ということでは？」

「風呂屋で飲み食いするやろか」

ふたりが言い合っているあいだになかからの歌声はどんどん大きくなっていき、外で見ている見物も負けじと声を張り上げるので、しまいには町内中に響き渡るほどの大きさになった。

「ふへー、だぶりょえなしー、あいきゃのったー！」

「ふへー、だぶりょえなしー、あいきゃのったー！」

そこで歌は終わった。最後の「だぶりょえなしー」あたりについては、どういう意味か皆目不明である。雀丸は、彦太郎が困り果てている理由が少しわかってきた。

A
B
C
D
E
F

「とりあえず、入れてもらいましょう」

「そ、そやな……」

なかには大きな火鉢が置かれており、ほこほこと温《ぬく》い。兎七は目ざとく見つけて、

「今来られたおふたりはご入門の方でやすか」

彦太郎が、

「アホ！　わてや。隣の『浮世床』の彦太郎や」

「なんや、あんたかいな。――ほな、その横のお方は？」

「私ですか？　私はその……」

雀丸がおろおろしていると、

「雀丸さん！」

ひとりの女弟子が声を上げた。その丸顔を見て、雀丸はひっくり返りそうになった。

「そ、園《その》さん……！」

「うわあ！　雀丸さんも入門なさるのですか？　やった！　一緒に習いましょう！」

園は、東町奉行所定町廻《じようまちまわ》り同心皐月親兵衛《さつきしんべえ》の娘であり、雀丸とは「ネコトモ」である。ネコトモというのは、猫が好きなことでつながっている友だち、ということらしい（雀丸にもよくわかっていない）。同心の娘と職人では身分違いであるが、園はそういうことは気にしないようだ。しかし、父親の皐月親兵衛はかなり気にしており、雀丸が娘

に近づくことをよしとしていなかった。

「い、いや、そういうわけでは……でも、その……驚いたなあ……あははは」

彦太郎が苛立《いらだ》って、

「雀さん、なに言うとんのや。早《はよ》う兎七にピシッと言うたってくれ」

「え？　そ、そうですか……その、まあ、いや、しかし、園さんがいるとは……うーん……」

予期せぬことにうろがきてしまい、言葉が出てこない。業を煮やした彦太郎は兎七に向かって、

「このお方はな、横町奉行の雀丸さんや！　おまえを召し捕りに来はったのや」

弟子たちがざわざわと騒いだ。

「わてを召し捕りに？　なにかのお間違いやおまへんか。わてはお上に楯突《たてつ》いたり、良からぬことを企《たくら》んだりした覚えは皆目おまへんで」

「あ、そうではないんです。あなたを召し捕るつもりはありませんし、そもそも私はお上ではありません。ただ、ちょっとこちらのエゲレス語塾についてご町内の皆さんから懸念する声が上がっているようなので、お話をうかがいたい、と……それだけなんです」

「あ、それやったらどうぞご安堵《あんど》ください。うちは塾とかそういう堅苦しいもんやおま

へん。雀丸さん、あんさん、エゲレスやメリケンについてご存知のことはなんぞおますか」

「なにも知りません」

「わても知りまへん」

「――は?」

「今、世界でエンギリシ、つまりエゲレス語を使《つこ》うとる国はエゲレス国とメリケン国のふたつでおます。エゲレス国はエウロッパにある古い国、メリケン国はできたばかりの新しい、大きな国。わての知ってることはそれぐらいですのや」

「はあ……」

「ただ、わては長崎の通詞森山栄之助《もりやまえいのすけ》先生の家で二年ほど下働きをさせてもろてましたさかい、そのあいだに聞き覚えでエンギリシをいろいろと覚えましたのや。それだけやおまへんで。あんさん、ジョン・マンゆうおひとを知ってはりまっか」

「異人に知り合いはおりません」

「異人やない、日本人、それも土佐の漁師だすわ。十年ほどまえに、乗ってた船が難破して無人島に流れ着いたところをメリケンの鯨獲《と》り船に助けてもろて、そのままメリケンまで行きはったんだす。助けた船の名前がジョンなんとかで、もとの名前が万次郎やさかい、向こうではジョン・マン、ジョン・マンて呼ばれてたらしい」

「ほー……」

「ジョン・マンはメリケンの学校でいろんなことを学んで偉《えろ》なったんでやすが、故郷が恋しいゆうて、去年のはじめ頃に日本に帰ってきはりましたんや。琉球《りゆうきゆう》に半年ほどいたあと薩摩《さつま》に渡って、しばらく島津《しまづ》の殿さんのご領内で過ごしたあと、長崎奉行のところに送られて……それがちょうど去年の九月から今年の六月末頃……つまり、わてが森山先生の家にいた時分でな、その縁でわても少しだけ、ジョン・マンからじかにメリケンのことを教わりましたんや。馬が引かんでも勝手に走る、鉄でできた『レイロー』ゆう乗り物やら、湯気の力で動く『シチンボール』ゆう大きな船やら、エレキテルゆう雷の力で灯《とも》る明かりやらがある、という話も聞きました。けどなあ、見たことないさかい、ほんまか嘘かわかりまへん。へへへっ」

兎七は幇間めいた笑い方をした。

「そんなわけで、わてはエンギリシを会得しましてん。たとえば、羽織のことをコウト、着物のことをドレース、帯のことをベウ、ご飯のことをライス、お酒のことをリカと言いますのや」

「そうですか」

「やっぱりエゲレス言葉はよろし。もっちゃりした日本の言葉よりエンギリシで言うほうがかっこよろしやろ」

「そうでしょうか……」

「わてが拵えたエゲレス語の都都逸《どどいつ》を披露しますさかい、聞いとくなはれ」

兎七は咳《せき》払いすると、渋い声で歌いはじめた。

あなた来ぬゆえ
ライスも食べず
痩せてドレースが
ぶかぶかに

「どないだす？　エゲレス語を使うたほうが粋《すい》に聞こえますやろ」

「そ、そうですね」

そう答えるしかなかった。粋かどうかはわからないが、下手な都都逸であることは間違いない。

「気に入ってくれはりましたか。ほな、今日はスペサルに……スペサルゆうのはいつもと違《ちご》うて、ということでおます。もう一節《ひとふし》ご披露しまひょか」

そう言って、兎七はまた歌い出した。

パンとライスを
はかりにかけて
あなたライスを
好むひと

「洒落てまっしゃろ。かっこよろしいやろ。シュッとしてまっしゃろ。——つまり、わてがここでやってることはそれですねん」

「どれです?」

「エンギリシを使うと、今みたいになんでもええ具合に、粋に聞こえます。それをわかっていただいて、皆さんとエゲレス語を使うて楽しく遊ぼやないか……とまあこういう趣向だす」

「うーん……」

　どうやら思想的な背景は皆無のようである。こんな馬鹿馬鹿しいものは放っておいても害はなさそうだ。おそらく、お上が問題ありと判断したらやめさせるだろうし、これぐらいならよかろう、と思えば放置するだろう。適塾がいけるならこちらは間違いなくいけるはずだ。点数稼ぎをしたい同心や手下《てか》たちが先走った行動に出ることもありうるが……。

「さっきの『海老尻家路……』というのはなんです？　エゲレスの都都逸ですか？」

「海老尻やおまへん。あれは、『安辨制之歌《あべせいのうた》』と言うて、わてがジョン・マンからじきじきに習《なろ》たメリケンのいろは歌だす。向こうの国ではこどもにいろはを教えるときに、あの歌を歌わせますのや。せっかくやさかい、あんさんも覚えなはれ。これからの時代、メリケンのいろはぐらい知っとかんと幅がききまへんで。ほれ、えーびーしーりーいーえーじー……」

師匠が歌い出したので、弟子たちもあわててそれに和した。僧侶らしい男が立ち上がって数珠を揉み、兎七を拝みながら、よく通る声で、

「へしあいぜんけー、えるえるめー。のーみーくーわー、えしちんゅー」

横から園が、

「雀丸さんもいっしょに歌いましょ。楽しいですよ。私が教えてあげますから。ほら、ふへー、だぶりょえなしー……」

大合唱が巻き起こりそうになったので、

「わかりましたわかりました。もういいです。これで帰ります」

雀丸は兎七に一礼すると、出口に向かった。彦太郎には悪いが、この時点で雀丸にできることはなにもない、と思ったのだ。兎七はきょとんとして、

「そうだすか？　ほかにもいろんなエゲレス語の歌がおまっせ。『メリの小羊』とか

海老尻家路……

『メリケンの馬競走』とか『諏訪《すわ》の川』とか……。あっ、メリケンの初代国王ワシトー代記の講釈もでけまっせ」

「今日はけっこうです。あの……あたりを町奉行所の手先なんかがうろついていませんか?」

「そんな連中、見たこともおまへんで」

「ふーん……」

これだけ大胆にエゲレス言葉を広めている塾を、町方が見過ごすはずはないと思うのだが……。

「では、失礼します」

「ほな、今度またゆっくりと……。あ、お茶も出しまへんで……」

雀丸はよろけながら外へ出た。雪はかなりの降り方になっていた。

「ちょ、ちょ、ちょい待ち! なんもせんと帰るやなんて、そら殺生やで」

案の定、彦太郎が追いかけてきた。

「なにしとるんや。悪人を召し捕らんかいな」

「悪人? どう見ても善人でしたよ」

「悪人やがな。『宇佐岐堂主人兎七ことふらふらの兎七、そのほう、奇怪なるエゲレスの言葉を操り、大勢の善男善女をたぶらかし、大坂市中を騒がせたること不届き至極。

切支丹の一味との疑いもあり、その罪軽からず。よって宇佐岐堂はただちに解散。そのほうは市中引き回しのうえ、磔《はりつけ》獄門に処す。引っ立てい！』……ぐらいのことは言うてもらわんと」

「磔獄門？　まだ、なにもしてないじゃないですか」

「なにを見とったんや。メリケンのわけのわからん歌を弟子に歌わせとったがな。あれはご禁制の切支丹の歌や」

「いろは歌だと言ってましたから、たぶんそうなんでしょう」

「わてはだまされへんで。あいつの企みはもっと深いもんかもしれん。大坂人にエゲレスやメリケン贔屓《びいき》の考えをばらまいて、この国を異国に売るつもりとちがうか」

「考えすぎです。粋とか洒落てるとかシュッとしてるとか言ってるうちは大丈夫ですよ」

「甘いなあ、雀さん。あとになって、ああ、あのとき彦太郎さんの言うことをまともに聞いておけばこんなことにならなんだのに……と後悔するかもしらんで」

「なりませんって」

「役に立たん町奉行やなあ。もっとしっかりしてもらわんと……」

「横町奉行ですからこのあたりが精一杯です」

「現に、うちの店は多大な迷惑をこうむっとるがな」

「我慢してください。でも、隣でなにか出来《しゅったい》したらすぐに飛んできますよ」

　彦太郎は、出来してからでは遅いのや、せやさかい今日頼みにいったのに……などとぶつぶつ言いながら「浮世床」へ戻っていった。

（いろんな商売があるもんだな……）

　雀丸は浮世小路を西向きに歩きながらそう思った。わけはわからなかったが、メリケンのいろは歌はなかなか楽しかった。漢詩やお経も同じぐらいわけがわからないが、エゲレス語はなんとなくかっこいい。

（それにしても、園さんが弟子入りしているとはな……）

　最初はびっくりしたが、考えてみれば、園は新しもの好きだから、驚くことはないのかもしれない。懐に余裕があれば、雀丸も入門したいぐらいだ。謡《うたい》や浄瑠璃の稽古をするよりも、ずっと変てこで楽しそうである。それに、園が入門しているということは、密偵を放っているようなもので、なにかあったらすぐに知らせてもらえて好都合ではないか……などと考えながら、家までの道をちょうど半ばぐらいまで戻ってきたあたりで、雀丸はふと後ろに気配を感じた。

　背中に目がついているわけではないが、雀丸が道の右側を歩くと、背後から聞こえる足音のひとつが右側にそっと移動する。雀丸が左側に行くとその足音も左に移る。歩みを遅くすると足音も遅くなる。大勢が行き交う浮世小路である。常におのれの周囲の足音、物音に気を配っている武芸者ならともかく、雀丸が多くの足音のなかからその足音に注意を向けたのはほんの偶然である。しかし、一旦気づいてしまうと、どうももやもやする。

そのあとも、何度か試して確認したうえで、御堂筋《みどうすじ》に出たところで雀丸は立ち止まった。もちろん足音も止まる。雀丸は振り返ることなく、

「どなたですか。ご用があるなら承ります。竹光のご注文ならなおけっこう。ご用がないなら、すいませんがどっかに行ってもらえませんか」

しかし、返事もなければ、引き返す様子もない。雀丸はまえを向いたまましばらくその場に立っていたが、

「宇佐岐堂に……手を出すのを……やめろ」

そんな低い、男の声が聞こえた。

「どうしてです」

それには答えず、

「首を突っ込むと……死ぬことになるぞ」

「ほう……」

「命が惜しくば、関わり合いにならぬことだ。——よいな」

そう言うと同時に雪駄《せった》を履いているらしい足音が遠ざかっていった。雀丸は振り返っ

た。早足で立ち去っていくのは、柿色の着流し姿の侍だった。黒鞘《くろざや》の大刀を一本、落とし差しにしている。身なりは悪くないが浪人のようだ。顔は見えなかった。

雀丸は腕組みをして、

(おかしいな……。あの稽古屋、なにもないと思っていたけど……)

なにか裏があるのかもしれない。

(案外、彦太郎さんの勘が当たってたりして……)

雀丸は、兎七のへらへらした笑顔を思い浮かべた。

(まさかねえ……)

◇

白髪町《しらがまち》にある土佐山内《やまのうち》家の蔵屋敷の奥の一間で、廻船《かいせん》問屋地雷屋《じらいや》蟇五郎《ひきごろう》は山内家大坂蔵屋敷在役和歌森《わかもり》江戸四郎《えどしろう》と対面していた。

「まあ、一杯いってくれ。いや、それでは小さい。こちらの大杯でぐーっとあけてもらいたい」

和歌森はまだ三十五歳だが、にこやかな表情の合間に一徹さが見え隠れしている。いかにも土佐のいごっそうという面構えである。

「これはこれはご在役さまお手ずからのお酌でおそれいります」

蟇五郎は二合は入ろうかという大盃《おおさかずき》に酒を受けた。名は体を表すというが、蟇五郎はその名にふさわしい蟇蛙《ひきがえる》に似た容貌で、目はぎょろりと大きく、まん丸である。口はやたら大きく、いわゆる「への字」口だが、唇は薄い。でっぷりと肥満し、首はほとんどないに等しい。法すれすれのあくどいやり方で大金を稼いでいる。役人には賄賂《わいろ》を贈って見てみぬふりをさせ、金にものを言わせての引き抜きなどで同業者を蹴落とし、買い占め・売り惜しみなどでものの値段を吊《つ》り上げて荒稼ぎをする。まわりからいくら悪口雑言《あっこうぞうごん》を叩きつけられても一向気にしない。本人は、

「それこそが商人《あきんど》の本懐」

と嘯《うそぶ》いている。しかし、そんな蟇五郎には世間には知られぬもうひとつの顔がある。横町奉行の手足となって働く「三すくみ」のひとりなのだ。先代横町奉行の松本屋甲《まつもとやこう》右衛門《えもん》に世話になったことから、大坂の庶民のために働くことにしたらしい。当代の雀丸にも、なにかと助力を惜しまない。横町奉行というのは、要するになんの公的な地位も力もない一介の町人にすぎない。だから、ひとりでできることには限界がある。それを補佐するのが「三すくみ」なのだ。もちろん完全に無償奉仕である。

あとのふたりは、天王寺《てんのうじ》に一家を構える女俠客《おんなきようかく》の口縄《くちなわ》の鬼御前《おにごぜん》と、下寺町《したでらまち》の貧乏寺要久寺《ようきゆうじ》の住職大尊和尚《だいそんおしよう》だが、この三人は仲が悪く、顔を合わせれば喧嘩になる。先代の松本屋甲右衛門は年嵩《としかさ》ならではの貫禄で三人を仕切っていたが、癖が強すぎる三人を

御すのは若くて頼りない雀丸にはなかなかむずかしいようだ。

「どうだ、傷は癒えたか」

「はい、腕のええ医者に療治をしてもらい、有馬《ありま》の湯治場でしばらく過ごしたのでもうすっかり本復しとります」

「そうか。――その折はまことに申し訳なかった。殿も、地雷屋には迷惑をかけた、できるかぎりのことをしてやってくれと仰せでな」

「それは冥加《みょうが》に余りますお言葉、痛み入ります」

以前、土佐山内家の筆頭家老深尾《ふか お》某《なにがし》は、大坂をはじめとする各地の精細な地図を英吉利にひそかに売りつけることで大儲《おおもう》けを企んだ。そうでもしないと立ち行かぬほど山内家の内証は逼迫《ひっぱく》していたのだ。実際にその役目を仰せつかったのは、大坂在役だった塚本源吾衛門《つかもとげんごえもん》や廻船問屋作州屋治平《さくしゅうやじへい》であった。

それは、今の当主山内豊信《とよのぶ》が家督を継いでまもない頃であった。先代、先々代の当主が相次いで死去したため、分家の出身である豊信が急遽《きゅうきょ》跡継ぎとなったのである。豊信は、財政の建て直しが急務であると考え、はじめは英吉利との抜け荷を黙認した。

作州屋治平は、東町奉行所の与力らを味方に引き入れ、

「地雷屋が土佐沖で英吉利船と抜け荷をしている」

という嘘の情報を流して地雷屋に罪を着せようとした。商売敵《がたき》として目のうえの瘤《こぶ》

であった地雷屋を潰すためである。蟇五郎は牢に入れられ、笞《むち》打ちなどの厳しい責めを受けたが、頑として口を割らなかった。拷問のつらさに耐えかねて嘘の自白をすれば、死罪になるのは間違いないからだ。

結局、雀丸たちの活躍で蟇五郎の疑いは晴れ、放免された。公儀船手頭《ふなてがしら》に捕縛された大坂在役塚本源吾衛門は山内家から切腹の沙汰が下り、作州屋治平は東町奉行所に召し捕られ死罪になった。山内家筆頭家老深尾は、こういう場合の常としてなにもかも塚本源吾衛門が大坂で勝手にやったこと、と罪を塚本一人《いちにん》に覆いかぶせて知らぬ存ぜぬで押し通し、山内家は抜け荷に関する公儀の追及を免れた。当主山内豊信も諸外国の脅威を悟り、安易な密貿易で巨利を得ることの危険に気づいたのである（第二巻『俳諧でぼろ儲け』収録の「抜け雀の巻」参照）。

その後、山内家は地雷屋蟇五郎に対して手のひらを返したような態度に出た。無実の罪を着せ、入牢させたことへの罪悪感からか、土佐から大坂への米、特産品などの運搬にはすべて地雷屋の船を使うようにしたのだ。また、新任の大坂蔵屋敷在役の和歌森江戸四郎は、たびたび蟇五郎を屋敷に招いて、酒食のもてなしをする。はじめは自分を陥れた相手からの招待に警戒していた蟇五郎だが、誠心誠意謝罪する姿勢に好感を持った。そして、次第に打ち解けるにつれて気が合うようになり、今ではすっかりこの会合が楽しみになっていた。

和歌森は土佐人らしい頑固もので、殿さまを慕うこと土佐犬のごときだが、基本的には好人物であり、隠しごとをしない性質《たち》なので腹を割った話もできる。俗に「土佐の一升酒」というぐらいで、当主の豊信公を筆頭に酒好きが多いが、この和歌森江戸四郎もご多分に漏れず大酒家で、一度に二升は飲まないと気が治まらぬらしい。

「さあ、どんどん飲んでくれ。土佐から取り寄せた銘酒だ。当家は貧乏ゆえ肴《さかな》はろくなものがないが、酒だけは借金をしてでもよろしき酒を購《あがな》えというのが殿の教えでな……」

言いながら和歌森は自分も手酌でがぶがぶと飲む。ふたりのあいだにはぶつ切りの油揚と水菜を入れた湯豆腐が、程よい具合に煮えていた。

「これはなかなかの上酒《じょうしゅ》でございますな。うむ……美味《うま》い」

「はははは……地雷屋はたいがいの旨酒《うまざけ》は飲み尽くしておるであろうが、たまには土佐の酒もよかろう」

「いや、なかなかの味わいだすな。ただ、ご在役さまのような速さではとても飲めまへん」

「わっははは……そう申すな。招いておいてわしがひとりで飲んでおるようではないか。飲め、飲め飲め。たんと飲め。商いの憂さを晴らしてくれ」

「商いに憂さなどございませんが……」

「そうか。そうであろうな。儲かって仕方ないという顔をしておるぞ」

「お戯れを……。なれど、儲かってないと申さば嘘になりますが……」

「この正直ものめ！」

「あの……正直ついでに申し上げますが、どうぞ怒らんとくれやっしゃ」

「なんだ？　そのほうとわしの仲ではないか。なんでも申すがよい」

「和歌森さまは先ほどからまるで水のようにお飲みではございますが、いつもに比べてどうも酔うておられないように思えます。なんぞ気がかりでもあるのやおまへんか」

「ふむ……」

和歌森は少し暗い顔をして、

「わかるか」

「わかりますとも。もしかするとわたくしごときでもなんぞの手助けができるやもわかりまへん。もしよかったらその気がかりというのをおっしゃっとくなはれ」

和歌森は腕組みをしてしばらく無言で盃を傾けていたが、

「地雷屋、そのほうは横町奉行に所縁《ゆかり》のものだそうだな」

「はい、先代の横町奉行から関わり合いを持たせてもろとります」

「わしもこちらに参ってはじめて知ったが、あのような仕組みは大坂にしかない。良き役目だのう」

「大坂ものはイラチですさかい、お上のお裁きをのんべんだらりと待ってられまへんのや。その手伝いをさせてもろとるようなわけで……」

「だが、その横町奉行でもわしが抱えておる謎は解けまいな」

「謎、と言わはりますと？」

和歌森は座りなおした。

「地雷屋、そのほうはジョン・マンという漁師を知っておるか」

「は……？　ジョン……マンでおますか？　一向に存じまへんが」

「知らぬは無理ない。土佐中《なか》ノ浜《はま》生まれの万次郎という漁師でな、四人の仲間とともにカツオ釣りの船で漁に出て嵐に遭い、無人の島に流れ着いて、まさに餓死せんとしたところをメリケンの鯨船に助けられたのだ」

「ほほう……」

「わが国が門戸を閉ざしているところから、船長は一行五人をハワイ島という大きな島に連れていった。万次郎をのぞく四名はハワイ島で暮らすことになったが、船長は万次郎が利発で物覚えが良いことに気づき、彼をメリケンの本国に伴い、そこで教育を受けさせることにしたのだ」

「なかなか波乱万丈だすな」

「万次郎は皆からジョン・マンと呼ばれ、可愛《かわい》がられた。異人は『マンジロウ』とは言いにくいらしい。メリケンの学問所にも通い、エゲレス語を覚えたばかりか、測量術や航海術も熱心に学び、組で一番の成績になったそうだ」

「それはすごい」

「そのあと金を貯めて小船を買い、漁師仲間ふたりとともに昨年日本に戻ってきたのだ。はじめは琉球に上陸し、薩摩の島津家の庇護《ひご》のもとに過ごしたのち、長崎奉行の吟味を受け、晴れて土佐へ戻る許しが出た。ということで、その男は今、高知城下に住もうておる」

「なかなか興味深いお話だすな。で、その謎というのはなんだすやろ」

「うむ……」

和歌森江戸四郎は、先日、土佐に戻った折、万次郎と対面する機会を得た。万次郎ら三人は、咎人《とがにん》の扱いで高知城下にある宿にとどめられていた。山内家当主豊信公は、万次郎がとくに語学に達者で、メリケンの風物や政治、商業などにも精通していると聞き、信頼している学者で改革派の吉田東洋《よしだとうよう》に取り調べを命じた。

「わが殿はただの新しもの好き、洋風好きではないぞ。土佐の行く末、この国の行く末を真面目《まじめ》に憂いておいでの立派なお方だ。二六時中盃を放さぬ酒飲みの大阿呆《おおあほう》だと申す馬鹿どももおるが、なんのそうではない。時節を見極める力のある名君……とわしは信じておる」

　山内豊信は、家督を継いでまだ四年だが、日本に迫る異国の脅威を直視し、一方的で幼稚な攘夷《じょうい》論では国が成り立たぬという冷静な判断のもと、西洋風の軍備の増強、財政の建て直しなどを行わんとする進取の気性に富む大名であった。彼にとって、万次郎という人物は最先端の世界情勢を身近に体験してきた、またとない情報源であった。

「ただ、殿の新しい世のなかを見据えたお考えには当然反発もある。夷狄に膝を屈するような情けない真似をすることはない、エゲレスやメリケンが来たら武力で追い払えばよい、などといきまく馬鹿どもがおってな……」

　豊信公は咎人であるはずの万次郎を自由の身とし、中浜という名字と定小者《さだめこもの》という身分まで与え、帯刀を許した。つまり、士分に取り立てたのである。無学で読み書きもできなかった漁師を侍にした、というのは豊信の万次郎への期待を物語っていた。豊信公は、転がり込んできた万次郎という珠《たま》を使って、家臣たちに海外事情や語学、造船術、測量術などを学ばせようとしたのだ。万次郎は高知城下にある「教授館」という私学校で生徒たちに講話をするようになった。和歌森の言う「馬鹿ども」はそれを許せず、集団で万次郎を襲撃しようとしたらしい。それを知った豊信公は彼らを捕らえようとしたが、攘夷派の家臣たちはそのまえにこぞって脱藩してしまったという。豊信公は、万次郎たち周辺の警戒を厳重にさせた。

　和歌森が万次郎に会ったのはその間のことである。

「わしは、異国で暮らしていたその男に興を覚えたのでな、この機に……と思い、根掘り葉掘り問いただした。向こうもおそらく琉球、島津、長崎、土佐……と帰国以来何度となく同じことをきかれておったのだろう、面倒くさそうな顔ながらもいろいろと答えてくれた。ただ、万次郎がとても利発で、異国でのややこしい見聞を的を射た言葉で手短に話すことができる……という触れ込みであったが、わしにはそうは思えなかった。思い出し思い出し、たどたどしい言葉でしゃべる。読み書きができぬまま異国に行き、そこの言葉を覚えたので、日本の言葉を忘れてしもうたのかもしれぬな」

「そんなもんだすかな。——で、その謎というのは……？」

「うむ……五月に当家のものたち十数名が長崎に、万次郎たち三名の漂流民を引き取りに行ったときのことらしい」

　和歌森江戸四郎は、蟇五郎にあることを語った。

「盗まれた、と……？　それは……まことならば謎としか言いようがおまへんな」

「さよう。島津家や長崎奉行の取り調べはおろか、当家で殿が吉田東洋先生に命じた聞き取りの折もそのような話は一切出なかった。わしが何気なく問いただしたときにはじめて、じつは……と言い出したのだ」

「今の話をうかがいますと、山内家のだれかが盗んだ、としか思えまへんな」

「そうだ。それでわしは……いや、殿をはじめ、当家のものは皆困り果てておるのだ」

「吟味はなさりましたのやろな」

「無論だ。山内家小目付役が、この件に関わったものを厳しく取り調べた。船乗りどもも残らずだ。皆、身に覚えがない、と申しておる。長崎奉行にも書状を送り、山内家の家臣たちが万次郎と対面した座敷などを探してもろうたが、どこからもその品は見つからなかった」

「ほう……おもろおまんなあ」

「わしには面白うもなんともない」

和歌森は苦々しげな顔つきで言った。

「あ、これは失言でおました」

「まだ、この件は殿の耳には入っておらぬ。もし、殿が知ったら激怒なさるだろう。酔うといつにも増してカッとなさる性質《たち》でな、長崎に引き取りに行ったもの残らず腹を切れ、と言い出すやもしれぬ」

「それはえらいことや」

「そもそも山内家には、考えの違いから諍いを起こすものはいても、他人のものを盗むような品性下劣なものはひとりもおらぬはずだ。わしは、一刻も早く彼らの濡《ぬ》れ衣《ぎぬ》を晴らしたいのだ」

「ははは……ご在役さまからするとそうも言いたくなりますやろが、ひとには魔が差すということがおまっせ。——けど、そんなしょうもないもん盗《と》ってどないしまんのやろな。ジョン・マン当人だけにしか値打ちのないもんだすやろ」

「それは……わしにはわからぬ。この謎を解いてくれるものがおれば、千両、いや、もっと進呈してもよい、とまで思うておるのだ」

蟇五郎はにたりと笑った。

「その話、もっと詳しゅうきかせとくなはれ。今の横町奉行、まだ歳《とし》は若いがなかなかの知恵者でおます。もしかしたらもしかするやもしれまへん」

「そ、そうか。ならば聞いてくれ」

和歌森は身を乗り出した。

二

「こんにちは」

入ってきたのは園だった。土間にしゃがんで竹とんぼを飛ばしていた雀丸は、

「あ、やっぱり来ましたね」

「私が来ることがわかっていたのですか？」

「そりゃあ、さっきエゲレス語の稽古屋でお会いしましたから、きっと来てくれると思

っていました。どうぞお座りください」

一段高くなっている板の間の座布団を雀丸は指差した。園は、自分で土瓶から茶をふたり分注ぎ、ひとつを雀丸に、もうひとつをおのれのまえに置いた。

「あの稽古屋は面白いのですか？」

「そりゃもう、楽しいです。聞くことすべてが新しくて、目を開かれる思いです」

「どこで知ったのです」

「こちらからの帰りにあのまえを通りかかると、なかからこれまで聞いたことのない歌が聞こえてきたのです。まるでかんかんのうでした」

かんかんのうというのは、長崎の清国人から伝わった中国の踊り（唐人踊《とうじん》り）で、三十年ばかりまえに難波《なんば》の堀江《ほりえ》にある寄席《よせ》で披露されたのがはじまりである。「かんかんのうきゅうれんす、きゅはきゅです、さんしょならえ……」という日本人には意味のわからない歌詞が人気を呼び、日本中に広まった。

「それが安辨制之歌だったんです。思い切ってなかに入ってみたら、先生も面白くて親切で……すぐに入門を決めました」

「お父上はなにもおっしゃいませんでしたか」

園は悪戯《いたずら》っぽく笑い、

「父にはなにも話していません。言ったら許してもらえないに決まってますから」

「でしょうねえ」

日頃、切支丹や蘭学がはびこらぬかと目を光らせている町奉行所同心が、おのれの娘がエゲレス言葉を習う、と言い出したら怒りまくるに違いない。

「でも、『宇佐岐堂』はなんの後ろ暗いところもありません。あの兎七さんという方が、皆を楽しませるためにやっているだけですから」

園によると、放浪癖のある兎七は、たまたま長崎に赴いたときに森山栄之助という通詞の家に下男として住み込みで奉公したらしい。森山家は阿蘭陀通詞の家柄だったが、栄之助は英吉利語も学んでおり、兎七はそちらの方に親しんだのだ。

通詞というのは、公儀から任ぜられる役人であり、高家《こうけ》、与力、同心などと同様、代々世襲をもって受け継がれていく役職である。栄之助も幼いころから父親に仕込まれ、家業として阿蘭陀言葉を学んだ。

文化五年のフェートン号事件以来、英吉利語の必要性を強く感じた徳川家は、阿蘭陀通詞のうち六家に対し、阿蘭陀語のほかに英吉利語をも学ぶように命じた。森山家はその六家には入っていなかったが、栄之助の父はわが子に英語の手ほどきを行った。先見の明があった人物だったのだろう。

フェートン号事件のあとも、英吉利船はいくたびも浦賀《うらが》に現れ、文政七年には船員が大津浜などに上陸している。天保《てんぽう》八年には亜米利加船モリソン号が浦賀と薩摩に入港した。弘化《こうか》二年には、亜米利加のマンハッタン号が二十二名の日本人を引き渡すために浦賀に出現した。このとき、浦賀詰め通詞だった栄之助は身振り手振りを交えて必死に通訳を試みたが、自分の英吉利語力のなさを思い知ることになった。

そののちも、英吉利の測量船サマラン号が長崎に、亜米利加東インド艦隊司令官ビッドルの軍艦が浦賀へ……と英吉利語圏の船の来航が相次ぎ、これからは阿蘭陀語に代わって英吉利語が必要になる……そう痛感した栄之助は、当時日本に密入国し、長崎奉行によって座敷牢に囚《とら》われていた亜米利加人の捕鯨船船員マクドナルドから直《じか》に、七カ月に渡って英吉利語を学んだのである。この体験により、栄之助の英吉利語力は格段に進歩した。

頻発する英吉利船、亜米利加船の来航を受けて、長崎奉行は通詞たちに英吉利語辞書を作るよう命じた。栄之助はその中心となって編纂《へんさん》に励んだ。

兎七が森山家の家僕として雇われたのはちょうどそんな時期だった。森山家は活気にあふれ、日本語よりも英吉利語のほうを多く耳にするほどで、兎七も自然に英吉利言葉や歌に親しんだのだ。はじめは、意味などまるでわからず、面白い響きの言葉、ぐらいに思っていたのだが、だんだんと意味もわかるようになっていった。

大坂に戻ってきた兎七は、適塾などで行われている阿蘭陀言葉の教え方が、原語をひたすら読み解くという厳格で面白みのないものだと知り、

（もっと、わてら無学なもんでもエゲレス語に親しめる場を作りたい……）

そんな思いから、「宇佐岐堂」を開いたのだという。元手は、兎七の考えに共鳴した知り合いの蘭学者が出してくれたそうだ。

「異国の言葉は、もっと楽しく、面白いもんや。学問としてエゲレス語を学びたいひとはよそに行きなはれ。難しゅう考えることあらへん。エゲレス語で遊びたいひと、芸として身につけたいひとはうちにおいで。歌ったり、踊ったりしながら、エゲレス言葉に触れてもらいまひょ。うちは塾やない、稽古屋や。エゲレス言葉の稽古屋や。エゲレス言葉をちょっとでもしゃべれたり、歌えたりしたら、ウケまっせえ。居酒屋やお座敷で披露してみなはれ。たちまち一座の花形になること間違いなし！」

そんな謳《うた》い文句に釣られて、大勢の弟子が集まった。園もそのひとりなのである。

「連名頭《れんめいがしら》は下寺町にある黄精院《おうせいいん》というお寺の柏善《はくぜん》さんというお坊さんで、この方がまた熱心なんです。宇佐岐堂ができてすぐに入門なさったそうで、ほとんど毎日いらっしゃいます」

ああ、さっき見かけたなあ、と雀丸は思った。よく通る声だとは思ったが、読経で鍛えているのだから当然である。

「そんなことで坊さんのお勤めはできてるんですかね。まあ、坊さんなのにエゲレス言葉を学ぼうなんて洒落たひとだとは思いますが……」

わざわざ下寺町から毎日通っているというのだから、よほど気合いが入っているのだろう。

「その大きな包みはなんです？　エゲレス言葉の本ですか？」

雀丸は園の抱えている風呂敷包みを指差した。園は顔を赤らめ、

「これはお弁当です。お腹《なか》がすくので、太い竹のひと節を縦に割って、片方にご飯を、もう片方におかずを詰めるのです」

「ははあ……」

竹というものは面白い。竹光にもなるし、竹とんぼや竹馬などのおもちゃにも、竹槍《たけやり》などの武器にも、そして、弁当箱にもなる。

「おかずはなんです？」

「竹輪とコンニャクを煮しめたものと唐辛子です」

「唐辛子？」

「はい。少しずつかじると、ご飯が進みます。こういう寒いときには身体が温まりますし……」

「はあ……」

「雀丸さんも入門しませんか。楽しいですよ。一緒にエゲレス言葉を学びましょう。そうしたら、雀丸さんと私だけにしか通じないやりとりができますから」

「え？　それはまあ……その……」

「たとえば、猫はキャアです」

「キャア？」

「はい」

「では、ネコトモは？」

「たしかキャアフレンです」

「ふーん……」

いまひとつピンとこない。

「犬はなんですか」

「ドウです。イヌトモはドウフレン」

「ははあ、ちょっとわかってきました。フレンが友だちということですね」

「そうですすそうです」

「ということは、園さんと私はフレンです」

「はい！　どうです、面白いでしょう？　雀丸さんも習いましょうよ」

「うーん……習うのは……」

「いいじゃありませんか。どうせ今、暇にしてるでしょう？」

雀丸はムッとして、

「暇、なことはないです。けっこういろいろ忙しいというか……」

「だって、近頃ずっと、竹光を作らずに竹とんぼで遊んでばっかり……」

「こ、これは遊びじゃないんです。竹光の仕事がないんで、内職に竹とんぼとか水鉄砲とか亀山《かめやま》のちょんべはんとか竹馬とか虫かごとか花かごとか……竹でできるものをいろいろ作っているんです」

亀山のちょんべはんというのは人形のおもちゃで、江戸では「飛んだり跳ねたり」という。

「でも……失礼ですけど、その竹とんぼ、あまり上出来ではないようですね」

雀丸は肩を落とし、

「わかりますか？　どうしてもまっすぐ飛ばないのです。何度作り直しても左へ左へ行くんです」

「竹光作りはあれほどお上手なのに、どうして竹とんぼはダメなのでしょう」

「竹とんぼだけじゃないんです。水鉄砲は水が逆戻りして着物がびしょびしょになるし、虫かごは虫が格子のあいだから出ていっちゃうし……」

「竹光作りは名人なのに……」

「ですから、阿蘭陀人やエゲレス人向けにサーベルの竹光でも拵えようかと思っているんです」

「おほほほほ」

園は屈託なく笑った。

「そういえば、園さん、あの塾のお弟子さんのうちで、ご浪人はいらっしゃいますか」

「ああ、おられます」

園はすぐに答えた。

「私たちとは違って、真面目にエゲレスやメリケンの言葉や風物を学ぼうとしておられるお方で、佐東塩蔵《さとうえんぞう》さまとおっしゃいます」

「柿色の着物を着ておられますか」

「はい。今日もそのお着物でした。——佐東さまがなにか？」

どうやらその佐東塩蔵という人物が、さっき雀丸に声をかけた浪人に間違いないようだ。エゲレス語を学べる場を雀丸が潰そうとしている、と思ったのだろうか……。

「いえ……さっき宇佐岐堂に行ったときに、ご浪人らしい方もいらっしゃるな、と思ったので……。真面目にエゲレス語を学ぶならば、適塾などに行かれたほうがよいのではないですか」

「それが……一度は適塾の門を叩いたそうなのですが、なにか悶着《もんちゃく》があったらしくて、だれでも入れる宇佐岐堂に入り直したらしいです。私も詳しいことは聞いてはいないのですが……」

浪人の身では適塾にしろ宇佐岐堂にしろ、謝儀を納めるのはたいへんだろう。

「ふーん……どちらのご浪人ですか」

「たしか……土佐のお方だとか……」

先ほど、兎七としゃべったとき、土佐の漁師だったジョン・マンという男の話が出たところだ。それに、土佐といえば、以前、山内家とエゲレスとの抜け荷一件に地雷屋蟇五郎が巻き込まれ、えらい目に遭ったばかりである。

「佐東様もご熱心で、ほとんど毎日通うておいでです。ご紹介いたしましょうか？」

「それには及びません」

「先生にお聞きした話では、ほかにも何名か、ご浪人さんや武家の次男坊、三男坊の方が入門することになっているそうです。きっとこれから流行るのを見越したのでしょうね」

「かもしれません。——そのひとたちも土佐の方ですか？」

「いえ、お国はまちまちのようです」

「ほう……」

「ねえねえ、エゲレス言葉は楽しいですよ。お稽古に参りましょう！」

手を取らんばかりに園は入門を勧めるが、雀丸は暗い顔で、

「まことは、暇すぎてお金がなく、束脩《そくしゅう》が払えないのです」

「でしたら、兎七先生に教わったことを、私が毎日こちらへ伝えに参ります。まずは、エゲレスいろはの歌を歌いましょう。私について歌ってください。えーびーしーりーいーえーじー……はいっ！」

　雀丸が無言でいると、

「どうして歌わないんですか」

「恥ずかしいです」

「そんな気持ちは捨ててしまいましょう。もう一度、えーびーしーりーいーえーじー……はいっ！」

「えーびーしーりー……ダメです。やっぱり恥ずかしい」

「へしあいぜんけー、えるえるめー、のーみーくーわー、えしちんゆー」

　宇佐岐堂での合唱で慣れているせいか、園の声は次第に大きくなっていく。

「ふへー、だぶりょえなしー、あいきゃのったー！」

　最後まで歌い切ったとき、

「この馬鹿者が！」

　表から飛び込んできた馬面《うまづら》の侍は園の父親で、東町奉行所定町廻り同心の皐月親兵衛だった。

「あ、フワザ」

「なにがフワザだ！　往来まで聞こえるような大声で異国の歌を歌うとは、不埒《ふらち》にもほどがある」

「聞こえておりましたか」

「丸聞こえだ。——園、おまえ、エゲレス語の塾に出入りしているそうだな。同心の娘として恥ずかしいとは思わんのか」

「一向に……。楽しい塾ですよ。フワザも一緒にいかがですか」

「たわけ！　切支丹伴天連の巣窟かもしれぬではないか」

「兎七先生は、きちんと踏み絵もしておられます。家は法華《ほっけ》で切支丹ではありませぬ」

「そうでなくとも、異国船が長崎や浦賀、蝦夷地などに押し寄せてなにかとややこしい昨今だ。定町廻り同心の娘がエゲレス言葉を習っておりました、では、上役の八幡《やはた》さまに申し開きができぬではないか。ちいとはわしの役目のことも考えい！」

「お言葉ではございますが、フワザ……」

「そのフワザというのをやめぬか」

「フワザ、宇佐岐堂の兎七先生は、長崎の阿蘭陀通詞のお家に奉公している時分に聞き覚えでエゲレス言葉を身につけたのです。今や、阿蘭陀通詞は阿蘭陀語だけでなくエゲレス語も学んでおりますが、それはお上の指図だそうです。お上が許しているものならば、私たちが少しばかり学んだとしてもかまいますまい」

……馬鹿者が……
ヘワザ

「だからおまえは愚かだと言うのだ。許したと申してもそれは、長崎通詞のうちの選ばれた家だけのこと。世間におおっぴらに許したわけではない。だいたいわが国は阿蘭陀と清国以外の異国とは交わりを絶っておる。そこの言葉を学ぶなど……少し考えればわかることだ。まったく小児と女子は度し難い」

しかし、園は引かなかった。

「エゲレスやメリケンが日本に開国を迫っていることは、女子である私でも存じております。そういう異国と談判するときに、その国の言葉や文物を知らずして、正しい掛け合いができるでしょうか」

「日本を侵略に来る野蛮な夷狄を相手するに、掛け合いなど無用。追い払えばよいのだ」

「フワザはそこが間違うておられるのです。私は兎七先生のおかげで、メリケンの方がたも、姿形は多少の違いがあろうと、この国の民と同じく人情に厚く、楽しければ笑い、悲しければ涙を流し、腹が立てば怒り、家族や友を愛するひとたちであると知りました。私たちとなにも異ならぬひとびとを武力をもって追い払うなど無法ではありませんか」

「無法だと？　公儀は今のところ、エゲレス語はおろか、蘭学ですら厳しい目を向けておる。渡辺崋山《わたなべかざん》、高野長英、小関三英《こせきさんえい》……といった蘭学者たちが自害したのはつい先だってではないか。ものごとは一朝一夕には変わらぬのだ。おそらくしばらくは、お上は蘭学を厳しく取り締まるだろう。ましてや、おまえのような女子が異国の学問に触れるなど百年早いわ」

「エゲレスやメリケンは、わが国とは比べものにならないほど女子をひとりの人間として扱《あつこ》うてくれるそうです。あー、私もメリケンに生まれればよかったかもー」

「くーっ、おまえ……どこでそんな知恵をつけた。——わかったぞ。おい、雀丸」

「は、はいっ……」

「貴様のしわざだな。どうせ宇佐岐堂も、おまえが園をむりやり誘うたのであろう。わしの娘をたぶらかすとは許せぬ」

「い、いや、私はどちらかというとむりやり誘われているほうでして……」

「言うな！　おまえのせいで、わしの町奉行所での出世が遅れる。今日という今日は許さぬぞ」

　皐月親兵衛は十手を抜いて、雀丸に打ちかかった。

「そんな乱暴な……フワザ」

「だれがフワザだ！」

「園さん、怒っているというのはエゲレス語でなんというのです」

「アングリです」

「フワザ、アングリ！」

「やかましいわっ！」

「アングリ、アングリ！」

皐月親兵衛は十手をさんざん振り回したが、雀丸はひょいひょいとそれをかわした。疲れ果てた皐月同心がへばってしまったのを見て、雀丸は言った。

「皐月さん、おかしくないですか」

「な、なにがだ」

「日頃は、蘭学を齧《かじ》っているものがいる、というだけでいろいろ難癖をつけたり、召し捕ったりするのに、あれだけおおっぴらにエゲレス言葉を広めようとしている塾をほったらかし、というのは解せません。もしかしたらまだ気づいていないのかなあと思っていましたが、皐月さんはこうしてちゃんと知っている。——どうしてです？」

「うううるさいだまれ！　われらにはわれらの考えがあるのだ」

「考え？　どういう考えです」

「ええい、やかましい！」

皐月親兵衛の顔は赤鬼のように紅潮したが、怒鳴りたいのをこらえるかのように一度大きく深呼吸したあと、低い声で言った。

「よいか、雀丸。東町奉行所同心としてでなく、顔見知りとして忠告しておく。あの塾には近寄るな」

「なぜですか」

「なんでもよい。わしの言いつけを守るのだ。よいな」

「あるひとからも同じ忠言を受けました」

「だれからだ」

「それは言えませんが……」

「とにかくわしは忠告はしたぞ。それを守らずに貴様がどうにかなったとしても、わしは知らぬからな」

「わかりました。心にとどめておきます」

雀丸は頭を下げた。皐月同心は園の腕を摑《つか》み、

「帰るぞ。もう二度と、おまえをあそこに行かせぬからな」

「嫌です！　私は毎日通います」

「わがままを言うな。さあ、来るのだ！　おまえのせいで、わしが奉行所で肩身が狭くなる」

「フワザ、プリイズ！」

「うるさいっ！」

「雀丸さん、助けてっ！」

そう言われても、父娘《おやこ》のことに口出しはしにくい。

「あの……皐月さん、あまり手荒なことはしないほうが……それに、あまり怒ると頭《つむり》が禿《は》げますよ」

「ほっとけ！」

皐月同心は、嫌がる園の腕を摑んで引きずるようにして竹光屋を出ていった。

（まあ、仕方ないな。同心の娘がエゲレス語塾というのは……無理だよなあ）

雀丸はため息をつくと、竹とんぼを飛ばした。それは、まっすぐ飛ばずかたわらに掃き寄せてあった芥《ごもく》のうえに落ちた。

「だめだ、こりゃ……」

雀丸はそう呟いた。

◇

翌日から連日、雀丸は宇佐岐堂に赴いた。暇をもてあましていたこともあるが、どうもいろいろ気になって仕方がなかったのだ。もしかしたら町方役人の手入れがあったのではないか……そう思ってやってくると、案に相違して稽古屋のまわりは落ち着いた雰囲気だった。

「わての取り越し苦労やったかいなあ……」

「浮世床」の彦太郎は、すっかり安心している様子だった。というのも、宇佐岐堂の弟子たちは風紀を乱すような乱暴狼藉《ろうぜき》を行うことはなく、いたって真面目にエンギリシを学んでおり、浮世小路の平和は保たれていたからだ。

「ときどき大声で歌ったり踊ったりするのが聞こえてくるぐらいでな、あれやったら適塾の書生のほうがよほどひどいで。酔っ払《ぱろ》うて刀抜いて暴れたり、下を通るもんに二階から小便かけたりするさかいな。わてもこないだかけられた」

「見物人がお店の邪魔になっていませんか」

「それがやなあ、せっかく床屋があるんやからちょっと顔あたってもらおか、とか、髪結うてもらおか、ゆうて入ってくるやつがちょいちょいおるのや。いわば宇佐岐堂がうちの客寄せしてくれとるようなもんやろ」

数日まえとはかなり話が変わってきたようだ。

「それにな、こんなことをはじめたんや」

彦太郎は店の入り口に貼ったビラを指差した。そこには「当節流行のエゲレス髷《まげ》」とあった。

「なんです、これは」

「あっはっはっは……隣に相乗りして、ちょっとひと儲け……」

エゲレス髷というのはどんなものかときいてみたが、赤い元結を使い、髷の刷毛先《はけさき》を横に曲げただけらしい。

「なんでもええねん。エゲレスゆうといたらアホが結いに来るのや」

彦太郎は小声で言った。

「町方は来ていませんか？」

「まるで見かけへんなあ。いたって平穏やわ」

下聞きや「猿」と呼ばれる目明しの類が張り込んだりもしていないようだ。彦太郎は雀丸とともに格子越しに稽古場をのぞき込み、

「これというのもあの連名頭がしっかりしとるさかいや」

そう言って指差したのは黄精院という寺の僧、柏善であった。

「さすがは坊さんやで。毎日、稽古まえと稽古終わりに、隣近所に『うるそうしてすんまへん』と挨拶に来るのや。ときどき到来もんの菓子をくれることもあるで」

「ほう……」

柏善は今日も今日とて数珠を盛大に揉みながら、エゲレス語の歌を歌っている。

「あのご浪人さんも熱心ですね」

あの柿色の着物の浪人も、機嫌よさげに歌に和している。

「佐東塩蔵さんやろ。熱心やで。兎七さんの話では、エゲレス語の覚えは弟子のなかで一番ええそうや。そろそろ師匠の代稽古が務まるぐらいらしいで」

「ほかにもお侍さんがいますね」

「おとといと昨日だけで侍が五人入門したのや。これが適塾やったら、どこかの大名家の推薦がないと入れてもらえんところやけど、隣は稽古屋やさかい、そのあたりはたやすいもんやわな」

侍たちは、明らかに古着に継ぎを当てて着ている貧乏そうなものから、金のかかった装いのものまでまちまちだが、いずれも真剣な表情で歌を歌ったり、世界地図を見ながら国名を暗唱したりしている。歌は、その日は「諏訪の川」という曲だった。

「えーだんあぽんで、すわのーりばあ、はー、はらえ……」

どうして異国に「諏訪の川」という歌があるのかわからないが、なかなかいい歌だ。雀丸が慣れ親しんでいる日本の歌とはどこかしら違う旋律である。

「あれ……？」

雀丸は、端のほうで身をかがめるようにして「諏訪の川」を歌っている女性を見て、眉根を寄せた。

（園さん……）

手ぬぐいで頬かむりをして顔を半分隠し、町娘のような身なりをしてはいるが、まちがいなく園である。

（あれだけ皐月さんに叱られたのに……懲りないなあ……）

おとなしいようだが、園はこうと決めたら頑固な性格であることは雀丸もよくわかっていた。しかし、どうやって家を抜け出したのだろう……。

（たぶん、昼間、皐月さんが奉行所に行っているあいだにこっそり来ているんだな。ということは、お母上も加担しているな）

園の母、加世《かよ》もさばけたひとで、こういうときは夫の言いつけを守らないのである。

「では、この一件は落着ということでよろしいですね」

雀丸が言うと彦太郎はうなずき、

「えらい手間かけてすまなんだ。また、ごまめ屋で一杯おごるわ」

「お願いします」

雀丸は宇佐岐堂を離れた。背後では、

「だーずわまいはー、いずたーに、えば……」

と「諏訪の川」の大合唱が巻き起こっていた。その声に送られるように雀丸は浮世小路を西へと歩いていたが、途中でふと思いつき、北に折れた。そこには銅座があり、その西隣に緒方の塾こと適塾があるのだ。

もちろん稽古屋である宇佐岐堂とは異なり、二階建ての堂々たる一軒家である。しかし、常に若い塾生が大勢住み暮らしているため、外観はぼろぼろだった。玄関に門番もいないので、雀丸はしばらく表から声をかけていたが、だれも出てこない。しかたなく勝手になかに入った。土間があり、そこに立って、

「すいませーん、横町奉行の雀丸と申します。少しおたずねしたいことがあってまかりこしました。どなたかいらっしゃいますかー」

そう呼ばわると、奥から垢《あか》じみた浴衣《ゆかた》一枚という寒そうな格好の若者が、首筋をバリバリ掻《か》きながら現れた。無精《ぶしょう》髭を生やし、胸もとにも熊のような剛毛が生えている。

「おぬしはなんじゃ」

「私は横町奉行の竹光屋雀丸と申します」

「町奉行？　そげな貧相な町奉行があるか。おおかた町奉行を騙《かた》る偽者じゃろ。帰れ帰れ！」

「いえ、町奉行じゃなくて横町奉行……」

「なんじゃ、それは！」

地方から出てきたらしく横町奉行のなんたるかを知らないらしい。

「困ったなあ。どなたか話のわかるお方はいませんか」

「なに？　おいでは話がわからんと抜かすか！　貴様、おいを侮辱すっとただではおかんぞ！」

「そういうことじゃなくて……」

そこへやや年嵩の男が通りかかり、

「板橋《いたばし》、玄関先でなにを騒いでおるか。またご近所から苦情を言われてはわしが迷惑だ」

「これは塾頭、申し訳ごわはん。この町人がおいを侮辱すっようなことを抜かしたもんで、口争いになったとです」

左目の下に刀傷がある男は鋭い目で雀丸をひとにらみし、

「なんだ、貴様は。わが塾になにか用か」

「私は横町奉行を務める竹光屋雀丸というものです。この近くにできた宇佐岐堂というエゲレス語塾のことでお話をうかがいたいと思いまして……」

男はしばらく雀丸を凝視していたが、

「適塾は今のところ英吉利語の指南はしておらぬ。緒方先生はゆくゆくは……と考えておられるようだがな」

「ということは、宇佐岐堂は適塾の商売敵ではない、ということですね」

「商売？　たわけめが！　われらは国家百年の計に基づいて教育を行っておるのだ。そんなしみったれた考えはもとより持っておらぬのだ！」

「す、すいません。ということは、こちらの塾としては宇佐岐堂がエゲレスの良さをわかりやすく広めるのはかまわない、と思っておられるわけですね。エゲレスもメリケンも万々歳だと……」

「そんなことは思うておらぬ。英吉利であろうと亜米利加であろうと、わが国を武力をもって属国にせんとするならば、こちらも武力をもって打ち払わねばならぬ。そのためには相手の言葉や文物を知っておくべきであろう。自明の理だ」

「なるほど……。すいません、もうひとつだけ。こちらに佐東塩蔵という塾生がいて、なにか悶着があって退塾したと聞いたのですが、まことですか」

「知らぬ。そんな名前は耳にしたことがない」

もうひとりの男が、

「塾頭、お忘れですか。ほれ、あの土佐から参った……」

「うるさい、おまえは黙っておれ！」

一喝すると、塾頭は雀丸に向き直り、

「辞めたものについては当塾からなにも申すことはない」

「その悶着というのがどういうものだったかだけでも教えてもらえませんかね」

「入門希望者を入塾させるかどうか、門人を辞めさせるかどうかについては、緒方先生と八重《やえ》先生だけが決める。わしにはわからぬ」

「でも、なんとなーく小耳に挟んでいるとか……」

「辞めたものはたくさんおる。いちいち覚えていられるか。さあ、用が済んだら帰れ！おい、板橋、なにをぐずぐずしている。この町人を追い出せ！」

「は、はい、ただいま！」

塾生が太い腕で、胸を突いてきたので、雀丸は外に出た。

なんの収穫もなかった。適塾ではエゲレス語を教えていない、ということがわかっただけだが、雀丸は、これで宇佐岐堂の件は終わりにしよう……そう思った。

◇

天王寺の口縄坂に一家を構える女侠客、口縄の鬼御前は、大酒飲みである。日が暮れるのを待たず、毎晩どこかで飲んだくれる。今日も今日とて、近くの安い居酒屋で子方《こかた》の豆太《まめた》を相手に一杯飲んでいた。

鬼御前は、横町奉行を助ける「三すくみ」のひとりで、歳は三十過ぎ。ややむっちりした肉づきで、もともと背が高いところに一本歯の高下駄《たかげた》を履いているので、並の男よりも頭ひとつ出るほどたっぷ(ぱ)がある。裾がやけに短い大きめの浴衣をだらしなく着崩し、太股《ふともも》を大胆に見せ付けている。動くたびに、胸もとや腕、太股からちらちらのぞくのは刺青《いれずみ》の端だ。背中いっぱいに入れた大蛇の刺青が鬼御前の自慢なのである。いわゆる女伊達《おんなだて》というやつだ。顔には歌舞伎役者の隈取《くまど》りのような化粧を施しており、だれも恐れて近づかぬが、たまに女と侮った酔客がちょっかいを出しても一瞬で叩きのめされるのがオチだった。腕っぷしも強いのである。

「なあ、豆太」

入れ込みであぐらをかき、茶碗酒《ちゃわんざけ》を飲みながら、鬼御前は言った。

「なんです、姉さん」

「あてのこと、ええ女やと思う？」

「もちのろんでおます。姉さんは大坂一のええ女だす」

「はあ？」

鬼御前は酔いのせいで真っ赤に充血した目を凝らして豆太をにらんだ。

「あんた……あてを馬鹿にしてるのか」

「え……？　わて、なんぞうかつなこと言いましたかいな」

「あてが大坂一やて？　あてはなあ……日本一のええ女や。しょうもないこと言うたら承知せえへんで」

「へ、へえ。わてが間違うてました。姉さんは日本一のええ女だす」

「そのええ女のあてもええ歳や。そろそろ身ぃ固めよかなあ」

「えええええっ？　ほなヤクザをやめる、ゆうことだっか」

「アホ。極道は生涯やめるかいな。こんな極道と一緒になってくれるええひとはおらんかなあ」

「いてますいてます」

「いてるか？」

「いてまんがな、姉さんの目のまえに……」

豆太はおのれを指差した。

「はあ？　あんた、いっぺん鏡と相談してみ」

「鏡とは毎日相談してまんねやけどなあ」

「その鏡、割れてるんとちがうか」

そう言うと鬼御前は酒をがぶりと飲み、ため息をついた。

「雀さんなんか、どやろ」

「は？　なんぞ言いましたか」

「雀さんなんかどやろ、て言うたんや」

「あっはははは……雀さんはあきまへんわ。横町奉行こそ姉さんに助けてもろてなんとか務めてはりますけど、あんなひょろひょろの柔弱な男、とてもとても鬼御前一家には不向きでおます。やめときなはれ」

「そやろか。ああ見えて案外、たのもしいところもあるんやで」

「そうだっか？　わてにはそうは思えまへんけどな」

「あんたにはわからんのや、雀さんの良さがな」

「けど、雀さんには園とかいう同心の娘がいてまっせ」

「あんな丸顔の小娘のどこがええねん！」

「すんまへん。でも、もうひとり……鴻池《こうのいけ》の娘がいてまっしゃろ。あっちは強敵だっせ。なんせ日本一の金満家……」

「もっと小娘やないか。あんたなあ、しょうもないこと言うたら張り倒すで」

そのときどこからともなく、妙な歌が聞こえてきた。歌、と言えるのかどうか……ともかく奇妙な節回しなのだ。

「メーリ……ハダリルラ……」

鬼御前はだれが歌っているのかを見定めようとふらふら立ち上がった。

「リルラ、リルラ……リルラ、リルラ……」

「なんじゃい、リルラリルラて」

どうやらその歌は、入れ込みの壁に寄りかかって半ば眠っている浪人らしき侍が寝言のように口ずさんでいるのだ。小太りで青い格子縞《じま》の着物を着ている。

「近頃、大坂で流行ってるエゲレスの歌とちがいますか」

「はあ？　日本人なら日本の歌を歌わんかい。耳障りやなあ」

目を閉じた浪人は無意識なのか歌をやめない。半開きにした唇から歌がこぼれ落ちている。

「リルラ、リルラ……メーリハダリルラ……」

鬼御前が、その浪人の頬を張り飛ばそうとしたので、

「姉さん、あきまへんて」

あわてて豆太がとめた。

「店を壊すようなことになったらまた償《まど》わなあきまへん」

「わかってる。あてはそこまでアホやない」

「そうかなあ……」

「なに？」

「いや、なんでもおまへん」

鬼御前は浪人の額に人差し指を押し当てて、

「あんた……なに歌《うと》とんねん」

浪人はうっすらと目を開け、

「なんじゃ……わしはなんぞ歌うておったか」

「歌うておったもなにも、ラリルレロ、ルリラレロ……ゆうてずっとわけのわからんこと言うとったわ」

「うーい……」

浪人はげっぷをすると、

「それは『メリの小羊』と申すエゲレスの小唄だ。メーリハダリルラ、リルラ、リルラ……」

「なんでもええ、やかましいねん。黙って飲まんかい！」

「なに？　おのれは町人のくせに武士に指図する気か」

豆太がしきりに「やめとけ」という仕草をしているが、鬼御前はかまわず、

「あかんのかい。あてはエゲレスもメリケンも嫌いやねん」

「ほほう、それは気が合うのう。わしもメリケンは大嫌いだ」

「ほな、なんでそんな歌歌うのや」

「これには仔細《しさい》あり。女、メリケン嫌いとは気に入ったぞ。こっちへ来て酌をせい」

浪人はへべれけに酔っていて、相手が傾奇《かぶき》ものかどうか見分けがつかぬようだ。

「なに言うとんねん、アホ！」

鬼御前は浪人の右肩を突いた。小太りの浪人はその場に倒れ、

「ぶ、無礼者！　武士を小突くとはなにごとだ！」

「なんや、やるんか？　やるんやったら相手になるで。命のやり取り、一番行こか」

立ち上がった浪人は刀の柄《つか》に手をかけたが、しばらくするとだらりと両手を垂らし、

「やめた」

「なんや。やめるんかい」

「ああ、やめた。わしには大望がある。女、貴様を斬るのはたやすいが、大事のまえの小事。助けてつかわす。命冥加なものよのう」

「なに勝手なこと抜かしとんねん。あてはなんぼやってもかまへんで」

「たとえ貴様のような素町人《すちようにん》でも、斬れば番所に届け出ねばならぬうえ、刀の穢《けが》れになる。行け。いずこへなりと立ち去れい」

「はあ？　あてはまだまだここで飲むで。あんたが立ち去りいな」

「そうか。ならばわしは去ぬとしよう。さらばだ」

浪人は着物の土を払うと、ふらふらした足取りで店を出ていった。居酒屋の主《あるじ》が、

「あっ、お侍さん、お代もろてしまへんで！」

しかし、浪人は振り返ろうともせず行ってしまった。肩を落とす主に鬼御前が、

「あの侍、いつも来るんかいな」

「そうだすなあ。たまに来はりますけど、お金払うたことおまへんのや。いつもツケだす。だいぶ溜《た》まっとるなあ」

「どこのだれかはわかっとるんか」

「家は立売堀《いたちぼり》やそうだすけど、このあたりの寺に知り合いがいて、そこに泊まりにきてはるそうだす。名前は……中道《なかみち》十《と》一郎《いちろう》やったかなあ……。ツケ払うてくれ、言うたら刀抜いて暴れまんねん。ほんま、かないまへんで。うちら利の薄い商いやのに……」

「まあええがな。あの侍の分まであてが飲んだげるさかい」

「たのんまっせ」

そのとき豆太が、

「姉さん、姉さん、ちょっとここを見とくなはれ」

そう言って、侍が座っていた場所を指差した。

「あのガキ、財布忘れていきよりましたで。アホなやっちゃなあ」

「飲みすぎたらあかん、ということや。わかったか、豆太」

「姉さんに言われとうおまへんわ。——けど、わてらついとりますなあ。ここの勘定、みなこの財布から出したろ」

主もほくほく顔で、

「うちのツケも、今日の分も含めてちょうだいしますわ。ざまあみろっちゅうねん」

しかし、鬼御前は財布に手を伸ばそうとした豆太をとめた。

「あかん」

「なんでだす？　あいつもべろべろやったし、黙ってたらわかりまへんで」

「たぶん、あてがさっき小突いたときに落としたんやろうと思う。それを猫ババするのはあての俠客としての誇りが許さんのや」

主がおずおずと、

「けど、わてのツケは返してもろてもよろしいやろ？」

「それもあかん。当人に内緒で勝手に取るのは盗人《ぬすっと》とおんなじや」

「ひえーっ」

「その分はあてが立て替えといたる」

　豆太が、

「姉さん、あんなろくでもない浪人のためにそこまでしはらんかて……」

「いや、ああいうやつやからこそ、きっちりせなあかん。それが任侠の道や。――今からこの財布、あの中道とかいう侍に返してくるわ。どこの寺に泊まってるて言うとった？」

「さあ、そこまでは……。けど、向かいに饅頭《まんじゆう》屋がある、とは言うてはりました」

「それだけではわからんなあ……」

　鬼御前は財布の紐《ひも》をほどき、なかを検《あらた》めた。細かい銭ばかりだったが、全部合わせると二朱ほど入っていた。ほかになにかないか、と探ってみると、細かく折り畳んだ書き付けが出てきた。広げてみたが、図面のようなものに異国の言葉でいろいろ書き込まれており、さっぱりわからない。

「まあ、ええか。この財布はあてが預かっとく。――親爺《おや》っさん、酒がないで！」

　鬼御前は空の徳利を振ってみせた。

◇

事件が解決……というか、なにもしないのに落着してしまったので、雀丸はまたしても暇になってしまった。小遣い稼ぎの竹とんぼ作りに精を出すことにしたが、どうもまっすぐに飛ばない。ひょろひょろと右へ曲がってしまう。

「どうしても右に曲がる不思議な竹とんぼ、として売り出そうかな」

雀丸がそう独りごちたとき、

「マルはおるか」

のっそりと入ってきたのは、髪を総髪にし、よれよれの羽織袴《はかま》を着けた男だった。

「なんだ、諒太郎《りようたろう》か」

丸之助《まるのすけ》だった雀丸を「マル」と呼び捨てにするのは、大坂城の蔵奉行手代だった烏《からす》瓜《うり》諒太郎だけだ。眉宇《びう》がでっぱり、ぎょろ目で、鼻が天狗《てんぐ》のように高い。かつては「大坂一いいかげんな男」と雀丸が太鼓判を押すほどの無責任ぶりで、周囲から金を借りては踏み倒すことを繰り返していたが、妹の病を治すために一念発起して長崎に留学し、内藤厳馬《ないとうげんま》という蘭方医のもとで阿蘭陀語と医術をみっちり学んで戻ってきた。阿蘭陀語はカピタンや通詞がほめてくれたほどに上達したのだそうだ。今は立売堀の長屋で細々と開業しているが、蘭方医としての腕もいいらしい。ただ、ときどき以前のいい加減さが顔を出すのが玉に瑕《きず》である。

「なんの用だ。竹光の注文か」

「そんなものはいらぬ」

「ならば、竹とんぼでも買ってくれ」

「それもいらぬ」

「かならず右へ曲がる不思議の竹とんぼだぞ」

「いらぬいらぬ」

「じゃあ帰れ」

「邪険にするな。横町奉行としてのおまえの耳に入れたい話があるのだ」

そう言うと諒太郎は土間の筵に座り、雀丸の湯呑《ゆの》みを手にして茶を飲み干した。

「あ、それは私の……」

「ぶはは……いいではないか。ぬるかったが我慢してやる」

「喉が渇いているなら、ちゃんと新しいのを淹《い》れてやるのに……」

雀丸はカンテキに火を熾《おこ》し、湯を沸かした。

「すまんな」

まるですまなそうに見えぬ顔で諒太郎は言った。

「なんだ、横町奉行の耳に入れたい話というのは……」

「俺の長屋に、どこかの浪人らしい若い侍が越してきたのだ。身なりは整っているし、暮らしぶりは悪くなさそうだ。だが……どうも変なのだ」

「どこがどう変だ」

「なにをして暮らしを立てているのかわからぬが、閉じこもったきり一日中出てこぬ。なにかごそごそやっておるらしい。戸の開けたての様子だと、どうやら夜中に出ていって、明け方に戻ってきているようだ」

「盗賊だと言うのか。そうと決め付けるのは早計だぞ。夜鳴きうどん屋や色里の仕出し屋、船宿……夜中に働く仕事はいろいろある」

「盗賊と言うてはおらぬ。とにかく夜に出歩いていると言うただけだ。で、今日、俺はその家のまえに書状が落ちているのを拾ったのだ。表書きはなく、裏には『甘辛《あまから》』とだけ記してあった」

「甘辛？　妙な雅号だな」

「その浪人が落としたものだと思うてな、俺は親切心からその家に入り、これは貴公が落としたものではないか、と問うた。そいつは、小太りで、髪の毛の薄い、陰気そうな顔のやつでな、俺にじろりと目を向けたかと思うと、『なかを見たか？』と言いやがった」

「ありがたい、も、すまんな、もなしか」

「そうだ。失礼なやつだと思ったが、『見てはおらぬ。貴公のものなのか』と重ねてきくと、無言でうなずき、俺の手からひったくると、『書状は落とすし財布は落とすし

『……さんざんだな。そのうち命を落とすんじゃないか……』と自嘲ぎみにつぶやいた。まあ、それで俺の用件は済んだわけだが、そいつの家のなかを見回すと、蘭書が積んであるではないか。阿蘭陀語で書かれた写本もあった。しかも、薬の紙袋がたくさん散ばっており、薬研《やげん》やすり鉢、秤《はかり》などもある。俺はつい喜んでしまってな……」

諒太郎はつい、

「なんだ、貴公も蘭方医か。俺もなんだ。同じ長屋に蘭方医がふたりいるとは奇遇だな」

そう言うと、小太りの浪人は馬鹿にしたように、

「わしは蘭方医ではない」

「なんだと？　薬袋や道具があるではないか。それに蘭書もある」

「これが蘭書に見えるとしたら、あんたの目は節穴だな。これは、エゲレス語の書物だ」

「エゲレス語だと？」

言われてよくよく見返すと、たしかに阿蘭陀語ではない。

「ほう……エンギリシとやらならば俺には読めぬが、貴公はエゲレス語の修業をしたのか」

「まあな」

「俺は、長崎の蘭方医から阿蘭陀語を教わったのだが、貴公は通詞にでも習うたのか」

浪人は鼻で笑い、

「そんなことはあんたには関わりないだろう。――だが、言うておくぞ。これからは阿蘭陀語などクソの役にも立たぬようになる。エゲレス語を学ばねば、日本は毛唐どもに遅れを取るぞ。今、世界でもっとも危ないのはエゲレスとメリケン、つまり、エゲレス語を使っておる国だ。やつらの属国になりたくなかったら、エゲレス語を学び、やつらのことを詳しく知ることだな」

そこまで言って、浪人は「言い過ぎた」と思ったのだろう、急に口を閉ざし、

「書状はたしかにもろうた。わしは忙しい。ほかに用がなければ帰ってもらおうか」

たしかに、書状を届けにきたのだから、それが済めば用なしである。しかし、なんとなく帰りづらかった諒太郎は、

「医者でもないのに、なにゆえ薬やら薬研やらを置いているのだ」

浪人は諒太郎をちらと見ると、

「わしは、いろいろな薬を集めて、自分なりに調合するのを楽しみにしておる。それだけだ」

「ほう……」

それ以上はなにもききだせそうになかったので、

「邪魔したな」

諒太郎はその家を出た。

「——というような話だ」

諒太郎が雀丸に言うと、

「まさかその浪人、柿色の着物を着てやしなかったか」

「いや……俺が今日見たときは青い格子縞の着物だった」

「そうか……」

勘は外れたようだ。まあ、世の中のことすべてがつながっているわけではない。

「どうだ。やばくないか。すぐに俺の長屋に来たほうがよいぞ」

雀丸はかぶりをふり、

「浪人者が薬を調合して、エゲレス語を学んでいる……なにも厄介なことはないようだが」

「なんだと？　公《おおやけ》の許しが出ている阿蘭陀語ですらお上の目が光っている。あんなボロ長屋に巣食っている貧乏浪人がエンギリシを学んでいるというのはおかしいとは思わんか」

「学問好きなのだろう。熱心で、いいことじゃないか」

「呑気《のんき》に構えていると、とんだ騒動が起こるやもしれんぞ」

「諒太郎、おまえが長崎から戻ってきたとき、蘭学を学んできたというだけで切支丹の疑いをかけられ町方に付け狙われたのを忘れたのか。私も、蘭書翻訳取締令に触れる本を持っているとして罪を着せられそうになった」

「ああ、あれはムカついたな」

「だろう？　なにもしていないひとたちを、お上のご威光を振りかざして恐れ入らせたり、罪に陥れるのは横町奉行の役目じゃない」

「これからなにかしでかすかもしれんのだぞ」

「だとしても、だ。横町奉行はお上の手先じゃない」

諒太郎は一瞬間を置いてうなずき、

「そうか……そうだな」

「それに、エゲレス語はこりごりなんだ」

「どういうことだ」

雀丸はこれまでの出来事を話した。

「ぶっははは……そうか！　大坂にエゲレス語の塾ができたか。面白いではないか。江戸にもないぞ。天下のさきがけだ。しかも、塾ではなく稽古屋というのが大坂らしい」

「皆、異国の言葉や文物を物珍しげに楽しんでいるだけだ。学者や医者だけでなく、ただの町民や女こども、浪人なんぞがそういうものに親しめるなんて、素敵だと思わないか？　ややこしい政とは関わりはない。だとしたら、私は大坂のそういうひとたちを守りたいと思う」

「うむ、それはよい。それはよいのだが……」

「なんだ。まだなにか言いたいことがあるのか」

諒太郎は座り直すと、

「マル……これはかならず内密の話だ」

「ああ、わかった。聞こう」

諒太郎は左右を見渡し、

「奥にお祖母殿《ばば》がおるだろう」

「お祖母さまはかまうまい」

「いや……だめだ。もし漏れたらたいへんなことになる。こう言ってはなんだが、お祖母殿は口が堅い……とは言えまい」

「そりゃそうだなあ……」

加似江の口は柔らかすぎるほうだ。

「俺とおまえだけの話にしてほしいのだ。それほどの密事だと心得ろ」

「わかった」

　雀丸は奥に向かって、

「お祖母さま！　ちょっとよろしいですか」

　すぐに加似江が現れた。どてらのうえにもう一枚どてらを着込んでいる。

「なんの用じゃ、雀丸。——お、烏瓜、おまえも来ておったのか」

　そう言って諒太郎に胡散臭そうな顔を向けた。加似江はかつて諒太郎が借金を踏み倒して逃げたことをいまだに根に持っており、「ひとでなしのクソ馬鹿」とまで言いきっていた。雀丸は、

「そろそろお風呂に行かれてはいかがです？　今日は格別に寒いので、温まってこられてはどうかと思いまして」

「風呂ならば昨日行った。二日も続けて参るのは贅沢《ぜいたく》じゃ。それに、この寒さでは、せっかく温もっても、帰ってくるまでのあいだに凍りついてしまう。家で炬燵《こたつ》にあたっていたほうがよいわい」

「そうですか……。では、帰りの道中で温まる工夫をなさってはいかがでしょう」

「道中で温まる工夫？　それはなんじゃ」

「風呂屋からここまで戻るあいだに、うどん屋があります。あそこで素うどんでも食べるというのはいかがでしょう。熱い汁を飲み干せば、身体もほこほこと温もります」

「なるほど。それはそうじゃが、生姜《しょうが》を入れたあんかけうどんのほうがより温もるので

はないかや」

「そ、それはそうですね。わかりました。今日はあんぺい（あんかけうどん）をはりこみましょう。おろし生姜が入った熱いあんは汗が出ますよ」

雀丸がそう言ったとき、諒太郎が口を挟んだ。

「お祖母殿、それなれば風呂屋からちょいと北に行くと梅檀《せんだん》ノ木橋《きばし》があります。そのたもとに……」

「ごまめ屋か！」

ごまめ屋は加似江や雀丸が行きつけにしている居酒屋であった。伊吉《いきち》とお美代《みよ》という若夫婦が営んでいる。雑喉場《ざこば》や天満《てんま》の青物市場から毎朝旬の食材を仕入れてくるうえ、伊吉の板前としての腕もよく、酒も吟味してあるわりには安い……というわけで、安心して飲める店なのだ。とはいえ、今の雀丸には加似江に居酒屋で飲ませるほどの金はない。雀丸が青くなっているのも知らず、諒太郎は続けた。

「はい。ごまめ屋で燗酒を二、三本も飲めばぬくぬくとしたまま帰ってこられるのではありませんか」

加似江は幸せそうな表情になり口の端のよだれを手の甲でぬぐったが、にわかに顔を引き締め、

「たわけ！　そんな冗談《てんご》を口にするでない。今、酒を飲みにいけるような金はわが家に

ないことぐらいはわかっておる！」

　諒太郎が咳払いをして、

「あの……お祖母殿」

「なんじゃ、へげたれ」

「へげたれとは口が悪いな」

「へげたれで悪ければひとでなしじゃ」

「俺がその酒代を出してやってもよいぞ」

「なに？　ひと……のよい蘭方医のおまえさんがか」

「お祖母殿にはいろいろ世話になっておるからな。ちょっと小銭が入ったので、おごってもよい」

「まことか？　嘘ではあるまいな。この年寄りをたばかると、後生に障るぞよ」

「嘘ではない。ほれ、ここに……」

　諒太郎はいくばくかの金子《きんす》をふところから取り出し、加似江に渡した。

「うむ、これならば銚子《ちょうし》五本ほどは飲めようぞ。――なれど、なにゆえわしにおごってくれるのじゃ」

「風呂上がりはことに風邪を引きやすい。お祖母殿が、この寒空に風邪を召しては可哀《かわい》相《そう》だと思うてな」

「ほっほう、それはそれは……年寄りをいたわる心、これが肝心じゃ。雀丸にはいくつになってもそういう心が芽生えぬから困る。——雀丸、おまえも少しは烏瓜を見習うがよいぞ。雀には竹、蝶《ちょう》には花、年寄りには小遣いじゃ」

雀丸は頭を低くして、小言が通り過ぎるのを待った。

「では、行って参る。金があると、風呂に行くのも張り合いがあるわい」

加似江はうきうきと出かけていった。

「これでいいだろう。——さ、話せ」

諒太郎は真面目な顔になり、雀丸に顔を近づけた。

「阿蘭陀風説書というのを知っておるか」

「さあ……聞いたことがあるようなないような……」

「頼りないのう。長崎の阿蘭陀商館のカピタンが出す文書だ」

商館長《カピタン》は年に一度の阿蘭陀商船来航時、船長や事務長から聞き知った情報に基づいて、世界情勢をまとめたものを長崎奉行に提出する。それを阿蘭陀通詞が翻訳し、江戸城の御用部屋、つまり老中に届ける。これが「阿蘭陀風説書」であり、鎖国中の日本にとっては、西欧の状況に触れる唯一の公の手段であった。

「われらは年一回のその文書によってしか異国の動きを知ることができぬ。情けない話ではないか」

「そうかな。私は国内のことはおろか大坂のなかの出来事にも通じていないから、西欧のことまで知りたいとは思わないけど……」

「おまえは呑気でいいのう。それではあの浪人が申していたように、明日起きたら、日本はエゲレスの属国になっていた、ということになりかねぬぞ」

「あはは、まさか……」

『阿蘭陀風説書のほかに『別段風説書』というものがある。これは、カピタンではなくジャワの東インド総督が作るものだ。エゲレスと清国が争った阿片戦争の折に、より詳しく知りたいという公儀の求めに応じたもので、以来、毎年提出されているのだが、昨年の別段風説書にぶったまげるようなことが書かれていたらしい」

「へー、どんな」

諒太郎はぐっと声を落とし、口を雀丸の耳に近づけた。

「メリケン大統領の命を受けた艦隊八隻が今年中に日本に現れるらしい」

雀丸はしばらく黙っていたが、

「はあ……？　どういうことだ」

「どういうことっておまえ、俺が言ったことがわかったのか」

雀丸はかぶりを振り、

「大統領というのはなんだ？」

「メリケンの将軍みたいなもんだ。ただし、四年ごとに代わる」

「ふへーっ、将軍が四年で代わってたらえらいことだな」

「うまく政を行うと評されれば、もう四年務めることができるが、長くても八年したら位を譲らねばならんのだ」

「息子にか?」

「いや、大統領は入れ札《ふだ》で選ばれるんだ」

「だれが選ぶんだ。老中や若年寄か」

「ちがう。メリケンの大統領は、国の民みんなが選ぶのだ」

「わけがわからんなあ。そんな国がこの世にあるとは……」

「そのメリケンの将軍が、軍艦八隻を日本に派遣したのだ」

「なんのために?」

「日本に開国を迫るためだ」

雀丸は腕組みをして、

「よその国のことはほっといてくれたらいいのに」

「そうはいかんのだ。メリケンだけではない。エゲレスも阿蘭陀も露西亜も……日本との交易を求めて列強が争っている。開国競争に負けぬように必死になっている。日本もいつまでも鎖国だ、打ち払いだ、とは言うておれぬだろう。もし、ここでの外交をしくじれば、阿片戦争のときの清国の二の舞になる」

「おまえはそんな大事なことをどうして知ったんだ」

「そのことだ」

諒太郎によると、今回の別段風説書の内容があまりに重大なので、長崎奉行所では通詞を一室に押し込めて翻訳に専念させ、原文も訳文も持ち出しを厳重に禁じた。だから、その中身を知るものは、長崎奉行と長崎目付ら数人にとどまるはずだった。しかし、どこからどう漏れたのかわからないが、別段風説書の内容は流出してしまった。おそらく翻訳を担当した通詞が知り合いにしゃべったのだろう。しゃべらずにはいられないような、衝撃の情報なのだ。

どうやら一番最初に通詞から別段風説書の中身を聞き出したのは、薩摩島津家の聞役《ききやく》、大迫源七《おおさこげんしち》という人物だったらしい。彼が、島津家の家老に報告し、家老が当主島津斉彬《なりあきら》に知らせた。斉彬公はそれを土佐の山内家、伊予宇和島《いようわじま》の伊達《だて》家、越前福井の松平《まつだいら》家……などに伝え、次第に広まっていったものと思われる（作者註・浦賀奉行、江戸の佐久間象山《さくましょうざん》とその塾生、長州《ちょうしゅう》の吉田松陰《よしだしょういん》らも、前年の段階で「亜米利加の軍艦が大統領の公文書を持って来航する」という情報を知っていた）。

「俺は、長崎にいたころの蘭学仲間で、佐竹亀之進《さたけかめのしん》という男からの手紙で知ったのだ。

佐竹は、森山栄之助という年番小通詞の書生をしながら阿蘭陀語とエゲレス語を学んでいる男でな……」

「森山栄之助？」

「なんだ、マル、知っているのか。今、日本の通詞のなかではもっともエンギリシに堪能だと言われておる人物だぞ」

「いや……ちょっと小耳に挟んだ名前だったのでな……続けてくれ」

「その森山殿が、此度《こたび》の阿蘭陀風説書と別段風説書を訳した御仁なのだが、佐竹は森山殿から文書の中身を聞いたらしいのだ。で、他言無用と前置きしたうえで、俺にそのことを教えてくれた」

「うーん……まことかなあ。おまえ、その佐竹という友だちに担がれているんじゃないのか？　メリケンの軍艦が八隻も日本に……来るわけないと思うがなあ。阿蘭陀国が法《ほ》螺《ら》を吹いているだけじゃないのか？」

「長崎奉行もそう言っているようだ。カピタンが阿蘭陀の国益のために嘘をついている、となった。メリケンが来る、来ると脅して、そのまえに阿蘭陀と新たな条約を結ばせようとしている、というわけだ。だが、俺はそうは思わん。風説書には、蒸気仕掛けの軍船八隻が来る、と書かれていて、それぞれの名前まで明記してあるそうだ。そこまで細かく法螺を吹くか？」

「………」

「それだけじゃない。艦隊を率いる提督の名もわかっているのだぞ」

「なんというやつだ？」

「ペルリだ」

「ペルリ？　なんだか……美味そうな名前だな」

そう言って雀丸は舌をぺろりと出した。

「しかも、風説書の文章が正しいなら、その艦隊はすでに北亜米利加を出発しているらしい。そんなすぐにバレるような嘘をつくとは思えん」

「ふーむ……」

「もし、メリケンの艦隊が日本に来たらどうなると思う？」

「さあ……みんなが歓迎して、えーびーしーりー……と歌ったり踊ったりするとか」

「馬鹿。対応を誤ると日本はメリケンに占領されるかもしれんのだぞ。清国は、阿片戦争に大敗してむりやり開港させられ、エゲレスに香港《ホンコン》を奪われたうえ、どえらい額の賠償金を取られた。エゲレスやメリケンの軍隊がやってきたら俺たちはひとたまりもないのだ。そんななかに、エンギリシを皆に広める……というのはお上にとっては見過ごしにできぬだろう。エゲレス、メリケン贔屓を増やすことにつながるからな」

「でも、おまえの長屋の浪人が言うように、エゲレスやメリケンに遅れを取らないためには、エンギリシを学び、向こうのことを詳しく知らねばならないだろう」

「そのとおりだ。だが、大坂の町奉行所はそこまで考えておるまい。風説書はとうの昔に老中に届けられているはずなのに、今のところ、公儀はなんの手当てもしようとしていない」

「長崎奉行が言う、メリケンが来るというのは阿蘭陀の法螺、というのを信じているんじゃないかな」

「それもあるが、おそらくは手当てのしようがないのだ。今、日本には外洋に出ていける軍船は一隻もない。異国が攻めてきたときに防げるまともな台場《だいば》（砲台）もない。なーんにもないのだから、ペルリが来るのがわかっていてもどうしようもない、といったところだろうな」

「困ったなあ、それは……」

「そういった事情を考えると、エゲレスとメリケンは日本の敵だということになる。大坂城代や町奉行所は公儀に尻尾《しっぽ》を振って、エゲレス言葉を蘭学以上に厳しく取り締まるに違いない。うちの長屋の浪人はもとより、その稽古屋の師匠や弟子たちも召し捕られるだろう。大坂でまた、蛮社の獄のような騒ぎが起きるのは好ましくなかろう」

「う、う……そうだな」

「まして、おまえの許婚《いいなずけ》が通うておるのだろう。すぐに辞めさせたほうがよいぞ」

雀丸は飲みかけていた茶をぶっと噴いた。

「ああああのひとは許婚なんかじゃない。ただのネコトモだ」

「わかったわかった。そのネコトモがえらい目に遭うのは避けたいだろう」

「ありがとう、よく知らせてくれた……」

皐月親兵衛の様子では、園の宇佐岐堂通いは禁止になるだろうが、園のことである、おとなしく親の言いつけを守るとは思えない。

（目を離さないようにしよう……）

と雀丸は思った。

「そろそろお祖母殿も戻るだろう。俺は去ぬぞ」

立ち上がった諒太郎に雀丸は、

「なあ、烏瓜。まことにメリケン船は来るんだろうか。阿蘭陀がでたらめを言ってるだけだったらいいなあ」

「わからん。わからんが……備えだけはしておいたほうがいいだろうな。お上はあたふたしているだけで頼りにはならぬ」

「備えか。備えってなんだ」

「まことは軍艦の大筒《おおづつ》に対してそんなものではどうにもならんのだが、まあ、刀とか槍とか鉄砲か……」

「とほほ……ますます竹光が売れなくなるなあ」

雀丸は、自分が望んでいる「大坂のみんながのんびりと過ごせる世の中」が手の届かないところに行ってしまいそうに思えてきた。これからいろいろな意味でたいへんなことになっていくのではないか……と雀丸は思った。そんななかで、横町奉行として自分はなにができるのだろうか……。

（皐月さんは、あの塾には近寄るな、と言っていたが、明日にでももう一度行ってみようかな……）

雀丸がそう思案したとき、入り口のほうから足音が聞こえた。てっきり加似江が帰ってきたのだと思った雀丸は、

「暖かいまま帰ってこられましたか？」

そう声をかけたのだが返事はない。立ち上がって、表に出ようとしたとき、三人の男がいきなり入ってきた。全員、武士だ。覆面をしているので顔はわからないが、そのうちのひとりに見覚えがあった。柿色の着物を着た男……つまり、佐東塩蔵だ。あとのふたりは、小太りの侍とやけにのっぽの侍である。

「なにかご用……」

ですか、と言うまえに三人は抜刀していた。

「いやいや……早すぎるでしょう」

雀丸は一歩下がった。

「宇佐岐堂に手を出すなと言うたはずだ」

　佐東が言った。

「手なんか出してませんよ。様子を見に行っていただけです。それも落着しましたので、もう行きません。ご安堵ください」

「言うな。——貴様、町奉行所の犬だな。ここで始末をつけてやる」

「始末だなんて物騒な……それに私は町奉行所の犬でも猫でもありません。横町奉行です」

「語るに落ちたな。拙者の読みが当たった。やはり町奉行とつながりのあるものであったか」

「だーかーらー横町奉行は町奉行とはなんの関わりもなくてー……」

「今、横町奉行だと申したではないか」

「いや、横町奉行というのはですね……」

　雀丸は横町奉行について説明しようとした。

「土佐から来られた方が横町奉行を知らないのは無理もありませんが、横町奉行というのは大坂だけにある役目でして……」

「やはりだ！　こやつ、土佐の出だという拙者の素性を知っておる。町方のものに間違いはない。斬れ、斬ってしまえ！」

そう叫びながら佐東はいきなり斬りかかってきた。話が通じそうにないので、雀丸は咄嗟《とっさ》にその場にあった竹とんぼを佐東に向けて飛ばした。竹とんぼは大きく曲がって飛んだあと、佐東の顔面を横合いから直撃した。

「ふわあっ！」

佐東は竹とんぼを摑んで土間に叩きつけた。その隙に雀丸は、壁に立てかけてあった太い竹を摑んだ。まだ下拵えしていない、枝葉がたくさんついたままの竹だ。雀丸はそれで佐東の足もとを払った。てっきり雀丸が竹で打ちかかってくるものと思っていた佐東は、不意をつかれてその場に転倒した。

「ひ、卑怯《ひきょう》ものめ！」

叫ぶ佐東の口に、雀丸は葉っぱの部分を押し込んだ。

「う、はぐぐっ……」

佐東は目を回した。雀丸は、

（こいつら、ひとを斬ったことはないようだな……）

と思った。倒れた佐東を助け起こそうともせず、

「佐東、油断だぞ」

「見苦しい。下がっておれ」

冷たい言葉をかけてあとのふたりが進み出、左右から同時に斬りかかってきた。雀丸

は後ろに下がりながら竹を薙刀《なぎなた》のように振り回す。竹のしなやかな小枝や硬い葉っぱがふたりの首筋や腕にぱしぱし当たる。あちこちに引っかき傷が無数にできた侍たちはひるんだ。

「町方の犬にしてはなかなかやるな」

「町方じゃないんですって！」

　雀丸は道具箱に飛び乗り、

「あなたたちはよほどエゲレスやメリケンが好きなんですね。こうまでしてエゲレス語の稽古屋を守りたいのですか」

　ようよう立ち上がった佐東が鼻で笑い、

「エゲレスやメリケンが好きだと？　笑止！　逆さまだ。われらはメリケンのやつらを……」

「おい、佐東……！」

　背の高い侍が佐東の脇腹を拳で突き、

「うかつなことを言うでない」

　佐東は顔をしかめ、

「す、すまぬ。つい……」

　小太りの侍が、

「よいか。こやつを壁際に追い詰め、三人で一斉に正面からかかれば、たかのしれた町人、かならず仕留められる」

「そ、そうだな」

「かかる素町人ごときにかかずりあっておるときではない。たやすく片をつけて、つぎに進むのだ」

よく見ると、小太りの侍は青い格子縞の着物を着ている。雀丸はこの男が、諒太郎の長屋に越してきたという浪人ではないか、と思った。落ちていた手紙の「甘辛」という署名は、「佐東塩蔵」を意味するのではないだろうか……。

「わかっておる。あの塾は当面存続させねばならぬ。今、町奉行所に潰されるわけにはいかんのだ」

雀丸は呆れて、

「何遍言ったらわかるんですか。私は町奉行所の手先じゃないんです。横町奉行というのはですね、公のものではなく、大坂の民が勝手に作っている役目です。お上とは一切関わりありません。私はそもそも、あの稽古屋は面白いと思っているし、町奉行所に潰されなきゃいいと願っているんです。聞いたところでは、今のところ、町方が宇佐岐屋を見張ったり、聞き込みをしている様子もありませんし、それはすごく良いことなのに、あなたがたがここでこんな騒ぎを起こすのは藪蛇《やぶへび》になるんじゃないですか？」

三人は顔を見合わせ、

「おい、町人。それはまことか」

「はじめっからずーっとそう言ってますよ」

小太りの侍が、

「佐東……貴様がこやつが町方の犬だと申したから……」

「拙者が悪いと言うのか。中道、おぬしも、そうだそうだと申したではないか」

「貴様はだいたい早飲み込みが過ぎるのだ。いつもそれで振り回される。西池《にしいけ》さまが来られたらまた叱られるぞ」

雀丸は、

「喧嘩はあとにしてください。とにかく私が町奉行所の手のものではない、とわかっていただけましたね。だったら、もうお引き取りください」

三人が同時に、

「そうはいかぬ」

「——え？」

背の高い侍が、

「われらには大望がある。貴様には、われらの企てを知られた。千丈の堤も蟻穴《ぎけつ》より崩れるのたとえあり。貴様の口を塞がねば、その大望が崩れるかもしれぬ」

「企てなんか聞いてませんよ。エゲレスやメリケンが好きなんですね、ときいたら、その逆だと言われただけじゃないですか。そのぐらいではなにもわかりませんし、その……」

「やかましい！　貴様を血祭りに上げて、われらの旗揚げの門出とするのだ」

「知りませんよ、そんなの……」

三人は刀をめちゃくちゃに振り回しながら向かってきた。雀丸は竹で防いでいたが、小太りの男が横に薙《な》いだ刀で竹が中途から斜めに切断されてしまった。

「今だ。やってしまえ！」

小太りの男の号令とともに三人が三方から斬りかかってきた。雀丸は両手に竹を持ち、二刀流で防ごうとしたが、やはり竹と刀では勝負にならない。すぐに羽目板に背中をつける状態に追い込まれた。

（こりゃあマジでやられるな……）

半ば覚悟を決めたとき、

「こりゃあっ！　貴様らなにをしておるかっ！」

茹でダコのような顔をした加似江が入り口で大音声《だいおんじょう》を発した。顔が赤いのは怒りのためか酒のためかはわからない。

「ひとの家で白刃を振り回すとは不届き千万。成敗してくれる。覚悟いたせ」

「われらはそやつが横町奉行と申すゆえ、町奉行の手先と思うたのだ」

「なんじゃと？　町奉行と横町奉行の違いもわからぬとはとんだ田舎者どもめ！」

「ババア、なにやつだ」

「ここはわしの家じゃ。なにやつと言いたいのはわしのほうじゃ。これでも食らえ！」

加似江は手にしていたものを三人に投げつけた。びしゃっ、という音とともにそれらは見事に侍たちの、覆面から唯一のぞいている目鼻の部分に命中した。

「あんぎゃあああああっ！」

「熱いっ！」

「お助けーっ！」

それは、加似江が雀丸へのみやげとして買ってきたらしいコンニャクの田楽であった。石焼きされたコンニャクは灼熱《しゃくねつ》の熱さで、侍たちの目にへばりついてしゅうしゅうと白い煙を上げている。雀丸は半分になった竹の片方を加似江に手渡し、自分も一本を持って、三人をふたりで叩きまくった。

「痛い、熱い、やめいっ」

「痛《い》たたた……やめてくれっ」

「おい、逃げるぞ。騒ぎを聞かれて町方に来られては困る」

「そ、そうだな」

加似江が嘲るように、

「それほど町奉行所が怖いのか。腰抜けめが。うちは横町奉行、町奉行所は園殿の父親《てておや》のほうじゃ！　よう覚えておけ！」

三人は転がるようにして竹光屋から出ると、こけつまろびつ走り去った。

「ふん……！　弱い連中じゃわい。今度来たら串刺しにしてやる。——雀丸、コンニャクを拾うておけ」

「どうするんです？」

「知れたこと。洗《あろ》うて食うのじゃ」

「え……やめておきましょうよ」

「おまえがいらぬなら、わしがもらうぞよ」

「はい……差し上げます」

加似江は上がり框にどっかと腰を下ろすと、

「あやつらはなにものじゃ」

「宇佐岐堂でエゲレス言葉を学んでいる侍たちのようです」

「それがなにゆえおまえを襲う」

「私を町奉行所の手先と思い違いしたようです」

「師匠もぐるなのか」

「うーん……」

雀丸は、兎七のひとのよさそうな顔を思い浮かべた。

「それはないと思います」

「ならば、町方に今のことを知らせてやれ。すぐに人数を出して、不逞《ふてい》の連中を召し捕るであろう」

「ところが、町奉行所はなぜか宇佐岐堂をほったらかしにしているんです」

「事情を知らぬのであろう。西洋の学問もよいが、ああいう輩《やから》の根城になっていては諸人の迷惑。教えてやるがよいぞ」

もっともな話なので、雀丸が腰を上げようとしたとき、

「ご免」

入ってきたのは、地面に着きそうなほど長い白鬚《しろひげ》を生やした老僧だった。骨と皮ばかりに痩せこけており、ぼろぼろの僧衣をまとっている。額がやたらと広く、まるで福禄寿《ふくろくじゅ》のようだが、ありがたさは微塵《みじん》も感じられない。ただひたすら貧相なだけだ。

「おや、和尚さん。なにかありましたか？」

老僧は、下寺町にある臨済宗《りんざいしゅう》の寺「要久寺」の住職で大尊和尚という。「三すくみ」のひとりで、雀丸のためにひと肌脱ぐことも多いが、大酒飲みで、要久寺の門前には「葷酒《くんしゅ》山門に入《い》るを許さず」というおなじみの文言の代わりに、「葷酒山門に入るを許す。

なんぼでも許す」と彫られた石柱が立っている。お布施はすべて酒に変えてしまうので、弟子もいつかず、万念《まんねん》という利発な少年僧と仁王若《におうわか》という弁慶《べんけい》の生まれ変わりのようにいかつい修行僧がいるだけだ。本山からも見放されており、口の悪いものは「要久寺の大尊和尚」ではなく「ナメク寺《じ》の大損和尚」とあだ名している。しかし、雀丸はこの鶴のように瘦せた貧相な和尚が、からくり作りの名人であることを知っている。

「爆発じゃ」

「ば、爆発……？」

「うむ。うちの寺のすぐ裏手に大きな竹藪があるのは知っておろう」

雀丸はうなずいた。鬱蒼《うっそう》とした竹藪で、日当たりも悪く、手入れがまるでなされていないため、雀丸が竹光の材料に使えるような竹は生えていなかった。

「昨夜、丑三《うしみ》つを過ぎた時分じゃった。わしが庫裏《くり》でひとり、寝酒を飲んでおるとな……」

「その寝酒はいつごろから飲んでいたのです？」

「話の腰を折るな。七つ半（午後五時頃）ぐらいじゃ」

なにが寝酒だ。

「竹藪のほうから、ドドン！　ドドン！　ドドン！　という、祭りの太鼓を打ち鳴らすような大きな音が立て続けに聞こえた。酔うておったゆえ面倒くさく、そのまま放っておこうかとも思うたのじゃが、なにやら焦げ臭い匂いが鼻先に漂うてきた。近所の若いもんが悪さをしとるのかもしれぬ。火事でも起こされたら大事《おおごと》ゆえ、わしは万念を起こして様子を見てこいと命じたのじゃ」

加似江が、

「そんな夜更けに可哀想ではないか」

「なにを申す。これもみな修行じゃ。夜更けに眠い目をこすって起きるのも修行、もう売らぬという酒屋にツケで酒を買いに参るのも修行、檀家《だんか》を拝み倒して金を借りてくるのも修行……この世に修行にあらざるものはなにひとつないぞ」

ぐっすりと眠りこけていた万念は、大尊和尚の話を聞いて真っ青になった。

「そそそそんな怖いこと、ようしません！　あの竹藪は昼間でも暗くてじめじめしていて、狸《たぬき》が出てきて相撲を取るとか、藪蛇という蛇が出てきて足を嚙むとか……いろんな凄《すご》い噂を聞いています。ましてやこんな夜中に、私ひとりで行くなんて……無理です！」

「無理と思えることをするのが修行なのじゃ。それに、狸も藪蛇も出ては来ぬ。出るとしても、藪蚊か藪医者ぐらいのものじゃ。早う行け」

「ご免です。かわいい小坊主が怖い目に遭ってもいいのですか？　そういう危ない役目は仁王若さんにお命じください」

「仁王若は、明後日まで用事で京に参っておる」

「ならば、竹藪を調べるのは明後日にしましょう」

「そんなに長く待てるか。ただちに行って参れ」

「嫌です。どうしても行けとおっしゃるなら、屈強な用心棒をつけてください」

「ならば、このまえ作った『からくり用心棒』を貸してやろう」

「あれのどこが用心棒なんです。破れた唐傘を五つ重ねて、怖い顔の面をたくさんぶら下げたやつに、箒《ほうき》で手足をつけたものでしょう。ぜんまい仕掛けで勝手に開いたり閉じたり、くるくる回ったりするだけじゃないですか」

「はじめて見るものは驚くぞ」

「あんなの、案山子《かかし》のほうがましです。それに、半刻《はんとき》（約一時間）ほどしたら壊れてしまいました。今は残骸があるだけです。――あ、そうだ。いいことを思いつきました」

「なんじゃ」

「和尚《おっ》さんが行けばいいと思います。どうせ酔っ払ってるから狸が出ようと蛇が出ようと気づかないでしょう？」

「わしが行くのはたやすいが、それではおまえのためにならぬ。心を鬼にして申しておるのじゃ。とっとと行かぬか！」

万念はその後も延々とゴネていたが、やっと竹藪に行くことを承知した。だが、明かりを持って出ていったかと思うと、あっという間に戻ってきた。

「たたたたたたいへんです！　和尚《おっ》さま、竹藪がたいへんなことになっております」

「どうしたというのじゃ」

「ですから竹がバラバラで焦げて煙がもくもくの……ああ、とにかくその目で見てください！」

万念に手を引かれて竹藪に向かった大尊が見たものは、奇妙な光景だった。竹藪のど真ん中のあたりが二間《けん》（約三・六メートル）ほどに渡って丸く焼け爛《ただ》れている。そこに生えていたはずの竹はめちゃくちゃに折れて飛び散っており、下草も真っ黒に焼け焦げていて、まだ炎の赤い舌がちろちろと見えている。土も吹っ飛び、大きな穴が開いていた。そして、竹が粉々に砕けた破片が無数に地面に突き刺さっている。あたりには黒い煙がたちこめており、大尊和尚は何度もむせた……。

「いったいどういうことです？」

雀丸がきくと大尊和尚は言った。

「火薬じゃな」

「火薬……？」

「からくりに使うこともあるゆえ、わしはよう知っておる。おそらく竹筒のなかに硝石《しょうせき》と硫黄《いおう》と炭を入れて火を点《つ》けたのじゃろう。飛び散ったものと匂いでわかる。忍びのものがよう使う手じゃが、あれほど凄いのはわしもはじめて見たわい」

大尊和尚によると、硝石はなかなか入手しにくい代物で、人間の尿やカイコの糞《ふん》、ヨモギなどを原料として細々と製造されているが、近頃は阿蘭陀からの密貿易によって大坂にかなり大量に持ち込まれているらしい。出島《でじま》に出入りを許されている商人や学者、医者などを通じて、阿蘭陀商船の船員に、つぎに来るときこそっと硝石を持ってきてくれ、高く買うから……と個人的に話をつけておけば入手できるのだ。

「江戸はさすがに将軍家膝もとゆえ取り締まりも厳しいが、上方《かみがた》は案外どうにでもなるようじゃ。わしの聞いた話では、医薬や花火の材料にするのだと言えば取り引きできるというぞ。あとは役人に賄賂を贈って口止めしておけばよい。大坂の役人は古いふんどしのようにゆるゆるじゃ」

「でも、どうして火薬なんかを……」

「西洋では、火薬で山を崩したり、大きな穴をうがつなど、土木に役立てておるというが、まさかそうではあるまい。どうせろくなことのためではなかろう」

「でしょうね」

「ただの遊びではなかろう。どこかでもっと大掛かりにやるための下準備として、爆発力などを試してみたのだろう」

「だれがやったか心当たりは……？」

「まるでない。あの竹藪は、うちの寺とはまるで縁《ゆかり》がない。ずいぶん昔に、なんとかいう寺があった場所なのじゃ。十五年ばかりまえに廃寺になったのじゃが、えーと……なんという寺であったかのう……」

大尊和尚はしきりにその寺の名を思い出そうとしていたが、

「まあ、よい。とにかくその寺は無住になって取り壊されてしもうた。その跡地がひとりでに竹藪になった、というだけで囲うてもおらぬゆえ、だれでも出入りできる」

「つまり、ひとに見つからないから爆薬の威を試すにはうってつけの場所だった、ということですね」

「そうじゃのう。近々、もっと大規模な爆発がこの浪花《なにわ》の地で……いや、日本のどこかで起きるかもしれぬ」

「この一件は、横町奉行の手には負えませんね。町奉行所に行ってきます」

「町奉行に知らせてやるのか」

「はい、べつの案件もありますので」

「べつの案件？」

雀丸は、つい今しがたの出来事について大尊和尚に話をした。

「ふむ……エゲレス語を習うておる侍三人がのう……」

「宇佐岐堂にはなにかあると思うのですが、私にはよくわかりません。これも町奉行所に知らせておいたほうがいいと思いまして……」

「それがよかろう」

　雀丸は、さっきの連中が戻ってくるかもしれないからくれぐれも気をつけるようにと加似江に言い置いて、大尊和尚とともに竹光屋を出た。

「そう言えば、下寺町に黄精院というお寺がありますか?」

「黄精院……?」

　大尊は足をとめて、ポンと手を打ち、

「それじゃ!　わしが思い出そうとしておったうちの寺の裏の竹藪……もともとは黄精院という寺であった。――その黄精院がどうした?」

「そこに柏善さんという坊さんがいるらしいのですが、その方がエゲレス語にはまってしまい、今では宇佐岐堂の連名頭になっているそうですよ。数珠を揉みながら毎日エゲレス語の歌を大声で歌っています」

「そんなはずはない。言うたであろう。黄精院は十五年もまえに廃寺になっておる。今は跡形もないぞ」

「では、黄精院に名が似ている寺はありますか?」

　大尊和尚は少し考えて、

「下寺町には三十ほどの寺が固まっておるが、黄精院に似たような名前のものはないのう」

「では、あの坊主は偽者ということになりますね」

「あたりまえじゃ。エゲレスやメリケンといえば切支丹の国ではないか。そんな稽古屋に仏門を飯の種にしておるまともな僧侶が通うはずはなかろう」

宇佐岐堂になにかある、というのはわかっている。師匠の兎七がなにも知らないとすれば、怪しいのは連名頭の柏善である。雀丸は、あの坊主がさっきの三人の侍の仲間ではないか、と思った。

(もしかしたら頭目かもしれない……)

高麗橋を渡り、城のほうへ向かう。谷町筋《たにまちすじ》を越えると東の御番所こと東町奉行所が見えてくる。「町方に知らせる」と言っても雀丸が懇意にしている町方役人は皐月親兵衛しかいない。まあ、懇意といっても一種の腐れ縁で、仲が良いわけではまったくない。

「のう、雀さんや」

大尊和尚が言った。

「あの東町同心の娘……園という女子のことはどう思うておるのじゃ」

「え……」

園のことは好きだが、夫婦《めおと》になれるなどとは夢にも考えたことはない。侍の、しかも代々町奉行所同心を務めてきた家柄のひとり娘と所帯を持てるわけがないのだ。

（まあ、なんとなくこのまま楽しく付き合っていければなあ……）

　雀丸は深く考えずに、そんな風に思っていた。加似江はときどき、

「侍や公家《くげ》、町人、百姓といった身分のうえでの分け隔てがなくなる日が近いうちにきっと来るはずじゃ。異国ではすでにそれに近いことになっておると聞くぞ」

などと言っていたが、雀丸にはとても信じられなかった。世の中は一足飛びには良くならない。身分というものがなくなるには今後百年も二百年もかかるのではなかろうか。大坂には侍の数が少ないのでましではあるが、江戸や地方では、まだまだ武士は大威張りでふんぞり返っているのだ。

「まあ、どうとも思っておりません」

「そうじゃろうな」

　侍の子はどんな阿呆でも親の務めを引き継ぐことができる。もっともそれは長男に限ったことで、次男以下はいくら長男より優れていようと一生部屋住みに甘んじるか、他家へ養子に行くしか生きていく術《すべ》はない。そして女性は、そもそも最初《はな》から家を継ぐことはできぬ。どこかに嫁ぐことが前提である。男子がいない場合は婿を取るが、そのときでも名目上の当主はその婿なのだ。

　つまりは長男にのみ都合の良いようにできている「法」なのだが、こんな制度を作ったのも武士たちなのである。

（いつか園さんもよそから婿を迎えるんだろうな……）

雀丸はなるべくそのことは考えないようにしていた。今が楽しければいいじゃない。そう思うようにつとめていた。しかし、いつかその日は来る。かならず来るのだ。

雀丸はふと、さきの顔を思い浮かべた。さきは豪商鴻池善右衛門《ぜんえもん》の三女である。善右衛門は雀丸に、さきと結婚して鴻池家の入り婿として商売を手伝ってもらいたいとかねてから熱望しているのだ。日本一の金満家の入り婿になる、ということは、一生食いっぱぐれはないということだ。しかも、同じ町人だから身分も釣り合う。

（うーん……）

雀丸が考え込んだとき、

「雀さん、着いたぞ」

顔を上げると、東町奉行所の門のまえだった。雀丸はふたりの門番の片方におのれの名と来意を告げた。

「皐月さまにきいて参るゆえここで待っておれ」

しばらくすると、これ以上しかめられないほどに顔をしかめた皐月親兵衛がやってきた。

「危急の用件とはなんだ。つまらぬことだったら許さぬぞ」

「宇佐岐堂の一件についてちょっとお話ししたいことがありまして……」

皐月は顔色を変え、

「ま、待て。そのことならばここではまずい。なかに入れ。——そっちのジジイもだ」

ふたりを門のなかに招きいれると、松の木の陰に引っ張り込み、

「宇佐岐堂には近づくなと忠告したはずだ」

「はい、そのつもりでした。師匠の兎七さんはなんの裏もないお方ですし、近所のひとたちもエゲレス語の稽古屋を受け入れてくれたみたいなので一件落着……と思っていたのですが、あそこで習っている侍三人が突然竹光屋にやってきて、私を斬り殺そうとしたのです」

「なに……？」

皐月は苦虫を千匹同時に噛み殺した……というような顔になった。

「兎七さんは善人だと思うのですが、あの三人はよからぬことを企んでいるように思います。私を殺そうとしたのも、私のことを町奉行所の手先だと勘違いしたようなんです」

「そうか……」

「あの塾にはなにかあるのですか。私も、殺されそうになったのですから、黙ってはいられません。もう一度乗り込んで、秘密を暴き立ててやらないと気がすみません」

「ちょちょちょちょっと待ってくれ。乗り込むのはやめてくれ」

「ならば、町奉行所が摑んでいるネタを教えてください」

「いや、それは……」

「じゃあ暴れ込みます」

「いや、それも……」

皐月親兵衛はしばらく考えていたが、

「わかった。八幡さまには固く口止めされているのだが、わしの一存でおまえたちだけに内緒で教えよう。口外無用だぞ」

「もちろんです。神に誓って内緒にします」

「わしも仏に誓おう」

大尊和尚が言った。皐月親兵衛は声を落とし、

「今のところ宇佐岐堂には侍が六人入門しておる。元土佐山内家のもの、元薩摩島津家のもの、江戸から来た御家人の三男坊、長州毛利《もうり》家京都留守居役の次男坊、同じく元毛利家のもの、美作《みまさか》の剣術道場の四男坊などで、出自も歳もまちまちだが、ひとつだけ皆に当てはまることがある」

「なんですか、それは」

「こやつら、いずれも適塾に入門しようとしたが断られたことがあるのだ」

「ほほう……」

「強いて言えば、もうひとつ……皆、今のままだと生涯を貧乏浪人か部屋住みの身でなんの夢も望みもなく過ごすしかないやつらだ。どうやらあの連中は、おのれの境遇への不平不満から、世の中への鬱屈した気持ちが高まり、それをなにかにぶつけようとしておるらしい」

「なにか、とは？」

「メリケンだ」

「——は？」

「近頃、異国船が日本の近海に現れ、いろいろ無理難題を言うてきておる……というのは、いくら世事にうとい町人のおまえでも少しは聞き知っておるだろう」

随分馬鹿にした言いようである。

「はあ、まあ……」

「なかでも露西亜、エゲレス、そしてメリケンの三国が強硬に開国を求めておるらしいが、公儀は弱腰でなにもしようとしない。そういう雲行きのなかであの連中は、それぞれに藤田東湖《ふじたとうこ》なんぞの書物に触れてすっかり攘夷論に染まり、たがいに書状などを交わすようになった。異国を打ち払うというのはあやつらにとって格好の不満のはけ口なのだ」

「なるほど」

「そこへ、今年のうちにメリケンの船が大挙して日本に参る、という噂が長崎のほうから流れてきた。真実か嘘かはわしにもわからぬが……」

「私も、ひとづてに聞きました。阿蘭陀からの風説書にそう書かれていたというのは間違いないようですが、だからといってまことに来航するかどうかはわかりませんが……」

「ふん、おまえも知っておったか。早耳だな」

皐月親兵衛はじろりと雀丸を見た。

「その噂を聞いた連中は、メリケンの船が押し寄せてきても、どうせ老中はその軍備に怯《おび》えて言いなりになってしまうに違いない、と考えた。そこで、ひそかに示し合わせて大坂に集い、一味徒党を組むことにしたのだ。武器弾薬を整えて、メリケン船が現れたらただちにそこへ赴き、戦いを挑んで日本の侍の意地とやらを見せるつもりらしい」

「めちゃくちゃですね」

「そういうことだ」

これで雀丸には大半合点がいった。烏瓜諒太郎の長屋にいる浪人が蘭学書などのほかに薬を多量に所持していたというのも、おそらくは火薬などを作っていたのだろう。

「では、宇佐岐堂にみんなで入門しているのも……」

「適塾は身もとたしかなもの、きちんとした推薦を得たものしか入門できぬし、だいたいが開化的な考え方の塾だ。不穏な思いを抱いているやつらは入塾を許されぬ。そこへいくと、宇佐岐堂はただの稽古屋だからだれでも入れるし、エゲレス言葉を少しばかり学んだり、メリケンの風物を知るにはうってつけなのだ」

つまり、メリケン人と戦をするための支度としてエゲレス語を多少でも覚えておこう、ということなのだ。東町奉行所が把握しているところでは、最終的に宇佐岐堂に入門する同志たちは十三人になる予定らしい。一度に全員が入門すると目に付きすぎる、という配慮から、少人数ずつに分けて入門する手はずになっているのだろう。

「そこまでわかっているなら、どうして宇佐岐堂に乗り込んで片っ端から召し捕ってしまわないんです？」

「隠れ家がわからんのだ。此度のことは、一歩間違えば、大塩《おおしお》の乱のようにとてつもない被害が生じるかもしれぬ。あのときもそうだったが、残党が各地で騒ぎを起こして大勢が迷惑した。できればひとり残らず召し捕りたい、というのがお頭の望みなのだ」

「ははあ……」

「宇佐岐堂に通っているやつらの住まいなどはほぼわかっている。だが、そこには武器や火薬などはない。おそらくどこかに隠れ家があって、そこにそういった物騒なものをたくさん貯《たくわ》えておるのだろうし、残りの七人もそこに住まっているに違いないのだが、やつらもなかなか巧妙でな、尻尾を出さぬ。今、うかつに手を出せば、入門していない七人を取り逃がすかもしれぬが、隠れ家さえ突き止められれば一網打尽にできよう。また、一味の頭目、頭分がいるはずだが、その正体もわかっていない。それも探り当てねばならぬ」

雀丸は、その「頭分」がだれなのか、なんとなくわかったような気がした。おそらく、あの柏善という坊主……。

「宇佐岐堂の界隈《かいわい》に町方の姿がなかったわけがこれでわかりました。——でも、いつまでも泳がせておくと、手遅れになるかもしれませんよ」

「わしもそれは危惧しておるが、お頭はその『一網打尽』にこだわっておられる。ご老中から大坂城代を通じて、この件は内々に裁いてしまうよう厳命されておるのだ」

メリケン船が来るかもしれないことや、メリケンへの攘夷を敢行しようという連中がいることを、世間に知られたくないのだ、という。真似しようとするものが各地で出現するかもしれないし、攘夷思想を持つ大名を刺激しかねないからだ。ひとりでも取り逃がすと、そこから情報が漏れて、広がってしまう。

「それに、やつらは頭に血が上っている。大望・大義を掲げているものはかえって始末に困る。とどのつまり、つらい目を見るのは庶人《しょじん》なのだ」

「皐月さんにしてはまっとうなことを言いますね」

「なんだと？」

「あ、いや、すばらしいお考えです」

「まあ、そういうことで、宇佐岐堂には横町奉行のほうからちょっかいを出さないでもらいたいのだ。わかったな」

「はあ……」

「無論、今わしが申したことはだれにもしゃべってはならぬ。もし、しゃべったらそのときは……わかっておろうな」

「まあ、一応、わかった、と言っておきましょう」

「なんだ、その言い草は」

皐月親兵衛はため息をつき、

「これでわしが、園を宇佐岐堂から引き離したわけがわかったであろう。ああいう馬鹿な娘を持つと苦労が耐えぬ。なにがフワザだ、馬鹿ものめ」

「お言葉ですが、その馬鹿な娘は今でも宇佐岐堂に通っておられますよ」

「な、な、なにい？」

皐月が目を剝《む》いたので雀丸はあわてて口を押さえたが、もう遅い。

「どういうことだ！　わしはあいつに二度とエゲレス言葉を習いに行くなと厳命したというのに……たわけめ！」

皐月は雀丸の胸倉を摑むと、

「貴様か！　貴様がそそのかしたのか！」

「とととんでもない！　私は、一緒に通おうと誘われて迷惑していたぐらいでして……」

「ううむ……言うてもわからぬやつは座敷牢にでも放り込むしかないか」

「皐月さんの家には座敷牢があるのですか」

「ない」

皐月親兵衛は憮然《ぶぜん》として雀丸を放した。

「こんなときになんですが、もうひとつお知らせしたいことがあります」

「なんだ。わしも忙しいのだ。早う言え」

「昨夜、下寺町で爆発があったのです」

「な、なに……？」

大尊和尚が進み出て、昨夜の出来事の概略を伝えると、皐月の顔から血の気が引いた。

「一味の仕業だろう。これで、彼奴《きやつ》らが本気でメリケン人を襲撃しようと企んでいることがわかった。えらいことだ……」

頭を抱えた皐月同心に雀丸が言った。

「でも、これでやつらの潜窟が下寺町のあたりにあることはわかったわけです。いくら夜中とはいえ、火薬を持って長いあいだうろつけないでしょうから」

「それはそうだが……」

皐月親兵衛は顔を引き締めると、

「わしは今から八幡さまにこのことを知らせ、下寺町中を虱《しらみ》潰しに探索するよう手配りしてもらう。おまえたちはすまぬがここで待っていて……」

皐月親兵衛がそう言いかけたとき、

「さっさっさっさっ皐月さまっ！　ええとこにいてはった！」

門から入ってきたのは僧体の男だった。その顔を見て、雀丸は仰天した。宇佐岐堂の連名頭を務める黄精院の柏善と名乗っていた僧ではないか。

「皐月さま、えらいこっておます！　とんでもないことが出来しました！」

柏善はこの寒いのに汗の玉を浮かべ、肩で息をしている。雀丸が、

「皐月さん、この方は？」

皐月親兵衛はにやりと笑い、

「もう明かしてもよかろう。わが東町奉行所の手先を務めてくれおる『七化《ななば》けの羅太《らた》』という男だ。坊主に化けてあの稽古屋に入り込み、なかのこまごまとした動きを連日知らせてくれておった。おかげでわれらは居ながらにして内情を摑んでいたというわけだ」

「うわー……」

すっかりだまされた。

「これでわかったであろう。雀丸、宇佐岐堂に手を出すな、と言うたのはかかる裏があったればこそだ。この一件についておまえたちの出る幕はかけらもない。引っ込んでせいぜい脇から眺めておれ」

すると、七化けの羅太が、

「皐月の旦那、呑気なことを言うとるときやおまへん。お嬢さんが……園さんがかどわかされました！」

場の空気が凍りついた。一瞬の間を置いて、

「な、なにい？」

皐月は目を剝いた。

「どういうことだ。詳しゅう申せ！」

「は、はい……」

たどたどしい口調で羅太は説明しはじめた。寒風が身を切るように冷たい昼下がり、羅太はいつものように宇佐岐堂に行き、エゲレス言葉で大いに歌ったり踊ったりしながら、連名頭としてほかの弟子たちの世話をした。今日は新たな入門者が四人おり、そのうちのふたりは侍だった。羅太は彼らの名前や住まいを問いただし、顔かたちやひととなりなどを手控えに書きとめるのに大忙しだった。もちろん東町奉行所に報告するため

だが、こういうときに「連名頭」という立場は便利であった。

稽古が終わったあと、すぐに町奉行所に知らせに行こうとしたのだが、師匠である兎七につかまり、茶を飲みながらなんやかやと世間話の相手をさせられていたので遅くなってしまった。表に出て、高麗橋を渡り、大川沿いに東へと道をとった。天神橋《てんじんばし》を越えたあたりで、川端の茶店に園が腰をおろし、茶を飲んでいるのを見かけた。

（あのひとも熱心やなあ……）

武家娘らしく思われるが、供も連れず、いつもひとりで稽古に来る。よほどエゲレス語が好きなのだろう。羅太が声をかけようと近づいたとき、すぐ目のまえの柳の木の陰に三人の侍が身を潜めていることに気づいた。いずれも宇佐岐堂に通っている弟子たちで、佐東塩蔵、中道十一郎、遠山吉次郎《とおやまきちじろう》の三人であった。羅太は一瞬、この三人が園に懸想していて、あとを尾《つ》けてきたのか、と思った。しかし、どうも違うようだ。皆、顔に火傷《やけど》のような痕があり、異様な雰囲気で園をにらみつけている。その目には憎悪の炎が宿っていた。町奉行所からの役目を引き受けている羅太は、三人に気取られぬようにこっそりと近づき、様子をうかがった。

「あの女が町奉行所同心の娘だったとはうかつであった」

佐東塩蔵が吐き捨てるように言った。

「間違いないのか」

小太りの侍、中道十一郎が言った。

「ああ。あの蟹のような顔のババアが抜かしたこと、気になって調べてみたのだ。あやつは、東町奉行所定町廻り同心皐月親兵衛と申すものの娘に違いない」

それを聞いて羅太は仰天した。天満在の武家娘とは聞いていたが、まさか皐月の娘だとは思ってもいなかったのである。

「町方の犬であったか」

背の高い遠山吉次郎が言った。

「女を密偵にするとは町方も考えたな。だが、われらのことはすべて町奉行所に筒抜けだったわけだ」

「許せぬ。成敗してやる」

刀の柄に手をかけた佐東を中道が止めた。

「町なかでひとを斬ればただでは済まぬ。われらの大望が潰《つい》えてしまうぞ」

「なれど……ここまでコケにされては黙っておれぬ。なんとしてでもあの娘をひどい目に遭わせてやらねば、腹の虫が収まらぬ」

「堪忍するのだ。町方同心の身内を傷つけたら大騒動になるぞ。まずはこのことを西池さまにお知らせして……」

遠山がそう言いかけたとき、佐東が柳の陰から走り出した。

「お、おい、佐東！」

「待て！　早まるな！」

　あとのふたりも彼を追って駆け出した。佐東は茶を啜《すす》っていた園のまえに立ちはだかると、きょとんとした園の鳩尾《みぞおち》に当て身を食らわし、そのまま横抱きにして、高倉筋《たかくらすじ》を南へと走り去った。あまりのことに羅太は混乱した。彼らのあとを追うべきか、東町奉行所に知らせるべきか迷ったが、後者を選ぶことにした……。

「というわけですねん。ここに皐月さまがいてくれはって助かった。すぐにあいつらを追いかけまひょ」

「うむ……」

　皐月は門番のひとりに事情を手短に説明し、上司である与力八幡弓太郎《ゆみたろう》に伝えるよう頼むと、雀丸に向き直った。

「雀丸……殿」

「はい」

「一緒に来てくれるか」

「はいっ！」

　雀丸は力強くそう応えた。雀丸、皐月親兵衛、七化けの羅太の三人が走り出す後ろで大尊和尚が叫んだ。

「わしは蟇五郎と鬼御前にこのことを知らせに参るぞ！」

「お願いします！」

雀丸は走りながらそう言った。

三

三人の侍と園の足取りは、南革屋町《みなみかわやまち》あたりでふっつりと切れていた。気絶した女を抱えた三人連れが目につかぬはずがない。おそらくは町駕籠《まちかご》を雇ったのだろう、と皐月親兵衛は見当をつけた。往来するひとたちやあたりの商家のものに聞き込んでいくと、古道具屋の丁稚《でっち》が、浪人体の侍たちがぐったりした武家娘風の若い女を駕籠に乗せるのを見た、と言う。

「なぜすぐに町奉行所に知らせぬのだ！」

皐月親兵衛が怒鳴りつけた。

「そ、そんな……たぶん病気のお女中をお医者はんに連れていきはるとこやと思いましたさかい……」

「どんな駕籠だった？」

皐月は苛立ちを顕《あら》わにしながら言った。

「どんな駕籠て……その……」

「どういう印がついていた、とか、どんな駕籠かきだった、とかいろいろあるだろう！」

その語気の荒々しさに丁稚は怯えながら、

「えーと……丸に十字の印のついた駕籠やったと思います。知らんけど」

「こやつ、知らんけどとはなんだ！」

拳を振り上げようとする皐月を雀丸はなだめる一方、丁稚に向かって、

「その駕籠、どちらに行きましたか？」

「さあ……南のほうやったかなあ……。わて、表の掃き掃除が終わって、うちらに入ったさかいちゃんと見てまへん」

皐月は激昂《げっこう》して、

「馬鹿者！　なにゆえしまいまで見届けぬ！　役に立たぬやつだ！」

「そ、そんなん言われても、用が済んだらすぐにうちらに入らんと番頭さんに叱られますさかい……」

「ううう……その番頭も同罪だ。召し捕ってやる！」

雀丸は皐月にまあまあ……と言いながら丁稚に礼を言い、その場を離れた。

「こうしておるあいだにも園は……園はどうにかされているのではないのか！」

皐月はこめかみに青筋を立て、血を吐くように叫んだ。

「そんなことはありません。やつらは園さんを町方の手先だと思い込んで咄嗟にかどわかしてしまったのでしょう。思い違いだとわかれば、きっと解き放ちます。やつらも、同心の娘になにかしたらおのれらがどうなるかは承知しているはずです」

雀丸は自分に言い聞かすようにそう言ったが、言いながらも皐月と同じような焦りがこみ上げてきてどうしようもなかった。

三人は方々《ほうぼう》で聞き込みをしながら南へ南へと下っていった。途中、客待ちをしている駕籠屋がいたのでたずねてみると、さすがに同業者だけあってよく見ていた。丸に十字の印は「十丸屋《じゆうまるや》」という元締めのところの駕籠で、その店は博労町《ばくろうまち》にあるらしい。しかし、駕籠屋の元締めの店の場所がわかってもなにもならぬ。侍三人が前後につきそったその駕籠は谷町筋をまっすぐ下っていったという。雀丸たちはなおも南下を続けた。

もちろん、なんのあてもなく探していたのではない。ひとつだけ心当たりがあった。それは、要久寺裏手の竹藪での爆発である。おそらく彼らの隠れ家は下寺町のどこかにあるに違いないのだ。しかし、下寺町といっても広い。中寺町《なかでらまち》、生玉《いくたま》寺町、城南《じようなん》寺町なども含めると寺院の数は百ではきかぬ。もう少し手がかりが欲しいところだ。

「よし、わしはこちらの筋を当たる。雀丸殿は向こうの筋を、羅太はもうひとつ向こうの筋を順々に当たっていってくれ。まもなく町奉行所から加勢が来るだろう。それまでに少しでも多くの寺を検めるのだ」

「けど、旦那……」

　羅太が言った。

「隠れ家が寺とはかぎりまへんやろ。それにあんまり無茶したら、相手も窮鼠《きゅうそ》猫を嚙むでお嬢さんになにするやわかりまへんで」

「なにい？」

　皐月が羅太の額に十手を突きつけ、

「やつらが園になにをすると言うのだ」

「あ、いや、その……」

「言葉に気をつけろ」

「す、すんまへん……」

　雀丸には皐月親兵衛の気持ちが痛いほどわかった。しかし、今は行動するときだ。なにも考えてはならない。とにかく動くのだ。

「あれ？　雀さんやんか」

　気楽そうな声が聞こえたので雀丸は顔を上げた。鬼御前が笑いながらやってくる。

「ああ、鬼御前さん……大尊和尚さんはまだ行ってませんか」

「はあ？　なんであんなやつと会わんならんのや」

「えーと、じつはですね……」

雀丸の話を聞いて鬼御前は顔を引き締めた。

「えらいこっちゃがな。——けど、ちょっと待ちゃ」

「なにか心当たりでも……？」

「この近くの居酒屋で会《お》うた酔っ払いの浪人が、エゲレス語の歌を歌うとったんや。あてはそいつの財布を預かっててな、返そう思てあちこちたずねてたところやねん」

「エゲレス語……なんという名前の浪人かわかりますか」

「たしか中道十一郎やったと思う」

雀丸たちは顔を見合わせた。

「家は立売堀やけど、この近くの寺にしょっちゅう泊まりに来てるらしい。けど、寺の名前がわからんのやけどな。ほれ……これがそいつの財布や」

そう言って鬼御前はふところからくたくたになった財布を取り出し、なかから折り畳まれた一枚の紙を出した。広げてみると、それは図面のようなもので異国の言葉で説明らしきことが書かれている。

「さっぱりわからんやろ。切支丹の呪文やないかと思うねんけど……気色悪いわ」

もちろん雀丸にも皐月親兵衛にも読めぬ。しかし、羅太が脇から首を突き出して、

「わてはちょっとわかりまっせ」

「えっ、羅太さん、エゲレス語が読めるんですか」

「あの稽古屋を探るために潜り込んでただけですけどな、毎日通うてましたさかいなあ。伊達に連名頭を務めてまへんで。ちょっと貸しとくなはれ」

羅太は受け取った紙をしげしげと眺めていたが、

「これは……爆薬の作り方ですわ」

「なんやて！」

鬼御前が甲高い声を出した。

「間違いおまへん。ここにガンパウダて書いておますけど、これは火薬ゆうことだす。こっちのボンゆうのは爆薬ちゅうことだ。このソウピイタはたしか硝石だす。それから考え合わせると……」

雀丸は感心した。

「たいしたものですね、羅太さん」

「いやあ、そんなことは……」

羅太は頭を掻いた。皐月親兵衛が、

「やはりやつらは大掛かりな悪事を企んでいるようだな。一刻の猶予もない。早う隠れ家を見つけねばたいへんなことになるが……」

雀丸があとを引き取るように、

「手がかりがなさすぎますね……」

するとお鬼御前が言った。


「そんなことないで。あるやないの。ほれ、そのエゲレス語の歌……」

「中道という浪人が歌っていた歌のことですか?」

「そや。メリの猪《いのしし》とかいう……」

羅太が、

「それも言うなら『メリの小羊』だすわ。メーリハダリルラ、リルラ、リルラ……」

「それやそれや。ラリルレロ、ルリラレロ……ゆうやつ」

「この歌がどないかしましたんか」

「あてが居酒屋で耳にしたぐらいや。エゲレス言葉を習うとる連中が十何人もいてるんやから、ときどきエゲレス語の歌を歌うとるはずや。そういうのはなんぼ気ぃつけてても、ひょっと出るねん」

羅太も、

「そない言うたら、わても風呂屋で湯に浸かってるときにうっかり歌うてしもたことおますわ」

「せやから、このあたりの寺の連中に、このへんでエゲレス語の歌を聞いたことあるか、てきいて歩いたほうが、やみくもにたずねて回るよりずっと捗《はか》がいくやろ」

「それにしても、いちいちなかに入って、当番の僧を呼び出して、エゲレス語の歌を聞いたかどうかとやりとりしているとかなり手間ひまがかかるぞ」

皐月親兵衛の意見は雀丸にももっともなことに思えたが、鬼御前はかぶりを振り、

「いちいちそんなことせんでもええ。歌や。エゲレス語の歌を大声で歌うて歩くのや。そしたら、それを聞いた連中が、その歌こないだどこそこで耳にしたで、とか、その歌についてこんな話がある、とか教えてくれると思うねん」

雀丸たちは顔を見合わせた。皐月親兵衛が真っ先に、

「それは名案だ。雀丸、羅太、よろしく頼むぞ」

「皐月さんは歌わないんですか？」

「わ、わしは……うーん……」

「園さんの一大事ですよ。父親が真っ先に歌わないでどうするんです」

「そ、そうだな。ならば、おまえも歌えよ！」

「私ですか。うーん……」

鬼御前が文字通り鬼のような顔で、

「あんたらなあ、ひとの命がかかってるんやで。恥ずかしいとか四の五の言うとるときやないで。歌わんかい！」

こうなったら仕方がない。皆は聞きかじりのエゲレス語の歌を歌うことにした。雀丸

はか細い声で、

「えーびーしーりーいーえーじー……」

鬼御前が背中をどやしつけ、

「雀が鳴いてるみたいな声やな。まるで聞こえへんで！　園ちゃんを助けようという気があるんやったらもっと性根入れて歌わんかいな！」

「は、はいっ。えーびーしーりー……」

「めーりはだりるら、りるら、りるら……」

「えいちあい、ぜいけい、えるえんめー……」

「えーだんあぽんで、すわのーりばあ、はー、はらえ……」

わけがわからない。

途中から四人はそれぞれの道筋に分かれて、歌いながら歩くことにした。ひとりになった雀丸は途端に黙ってしまった。やはり恥ずかしいのである。日本語の歌でも恥ずかしい。ましてや意味のわからない異国の歌である。どうしても気後れしてしまう。しかし、ほかの三人もがんばって歌っているのだ。ここで自分だけ逃げるわけにはいかない。

（園さんのためなんだ……）

雀丸は大きな口を開け、息を思い切り吸い込んだが、

「えーびーしーりー……」

結局、蚊の鳴くような声になってしまった。

（ダメだダメだ。もっと大きな声で……）

雀丸は一旦立ち止まると、臍下丹田《せいかたんでん》に力を入れ、

「えええびいいいしいいいりいいい……！」

出た！　空の彼方《かなた》に届くような大きな声が出た。その分旋律はめちゃくちゃだったが、とにかく腹のそこから声が出た。あまりの大きさに、隣を歩いていた背負いの小間物屋がひっくりかえったほどだ。小間物屋は、そこいらへんに散らばった簪《かんざし》や櫛《くし》、紅、鏡などを必死で拾い集めながら、

「なにするんじゃ、このガキ！　往来でいきなりでかい声出しよって……おまえも拾わんかい！」

「あ、すいません……」

雀丸はかがみ込んで小間物屋を手伝いながらため息をついた。

◇

「佐東！　どうするつもりだ！」

明かりを絞った暗い部屋のなかで遠山吉次郎が言った。

「貴様が急に駆け出したので止める間もなかったが……このままでは町奉行所の手が回

るぞ」

佐東塩蔵はむっつりした顔で腕組みをして、

「この娘が町方の手先と聞いてカッとなったのだ」

彼らのまえには、園が怯えた表情で身を固くして座っている。部屋の隅には刀、槍、火縄銃、弓矢などのほか、火薬が詰められた竹筒がたくさん積み上げられている。侍たちの数はおよそ十人ほどで、園が宇佐岐堂で見かけたものが大半だったが、なかには知らない顔もあった。

「大望あるわれらが、たかが小娘をかどわかした罪で召し捕られることになる。そんな屈辱には耐えられぬ」

中道十一郎がそう言うと、佐東はせせら笑うように、

「どうせ皆、いずれは高い木のうえで死ぬのだ。なんの罪で磔になろうと同じであろう」

「勝手なことを……」

そこに足音荒く入ってきたのは、安物とはいえ羽織袴をつけた中年の侍だった。一同は頭を下げた。侍は園をちらと見て、

「この娘か、佐東たちがかどわかしてきたというのは」

遠山があわてて、

「申し訳ありません、西池さま。佐東がいきなり当て身を食らわしまして……」

侍は佐東を見据え、

「短慮だな、佐東。この始末どうするつもりだ」

「かどわかしてしもうたものを帰すというわけにも参りますまい」

「他人事のように言うな、馬鹿者め！」

「はあ……」

中道が、

「帰せぬことはないぞ。今なら間に合う。目隠しをして夜中に道に放り出せば……」

西池と呼ばれた侍は、

「ダメだ。隠れ家の様子を見られてしもうておる。だいたいここがどこか見当がつくだろう。それに同志全員の顔も見られているし、火薬や武器があることも知られてしまった。解き放つわけにはいかぬ」

佐東は置いた刀の鞘を軽く叩き、

「ならばどうします。拙者が斬りましょうか」

園の背筋に寒いものが走った。西池はかぶりを振り、

「たやすう申すな。われらは鬼でも悪党でもないぞ」

「大望のためには鬼となる……そうではござりませせなんだか」

「秘密を守るためといっても、罪のない娘の命を取るのは気が引ける。わしらが奪うのは憎むべきメリケン人どもの命に限る」

「では、エゲレス船に売りますか。よい金になるそうですぞ」

「ううむ……異国に売り飛ばすというのも後生に障りそうだな」

「ふん、西池さまも臆病風に吹かれましたかな。これこそ大事のまえの小事ではござらぬか。こんな小娘のひとりやふたり殺してもどうということはありますまい」

「貴様はおのれのしでかしたことがわかっておるのか。われら皆を危ない淵《ふち》に追い込んだのだぞ。もう黙っておれ。二度と口を開くな」

佐東はぶすっとして黙り込んだ。西池は一同を見渡して、

「やむをえぬ。よい思案が浮かぶまでこの娘はしばらくここに置いておけ」

園は、部屋のあちこちから自分に注がれる侍たちの獣のような視線を感じ、震え上がった。

「娘、それでよいな」

園は小さくうなずいた。うなずく以外になにができよう。

「西池さま、同心の娘をかどわかしたのです。町奉行所が探索に乗り出すでしょう」

「町方のぼんくらどもに、ここは容易には見つかるまい。メリケン船の来航が遅れるようなことになれば隠れ家を移す算段もせねばならぬが、おそらく今年のうちにはやって

くるだろう。それまでは当面おとなしくしてやりすごすのだ」

　皆は頭を下げた。

「これで同志の全員が宇佐岐堂に入門したわけだ。あとしばらくあそこでエゲレス語を学んだあと、この隠れ家を引き払い、われらは手はずどおり江戸に向かう。それまで辛抱いたせ」

「西池さま……」

　ひとりの男が顔を上げ、

「メリケン船はまことにやってくるのでしょうか」

「来る。わしの言うことが信じられぬのか」

「いえ……ですが、阿蘭陀商館のカピタンが商売につなげようと法螺を吹いているだけだ、という噂も聞こえてくるのですが……」

「メリケン人を甘く見るな。やつらは来ると言ったら必ず来る」

「それにしては、公儀になんの動きもないのが不審でござる」

「公儀がなにもせぬゆえ、われらが動いておる。そうではなかったか？」

「それはそうですが、なれどあまりに……」

「尚田《しょうだ》、おまえはメリケンに来てほしいのか来てほしくないのか！」

　尚田と呼ばれた侍は顔を朱に染めて、

「来てほしいですよ！　その話をまことと信じて、殿にも親兄弟にも無断で家中を去り、大坂まで来たのです。いまさらメリケン船は来ませんでした……ではただの間抜けです。大恥ですよ」

「ならばよいではないか。爆薬の試しもうまくいったことだし、メリケンの侍と一戦交えるのが楽しみだわい」

そのとき、ひとりの男が部屋に入ってきた。頭を剃り上げた五十歳ぐらいの町人である。背は低く、肥えている。眉も目も細く、なぜか真っ赤な頬紅を塗っている。

「どないかしましたか、旦那方」

「おう、六郎七《ろくろうしち》か」

男は、下寺町に一家を構えていた侠客、谷町の六郎七だった。ヤクザ稼業のかたわら、お上から十手を預かっていたという、いわゆる二足のわらじである。金に汚く、弱いものいじめが多いところから、陰では「谷町の親方」ではなく「ダニマチ」と呼ばれるほどの嫌われものだった。売り出し中の清水次郎長《しみずのじろちょう》に嘘八百を吹き込んで、口縄の鬼御前の縄張りを奪おうとしたのだが、これが裏目に出て、次郎長に腹を見透かされ、とうとう縄張りも子方たちもすべてを失ってしまった。今は、この一味にこっそり家を貸して、賃料をもらって暮らしを立てているのだ。

「そろそろ開帳しますさかい、よろしゅうお頼《たの》申します。今日は、沢村《さわむら》先生と白金《しろがね》先生と松浦《まつうら》先生に用心棒に残っていただいて、あとの旦那方はどこぞで暇つぶしをしてきてもらえますか」

どうやらここで賭場が開かれるらしい。

「ああ、この娘だすか、拾いもんというのは。なかなか上玉やおまへんか」

六郎七は太い指で園のおとがいをぐいと持ち上げた。

「なんならわしが面倒みたろか。なあ、お嬢ちゃん」

聞いていた西池が鼻で笑い、

「妾《めかけ》にするというのか。今のおまえにはそんな甲斐性《かいしょう》はなかろう」

「へへっ、あなどりなはんなや。この谷町の六郎七、次郎長や口縄の鬼御前のせいでこんな惨めな身の上に成り果てとりますけど、そのうちにまた一家を構える気持ちでいてますのや。とにかくあの雀丸とかいうガキだけは痛い目に遭わさんと男が廃る。かならずあいつのどてっ腹えぐったる……その気持ちだけで生きてますのや」

思いがけず鬼御前や雀丸の名前が出たので、園はつい声を上げそうになったがそれを必死にこらえた。六郎七は園のあごにかけた指を離さず、

「お嬢ちゃん、わしが面倒みてやれんで残念やったな。——西池の旦那、この娘、金に換えまひょか」

「そんなことをしたら足がつくだろう」

「大坂の色里ならそうだすけど、兵庫の福原《ふくはら》か奈良の木辻《きつじ》あたりならバレまへん。そのあたりはわしに任しとくなはれ」

「それはまあ、エゲレス人に売り飛ばすよりはましだがな……」

一同は笑った。西池は六郎七に、

「いつまでもここに置いておくわけにもいかぬ。この娘にとっても、命を取られたり、異国に売られたりするよりはましだろう。では、そのようにだんどりしてもらおうか」

「へえ、承知いたしました。あとで知り合いのトカゲの多十《たじゅう》ゆう女衒《ぜげん》を呼んで、今夜中に話つけてしまいまひょ。西池の旦那、夜中にもういっぺんここへ来てもらえますか」

園は、六郎七の指を嚙みちぎってやろうか、と思ったが、必死にこらえた。ここでなにかしても多勢に無勢だ。今は雀丸たちが助けにきてくれるのを待つのだ。でも……。

（来てくれるだろうか……）

ここがどこか園にはわからない。雀丸や町奉行所がつきとめてくれるかどうかもわからないのだ。

「では、わしは一旦帰り、夜中にまた戻ってくる。おまえたち、くれぐれも居酒屋で泥酔したり、喧嘩口論をしたり、派手なことは慎むようにせよ。どこから秘密が漏れるかわからぬからな。——中道、この娘を布団部屋に放り込んで、逃げぬよう見張りを立てておけ」

西池は立ち上がった。一同は揃《そろ》って頭を下げた。

◇

日はもう暮れていた。一段と冷え込みがきつくなる頃合いだが、雀丸たちは全身に大汗を掻いていた。エゲレス語の歌をがなりながら寺を一軒ずつたずね歩いているが、収穫はまるでなかった。一同は寒さに凍えながら探索を続けた。合流した大尊和尚が鬼御前に、

「なんじゃ、もう来ておったのか。おまえは外に出ておる、と身内のものが言うておったが……」

「地雷屋はどうしたんだい」

「店に行ったのだが、留守であった。なんでも山内家の大坂屋敷に招かれているとか……」

「ふん、肝心のときに役に立たんやっちゃで」

東町奉行所の捕り方たちも加わり、人数も増えた。これなら遠からず見つかるだろう……と淡い期待を抱いたのだが、園の行方は杳《よう》として知れぬ。

「下寺町、というのが見込み違いであったのか……」

皐月親兵衛は弱音を吐いた。

「まだ見届けていない寺はたくさんあります。あきらめるのは早いですよ」

「そうだな……そうだ」

皐月は十手を持ち直した。

「さあさあ、なにをのんびりしてますのや。歌を歌いまひょ。えーびーしーりーいーえふぢー……」

羅太が声を張る。

「えーびーしーりーいーえふぢー……」

雀丸たちもやけくそで唱和する。

「えいちあい、ぜいけー、えるえんめー」

「えいちあい、ぜいけー、えるえんめー」

「のーぴーきうあー、えしちーゆー」

「のーぴーきうあー、えしちーゆー」

「ふへー、だぶりょえなし、あいきゃのーたー」

「ふへー、だぶりょえなし、あいきゃのーたー」

表通りの長屋の戸がいくつも開き、

「こらあ、やかましいねん！　何刻やと思とるんじゃ。黙って通らんかい！」

「そうじゃ、さっきからぎゃあぎゃあわめくさかい寝られへんやないか。わしは朝早いんじゃ！」

「なんやと！ こっちはお上の御用で歩いとんねん」

さっそく羅太が言い返した。

「お上の御用？ 嘘言うな。そんなわけのわからん御用があるかい」

「ほんまじゃ。おまえらこういう異人の歌、歌とるの聞いたことないか？」

するとひとりがこともなげに言った。

「あるで」

「おお、あるか。どこの寺や！」

「寺やないで。賭場や」

「と、賭場……？」

「おまえも知ってるやろ、谷町の六郎七……」

雀丸の目が光ったが、羅太は気づかず、

「ああ、ダニマチの親方か」

「あいつが、月江寺《げっこうじ》の裏手にあったぼろぼろの家を捨て値で買いよったんや。昔は剣術の道場やったのやが、先生が亡くなってからほったらかしになってたんやな。そこを賭場にして、またぞろ毎晩はじめよった。近所の寺の坊主もけっこう入り浸っとる、ちゅう噂やけどな、わてがこのまえ夜中に通りかかったら、なかから『えーびーしーりー……』ゆう歌が聞こえてきたんや」

　べつのひとりが、

「そういえばわてもこないだあそこでそんな歌聞いたなあ。太い男の声やったわ」

「浪人が出入りしてるの、見かけんかったか」

「さあ、それは知らんけど、賭場やさかい用心棒の侍ぐらいはおるやろ」

　羅太が皐月親兵衛を振り向いた。

「旦那、これは……」

「うむ……やつらが言っていた『寺』というのは、『寺屋』のことであったか。場所が下寺町であったゆえまんまとだまされたわい」

「寺屋？」

　雀丸には初耳の言葉だった。

「賭場のことだ。寺銭《てらせん》が動くからそう言うのだろう」

　鬼御前が顔を歪《ゆが》めて、

「ダニが絡んでると聞いたら黙ってられん。あのガキ、今度こそぎゅうと言わせたる！」

　雀丸が、

「行きましょう」

一同はうなずいた。

◇

その日の博打も一段落して、客たちは帰っていった。どこかで飲んでいたらしい侍たちもすでに戻っていた。部屋のなかは安酒の匂いでいっぱいになっており、園は吐きそうだった。首魁《しゅかい》とおぼしき西池という侍も戻ってきていた。上下の前歯が三角形に尖《とが》った四十ぐらいの町人が、園の正面に座り、ねちっこい目つきでその全身を吟味している。隣にいる六郎七に、

「いやあ、なかなかけっこうな代物やないか。色も白いし、ぽちゃぽちゃっとして……しかもお武家の娘はんや。こら、ありがたいわ」

西池が、

「おまえが女衒のトカゲの多十か」

西池が言うと、男は口を薄く開けてニターッと笑い、

「そうでおま。本日はええタマを見せていただき、ありがとっさんでおます」

「この娘、いくらになるな」

「さいですなあ。新町や新地なりゃあともかくも、堺《さかい》や奈良、兵庫ではどうしても値が下がります。そうだんなあ……しめて五十ではいかがだす」

「女一人《いちにん》の値打ちとしては低すぎよう。これからいくら稼げると思う」

「ひひ……よう考えてみなはれ。この女子、明日、病でぽっくり逝ったとしても、買い主は文句言われまへんのやで。生きものの売り買いゆうのはそういうことだす」

園は怖気《おぞけ》で身体が小刻みに震えるのを抑えられなかった。

「買い主はそうかもしれぬが、あいだに立ったおまえはなんの損もせんだろう」

「ひひひひ……ひひ……そらそうだ。それが女衒とゆうもんだすわ」

しばらく考えていた西池は、

「わかった。われらもこの娘に長くここにいてもろうては困る。すぐにでも片付けたいと思うておった。五十で手を打とう」

「ひひひひ……けっこうでおま。ほな、ここに……」

トカゲの多十が胴巻きを出そうとしたとき、

「すんまへーん！　すんまへーん！」

女の声がした。園はすぐにその声の主がわかったが、顔には出さなかった。

「こちらに中道十一郎ゆうお方がいてはる、て聞いたもんだす。中道の旦さん、いてはりまっかー！」

佐東塩蔵が、

「中道、お主の客のようだぞ」

中道は首をかしげ、

「ここはだれにも教えていないはずだが……」

女の声はなおも続く。

「こないだ居酒屋で財布を拾たもんでおます。それをお届けに参りましたんや。方々探しましたで」

西池が、

「中道、心当たりがあるのか」

「は、はい」

「ならば早う受け取って参れ。手数をかけるな」

「ははっ」

中道十一郎が表に出ると、そこにいたのは顔に隈取りをした極道らしき女だった。

「な、なんだ、おまえは」

「見てのとおりの女極道。口縄の鬼御前と申します。あてのこと覚えてまへんか」

「し、知らぬ。財布をよこせ」

中道は手を出した。鬼御前は財布をちらと見せ、

「へえへえ、あんたのもんだすさかい返すのは当たり前やけどな、落とし主がさぞかし困ってるやろ、と思て、あちこち探し回ったこっちの身にもなってみなはれ。よこせ、

と言われて、はい、そうだっか……とは言えまへんわな」

「なにが望みだ。謝礼か。多少ならば遣わしてもよい。いくら所望だ」

「金はいりまへん。お名前か居所がわかるかと思て、なかを検めさせてもらいましたら、こんなもんが出てきましてん」

　鬼御前は折り畳んだ紙切れを取り出した。中道は顔をしかめ、

「それがなんであるかわかったか」

「異国の文字《もんじ》だすさかい、いっこうに……」

「ならばよい。ただの戯《ざ》れ書きだ」

「けど、知り合いに心得のあるひとがいたんで読んでもらいましたらなあ、なんや火薬とか爆薬とか……」

「き、貴様……」

「それでびっくりして町奉行所のお方にお知らせしましたんやけど、あきまへんでしたかなあ。今、一緒に来てもろてますのや」

「なにい？」

　中道が大声を出したので、六郎七が玄関先に現れた。

「なにかおましたんか……おおおおおおまえは口縄の！」

「鬼御前や。あんた、まだ懲りんとしょうもないことさらしとるみたいやな。これなと

食ろとき」

鬼御前は持っていた長脇差《ながわきざし》の鞘のこじりで六郎七の額を小突いた。六郎七は他愛もなくのびてしまった。雀丸と皐月親兵衛が鬼御前の左右からなかに入ると、中道十一郎が刀を抜き、

「町方だあっ！」

皐月親兵衛は中道のこめかみあたりに十手をがしんと叩きつけ、足で腹を蹴り上げた。悶絶する中道を踏みつけて皐月と雀丸、鬼御前は奥へ向かった。床に溜まっていた埃《ほこり》が舞い上がった。大尊和尚や羅太たちも三人に続いた。侍たちが一斉に抜刀し、斬りかかってきた。皐月は先頭のひとりを十手で叩き伏せて叫んだ。

「東町奉行所同心皐月親兵衛である。大坂を騒がす無頼漢ども、この家はすでに十重《とえ》二十重《はたえ》に囲まれている。おとなしく縛《ばく》につけ」

遠山吉次郎が、

「われらは無頼漢ではない。高き志あるものの集まりだ」

「笑わせるな。女をかどわかすのが志あるもののなしようか」

佐東塩蔵が、

「そうとも。遠山、われらはただの無頼漢だ。いさぎよく外道に徹しようではないか」

そう言うと、刀を園の喉もとに突きつけた。皐月の顔がこわばった。

「園……」

「あんたの娘らしいな。こいつをひと突きにすることもできるのだぞ」

「なんだと……」

「どうせわれらは先行きのない浪人や部屋住みの次男坊、三男坊だ。このまま生きていてもろくな生涯は送れぬ身だ。メリケンの連中にひと泡吹かせてやるのも面白かろうと思うていたが、どうやら間に合わぬようだ。ならば、ここで大暴れして、後世まで悪党の鑑《かがみ》よと語り継がれるのも悪うはない」

西池がまえに出て、

「なにを申す、佐東。血迷ったか」

「血迷いはせぬ。西池さま、あんたも腹をくくりなされ」

顔をしかめた西池を見て、雀丸はあっと叫んだ。

「あなたは適塾の塾頭……」

西池は顔をそむけ、

「貴様か……」

そうつぶやくと、佐東に、

「殺《や》れ」

その瞬間、雀丸の頭のなかの血が煮え立った。寸鉄も帯びぬ状態で雀丸は佐東に向かって突進した。反射的な行動だった。なにも考えていなかった。雀丸は両手を広げ、佐東に摑みかかった。左右から侍たちが斬りかかってきたが防ぎもかわしもせずひたすら走った。佐東は蒼白《そうはく》になり、めちゃくちゃに刀を振り回しながら、

「く、来るな！」

と叫んだが雀丸はとまらなかった。佐東を刀ごと抱きしめるようにしてその場に押し倒した。

「どけっ、放せいっ！」

佐東が身体の下で怒鳴っていたが、雀丸は逆に両腕に力を込めた。園が皐月親兵衛のもとに逃れたのを確認したあと、

「どんな理由《わけ》があろうと、あなただけは許せません」

そして、佐東塩蔵の顔を殴りつけ……ようとしたが、

「やっぱりやめておきます」

佐東は激昂して、

「どうした、腑抜《ふぬ》けめ！　殴れ、殴らぬか！」

雀丸はじっと佐東を見つめたまま数歩後ずさりした。皐月親兵衛の下知《げち》で捕り方たちが雪崩《なだ》れ込んできた。捕まったら死罪になる。侍たちの抵抗は凄《すさ》まじかった。半ば自暴自棄で斬りかかってくる彼らを捕り方たちは十手や刺股《さすまた》、突棒《つくぼう》などで押さえつける。あ

ちこちで悲鳴や怒号が上がった。鬼御前も太股をざっくりと割られた。大尊和尚にいたっては、自慢の顎鬚を半ばから切断されて激怒し、

「鬚の仇《かたき》じゃ！」

とわけのわからないことを言いながら相手を杖《つえ》でぼこぼこに叩きのめした。

結局、多勢に無勢で侍たちはつぎつぎと縄をかけられた。最後のひとりが召し捕られたとき、皐月は佐東塩蔵を殴りつけようとした。しかし、園がその袖を押さえ、かぶりを振るのを見て、拳を下ろした。

「八つ裂きにしても飽き足らぬが、雀丸殿が殴らなかったゆえわしもやめておく」

そう言って皐月親兵衛は大きな息を吐いた。

「あれ？　西池さんは……？」

雀丸は捕縛された侍たちの顔を順々に見ていった。肝心の頭目西池がいない。あたりを見回すと、西池は部屋の隅にうずくまり、なにかをしようとしている。雀丸が駆け寄ろうとすると西池は立ち上がった。右手に火打石を持っている。そのかたわらには火薬を詰めた竹筒が集められていた。

「むざむざ不浄役人に捕まってたまるか。一歩でも近づいてみろ。この家ごと吹き飛ばしてやる。いや、下寺町の寺という寺が吹っ飛ぶかもしれぬな」

雀丸は西池に向かって、

「なにが望みです」

「ひとり残らずこの家から出ていけ。ただし、貴様は残れ」

「私だけですか」

「そうだ。――おまえにその度胸があるか」

雀丸は即座に、

「残りましょう」

そして、皐月親兵衛のほうを向き、

「危ないですから、皆を連れてここから出てください。できるだけ遠くまで……」

「おまえはどうするつもりだ」

「このひとは私とふたりだけになりたいそうです」

「おまえだけを残すわけにはいかん。わしも残る」

「いけません。園さんをお頼みします」

「いや、しかし……」

「私の言うとおりにしてください。なんとか説き伏せてみます」

皐月はしぶしぶうなずき、捕り方たちを振り向くと、

「一同、ここから退出せよ！」

鬼御前、大尊和尚、それに園たちは逃げることを拒否したが、皐月親兵衛がむりやり

連れ出した。ふたりきりになった雀丸は、西池に言った。

「どうしてこんな馬鹿げたことを企んだのです」

　西池は火打石を持ったまま、

「わしは適塾で緒方先生に教えを受け、世界について学んだ。先生は広く海外に目を向け、すぐれた考えや文化を取り入れろ、とおっしゃったが、異国のほとんどは日本を食いものにしようと狙っていることがわかった。しかも、メリケン国は近いうちに軍艦八隻を遣わすらしい。江戸の老中は揃って柔弱ゆえ、おそらくメリケンの侍の言うがままま国を開き、ひいては日本を滅ぼしてしまうだろう。わしはひそかに全国の同志に呼びかけ、一味徒党を組んでメリケンのやつらを皆殺しにすることにした。皆、政やおのれの境遇に不満を持つものばかりだ」

「江戸ではなく大坂を拠点にしたのはなぜですか」

「江戸は将軍家膝もとで取り締まりが厳しい。刀や銃、火薬のもとになるものもなかなか手に入らぬ。そこへいくと大坂は天下の台所で、日本中からさまざまなものが集まってくる。金さえ出せばたいがいのものは揃う。また、メリケンの船は出島に現れるか江戸に現れるかわからぬ。大坂ならば、どちらにも行ける」

「なるほど……」

「雀丸と申したな。なかなかの男と見た。わしと手を組まぬか。おまえとならばこの国の行く先を変えられるかもしれぬ」

「ご冗談でしょう。私は、大坂を火の海にするような企てに関わるのはご免です」

「メリケンが攻めてくるのだぞ。国を守ろうという気持ちはないのか」

「だからといって民百姓が迷惑をこうむるのはよくないです」

「メリケンの軍艦が来たら、どうせおまえの言う民百姓もひどい目に遭うのだぞ」

「メリケンのひとたちも私たちと同じ人間です。そんなめちゃくちゃなことにはならないと思います。話せばわかるはずです」

「甘いな。メリケンの連中は阿弗利加《アフリカ》の黒人を奴隷として売り買いしている。そういう連中なのだぞ」

「私は人間を信じたいと思います。あなたのように、大坂のひとびとが傷ついてもかまわないという考え方のほうが恐ろしいです」

「かまわない、とは申しておらぬ。正義のためだかなんだか知りませんが、私には許せません」

「正義のためだかなんだか知りませんが、私には許せません」

西池はため息をつき、

「わが大望をわかってもらえぬとはな……。燕雀《えんじやく》安《いずく》んぞ鴻鵠《こうこく》の志を知らんや、か。おまえのような考えのものばかりだと、いずれこの国はメリケンやエゲレスの属国になる。そのときにあわてても遅いのだ」

嘲笑《あざわら》うようにそう言った。雀丸は真面目な顔で、

「鴻鵠の志は知りませんけど、雀には雀の五分の魂があるんです。それをないがしろにしたら、どんな立派な改革もうまくいくはずがないと思いますすけどね」

西池は鼻で笑い、

「偉そうなことを申すが、おまえはメリケンの軍艦が開国を求めて大挙して押し寄せるという元寇《げんこう》以来の国の大事に、いったいなにをしたというのだ。われらがなそうとしていることを馬鹿げているとかめちゃくちゃだとか言うおまえは、なにもせずのほほんと炬燵に入って酒を飲んでいただけではないのか。おまえにわれらをとがめることができるのか」

雀丸は押し黙った。たしかに自分は、揺れ動く世の中の様相に目をつぶり、できるだけ関わらぬように「逃げ」を打ってきた。そのほうが楽だったし、性に合っていたからだ。しかし……。

「わかりました。私はなにもしてこなかった。それは認めます。ですが……あなたのやり方には賛同できません。たとえどんな経緯《いきさつ》や大義があろうと、なにも知らされず日々泣いたり笑ったりしながら暮らしている皆が犠牲になるような企ては間違っている……と思います」

「そうか……」

西池はにやりと笑い、

「おまえならばわかってくれると思うたが……どうやらわれらは相容《あいい》れぬようだな」

「はい……」

「では、話し合いは終わりだ。わしは今からこの爆薬に火を点ける。だれにも邪魔はさせぬ。メリケン船がやってきたときにわしが正しかったとはじめてわかるだろう。――さらばだ、雀丸」

西池は火打石と鉄片を叩き合わせた。火花が散り、導火線に火が点いた。それはすぐに竹筒の爆薬に達した。最初のひとつが爆発すると連鎖的に周囲に並べた竹筒の爆薬に火が回り、しまいにはこの家にあるすべての火薬が爆発するはずだった。そうなると下寺町が、いや、天王寺界隈がそっくり吹き飛ぶほどの大爆発が起こる、と考えられた。雀丸は身構えた。皐月親兵衛が、園や鬼御前、大尊和尚たちを被害が及ばぬほどの場所に遠ざけてくれていることを祈るしかなかった。

(お祖母さま……先立つ不幸をお許しください……)

雀丸は目を閉じた。

しかし……。

なにも起こらなかった。導火線は燃え尽き、竹筒に火が達しているはずなのにだ。西池はいちばん手前の竹筒を取り上げ、開いてみた。そこにはご飯とおかずが入っていた。

西池は血相を変え、

「弁当だ……」

とつぶやいた。その機を逃さず雀丸は西池に飛びかかり、その両方の鼻の穴に弁当に入っていた唐辛子を押し込んだ。

「わぎゃあああああっ！」

西池は背骨が折れそうなぐらい反り返り、涙と鼻水とよだれを同時に流しながらのたうちまわった。

（どんな大望も決意も、唐辛子のまえには無力だな……）

雀丸はそう思った。

◇

一味は全員捕らえられ、天満の牢に入れられた。武器、弾薬なども押収され、これから厳しい吟味がはじまるらしい。しかし、雀丸をはじめ関係したものたちには厳重な緘《かん》口令《こうれい》が敷かれた。どうやらお上は、この事件自体を「なかったこと」にしたいらしい。下級武士のあいだに高まっている異国に対する攘夷の気運自体を否定し、メリケン船来航の情報を秘匿したいようだ。宇佐岐堂は当面のあいだ稽古をしないよう町奉行所から命じられたが、師匠の兎七が一連の出来事に面倒くさくなったのか、例の放浪癖が出たのか、事件の翌日、「しばらく旅に出ます。長いあいだお世話になりました」という貼り紙一枚を残して閉ざされてしまった。

「終わりましたねえ」

「そうですねえ」

雀丸と園は、竹光屋の上がり框に腰をかけ、羊羹《ようかん》を食べながら茶を啜っていた。雀丸は顔やら腕やらにかなりの傷を受けており、軟膏《なんこう》を塗った白い布をあちこちに張っていたが、重い傷はひとつもなく、烏瓜諒太郎の診立てでは十日もすれば治るだろう、とのことだった。さいわい、鬼御前の太股の傷も深手は深手だが、歩いたり、走ったりするには差し支えないようだった。

皐月親兵衛はあのあとすぐに雀丸のところに来て、深々と頭を下げ、

「雀丸殿……此度のことは……つまり……親として深く感謝している」

それだけ言うと帰っていった。

「異国のひとたちを追い返すために爆薬を仕掛けようなんて、怖いですね」

園が言った。

「私はメリケンの歌が好きだった……それだけだったのに」

「そのうちメリケンの歌でも露西亜の歌でもおおっぴらに歌えるときが来ますよ」

「そうでしょうか」

「はい」

そう言うと雀丸は羊羹をもむもむ……と頬張った。

「わかりました。私、歌います」

園が立ち上がったので、

「え……？　なにを……？」

「『安辨制之歌《あべせいのうた》』です。忘れないようにときどき歌おうと思っているんです。えーびーしーりーいーえふぢー……さあ、雀丸さんもどうぞ！」

雀丸は羊羹を飲み込むために茶を飲んだ。本当は、当分、メリケンやらエゲレスやら、もっと言えば、天下国家の問題には関わりたくない気持ちだった。竹光作りのことだけを考えて呑気に過ごしたい……雀丸は真剣にそう思っていた。

「えーびーしーりーいーえふぢー」

「えーと……えーびーしーりーひーねすぎー」

「ひーねすぎーじゃありません、いーえふぢー」

「いーえふぢー」

ふたりが歌っていると、

「雀さん、ごめんなはれや」

入ってきたのは地雷屋蟇五郎だった。助かった思いで雀丸は立ち上がり、

「蟇五郎さん、しばらくお留守にされていましたね」

「ああ、ちょっとな」

蟇五郎の後ろには立派な身なりの武士が立っていた。年齢は三十半ばだろうか。

「こちらは土佐山内家の大坂在役、和歌森江戸四郎とおっしゃるお方でな、雀さんに折り入って話があるそうや」

「へえ、なんでしょうか」

和歌森は雀丸に向かって一礼すると、

「雀丸殿、貴公は知恵者だそうだな」

「そのようなものではありませんが……」

「いや、ここにおる地雷屋の話では、貴公に解けぬ謎はないとのことだ」

雀丸は蟇五郎をにらみつけたが和歌森は気づかず、

「貴公は稼業のかたわら、横町奉行とかいう重い役目にも就いておられるそうだな」

「重い役目というか、その……それほど重くもなく、むしろ軽いというか……」

和歌森は雀丸の言葉をさえぎり、

「雀丸殿、貴公に頼みがある。——土佐に行ってもらいたいのだ」

雀丸は「えっ……」と言ったまま固まった。

ジョン万次郎の失くしものの巻

一

「土佐《とさ》って……あの土佐ですか」

雀丸《すずめまる》の問いに和歌森《わかもり》江戸《えど》四郎《しろう》はうなずき、

「さよう。あの土佐だ」

「どうして私が……。横町《よこまち》奉行は大坂の民の公事《くじ》ごとを裁くのが役目です。土佐のことは扱えません」

「そこを曲げてお願いしたいのだ。雀丸殿は竹光《たけみつ》を作るが本業とのこと。わが殿山内《やまのうち》豊信《とよのぶ》は刀剣類にいたって心を寄せておいでだが、集めた銘刀を日頃は蔵にしまっておかねばならぬのがつまらぬ、とおっしゃる。貴公の腕で、それらにそっくりの竹光を拵《こしら》えてくれれば、いつにても眺められる。こんなけっこうなことはない。謎解きのかたわら、竹光作りもお願いできれば、と思うておる」

そうなるとこれは仕事である。雀丸の心は動いた。

「私の竹光は高いですよ」

「地雷屋《じらいや》から聞いておる。高くともよろしい。竹光を作ってもらえればありがたい。ただし、謎を解いてもらわねばならぬが……」

「とにかくその謎とやらについて聞かせてください。でないと、なんとも申し上げようがありません」

「地雷屋によると、貴公は頭の回りが速く、一を聞いて十を知る切れ者で、その即断即決の裁きはかの名奉行大岡越前守《おおおかえちぜんのかみ》と肩を並べるほどだという。そこで、貴公に頼みがあるのだが……」

「ちょちょちょちょっと待ってください。あの……私はそんな切れ者ではありません。蟇五郎《ひきごろう》さん、どうしてそんないいかげんなことを言ったのですか！」

蟇五郎はにやにや笑いながら、

「わしはずーっとそう思うとるわい。これまでの横町奉行のなかで一番の知恵者だとな。それだけではない。横町奉行のなかで一番のお人好《ひとよ》しだ。――園《その》さんはどう思いますな？」

園はおっとりと、

「私もそう思います。知恵……はどうかわかりませんが、私の知っているかぎりこんなお人好しはいません」

「あまり褒められているような気がしませんが……」

雀丸が言うと園が、

「もちろん褒めてます。雀丸さんは、盗人《ぬすっと》が財布を盗《と》ろうとしているとき、どうぞとふところを開いてくださるような方ですから」

絶対に褒められていない、と雀丸は思った。和歌森は咳《せき》払いをして、

「とにかく雀丸殿でないと解きほぐせぬ難事が出来《しゅったい》したのだ。なんとか都合をつけて土佐までご足労願いたい」

「いや、そう言われましてもなんのことやら……」

和歌森は、

「さもありなん。ことの次第は土佐に向かう船のなかででもお話しさせていただくつもりだが……」

「いえ、今ここでおっしゃっていただかないと困ります。お引き受けできるようなことかどうかわかりませんし……」

蟇五郎が、

「引き受けなはれ、雀《じゃく》さん。竹光作りはあんたの本業や。断るなど罰が当たりまっせ」

「はあ……ですが、竹光を向こうで作るとなれば、竹から道具から銀紙から……なにからなにまで持参しなければなりません。たいへんな大荷物ですよ」

「殿さまのご愛刀を拝見して、だいたいのところを作って、仕上げはこちらに戻ってか

らすればよろしいがな」

　正論である。雀丸が言葉に窮したのを見て和歌森がすかさず、

「当家が船を仕立てるゆえ、荷物はいくらでも載せられる。たまたま今、当家の御用船が浪花《なにわ》の港に繋《つな》いであるのだ。こう申してはなんだが、土佐までお越しいただいて、首尾よくわれらが難事を片付けてもらえれば、竹光の代のほかにささやかながらお礼も差し上げる。向こうでの宿はわれらが万事調えるし、土佐は酒や食べものが美味《うま》い地として知られておる。それを、飲み次第の食い次第ということで……」

「ありがたいお申し出なのですが、うちは祖母とふたり暮らしなのです。祖母をひとり残して行くわけにはまいりません」

　雀丸がそう言ったとき、

「案ずるな、雀丸」

　奥から当の加似江《かにえ》が現れた。

「飲み次第の食い次第とは聞き捨てならんわい。この話、受けるがよい」

「お祖母《ばあ》さま、私が留守のあいだ、園さんにでも世話になるおつもりですか？」

「そうではない。わしもかねてより一度、土佐の酒を……いや、土佐に行ってみたかった。好機ではないか。わしもおまえの介添え役として土佐に赴こう」

「介添え役などいりません」

「遠慮せずともよい。――和歌森殿とやら、かまいますまいな」

「もちろんでござる。ご隠居さまが同道いただけるなら、雀丸殿のご心配も薄れると申すもの。ぜひとも土佐に参られますよう……」

「うははは……ぜひともと言われると行くしかないのう。土佐の酒と肴《さかな》を飲み尽くし、食い尽くそうぞ」

加似江は上機嫌でそう言った。雀丸は呆《あき》れて、

「お祖母さま、土佐は遠いですよ。船にも乗らねばなりません。お祖母さまには無理かと……」

「無理じゃと？　わしの字引きに『無理』という言葉はない。行くと申したら行くぞよ」

「そんな字引きは捨ててください。そもそもどういう用件かもまだ聞いていないのです。それをうかがってから……」

「いや、参る。わしはもう決めた」

雀丸はため息をついた。言い出したら聞かぬ加似江の性分をよく知っていたからだ。

「わかりました。では、和歌森さん、祖母も同行させていただくかもしれませんが、そのときはよろしく……」

そう言いかけると、園が口を挟んだ。

「ご隠居さまがいらっしゃるなら、私も行きたいです！」

和歌森が「だれ?」という顔つきになったので雀丸が、

「えーと、私のネコトモです」

「ネコトモ?」

あわてて蟇五郎が、

「東町奉行所同心皐月親兵衛《さつきしんべえ》さまのお嬢さんで、横町奉行のお役目にもなにかと手を貸してくれてはる園さまという方でおます」

園は進み出て、

「私もぜひ土佐にお連れください。よろしくお願いします」

雀丸はかぶりを振って、

「いくらなんでもそれはダメでしょう。こちらにご負担をおかけすることになりますし……」

「お金のことでしたら、私の旅の入り目は私がお支払いします。ですから……」

「そういうことではありません。——そうですよね、和歌森さん」

もちろん、関わりのないものについてこられては困る……そういう答を期待した雀丸だったが、和歌森はにこやかに、

「いや、山内家としては来ていただいても一向にかまわぬ。当家の持ち船ゆえ、道中の費《つい》えはほとんどない。人数が増えるのはむしろ歓迎でござる」

「いや、その、うーん……でも、それは危ないお役目なのではありませんか？　そういうことにひとを巻き込むのはどうかと思います」

和歌森は言下に、

「剣呑《けんのん》なことは一切《いっせつ》ないことはわしが請け合う」

仕方なく雀丸は園に、

「でも、園さん……皐月さんがお許しにならないでしょう」

「私が説得します。父は、こないだの一件のあと、雀丸さんのことを家でも『雀丸殿』と呼ぶようになりました。きっと私を救ってくださったことをよほど感謝しているのだと思います。ですから、雀丸さんと一緒だと言えばきっと許してくれます」

「うーん、そうかなあ……」

あの皐月親兵衛が容易に首を縦に振ろうとは思えなかったが、

「では……皐月さんがお許しになったら来ていただいてもいいです。ただし、それは今から和歌森さんの話を聞いて、これならお引き受けしてもよいと決まってからのことです」

「雀丸さんのことですもの、お茶の子さいさいに決まってます」

「そんな安請け合いはできません。和歌森さん、早くその謎というのを……」

「うわあ、うれしいなあ。雀丸さんと旅ができるなんて……夢みたいです！　やったー！」

園はすっかりひとり決めしてはしゃいでいる。和歌森は手を打って、

「それではご同道の人数は、わしのほか雀丸殿とご隠居さま、地雷屋、それに園殿ということに決まりだな」

「蟇五郎さんもいらっしゃるのですか。商いのほうは大丈夫ですか」

蟇五郎は、

「商いなどどうにでもなる。もともと雀さんを和歌森さまに取り持とうと言い出したのはわしなのだ。わしが行かずしてどうする」

「はあ……」

「ただ、こうなったらわしは玉《たま》を連れていきたいなあ」

玉は、蟇五郎が大金で身請けした北《きた》の新地《しんち》の芸子《げいこ》である。妾《めかけ》としてではなく、晩酌の折に酌をさせるためだけに落籍《ひか》したのだ。

「あいつにも土佐の海を見せてやりたい。それと、身の回りの世話をする丁稚《こども》をふたりほど……」

大所帯である。しかし、和歌森はにこやかに、

「わかった。——では、船は二日後に出航ということでよろしいな。それまでにおのおの旅支度をしていただこう」

雀丸は、

「いや、同行《どうぎょう》の数や船出の日取りを決めるより、先にその肝心の中身を聞かせてもらわないと……」

園が興奮した様子で、

「では、私は家に戻り、父を説き伏せて参ります。これはもうどうあっても旅の許しを得ねばなりません。もし、許してくれなかったらご飯を食べません。それでもダメだったらそんなわからずやで頑固で石頭の父上なんか家から放り出してしまいます」

それは逆さまだろう、と思ったが、雀丸はなにも言わなかった。そもそもまだ話を聞いてもいないのに、わからずやだの頑固だの石頭だのとののしられた皐月親兵衛が少し可哀相《かわいそう》になってきたが、園は普段のしとやかさをかなぐり捨てたような勢いで竹光屋を出ていった。雀丸は、武家娘が供も連れずに出歩くのを許しているのをみると、皐月親兵衛は案外さばけた人物なのではないか、と思っていた。

「これで落ち着いて話が聞けます。どうぞおっしゃってください」

雀丸にうながされて和歌森が上がり框《がまち》に腰を下ろしたとき、

「雀さーん、こーんにちはー！　遊びに来たでー」

元気良く入ってきたのは園よりまだ若いと思われる娘……さきだった。着ているものはさほど派手ではないが、ひとつひとつに金がかかっていて、見るひとが見たら仰天するような高額なものもあった。しかし、それらを無造作に普段着として着こなしている。

それもそのはず、さきは日本一の豪商鴻池善右衛門《こうのいけぜんえもん》の三女である。善右衛門は雀丸の才覚と人柄に惚《ほ》れ込んでおり、なんとか雀丸をさきに婿入りさせようと企《たくら》んでいる。そして、さき自身も雀丸のことが大好きなのだった。

「ああ、さきさん、しばらく顔を見ませんでしたね」

「風邪引いて寝込んでたんや。でも、もう治った。このとおり元気元気！」

腕まくりをして力瘤《ちからこぶ》を作るさきに、雀丸はホッとしていた。エゲレス塾騒動のとき、さきが絡んでいたら事件がもっと大きくなっていただろう。ものごとを引っ掻《か》き回す性《た》質《ち》なのである。そんな雀丸の内心には気づかぬ様子のさきは周りを見回し、

「今日はえらい千客万来やね。そっちのおもろい顔のお侍さんは見かけん顔やね。なにか取り込みごとやったら、うちは帰るけど……」

雀丸があわてて、

「こちらは土佐の山内家大坂ご在役の和歌森江戸四郎さんです」

そう言われてもさきはまったくひるむ様子もなく、

「へー、うちは鴻池善衛右門の娘でさきと申します。よろしゅうに」

顔色を変えたのは和歌森のほうだった。

「こ、鴻池家のご息女でござったか。これはこれは初にお目にかかる。それがし、山内家家臣和歌森江戸四郎と申すものにて……」

「それはもう今聞いた。雀さんになんの用？　ああ、わかった。竹光作ってもらいたいんや。雀さんの竹光はすごいからなあ。びっくりするで。腰抜かすで」

雀丸はさきの口を手で塞ぎ、

「さきさん、お願いだからもうちょっと丁寧にしゃべってください。失礼ですよ」

和歌森は手を振って、

「いやいや、鴻池のご息女ならばこれぐらいのことはあろう。お気になさらずに」

「ですが……」

「いーや、かまわんかまわん」

和歌森はさきに向き直り、

「じつは雀丸殿を土佐にお連れする算段で参ったのだ」

「えっ、土佐に？　ええなあ、ええなあ。うちも一緒に行きたいわ」

雀丸は大仰に手を振って、

「ダメです。とんでもないことです。さきさんは風邪が治ったといっても病み上がりでしょう。船旅は身体《からだ》に障ります。もうしばらく養生してください」

「えー？　大丈夫やけどなあ。うち、朝からウナギとご飯三膳食べてきたんやで」

「病は治りかけが一番肝心です。善右衛門さんもお許しにはならないと思いますよ」

「お父ちゃんはうちの言うことやったらなんでもきいてくれるけどなあ。——でも、雀さんがそこまで心配してくれるんやったら……」

「そうそう、それがいいです。そうしてください」

未練がありそうなさきに、雀丸は覆いかぶせるように言った。

「これでやっと頭数が決まったな。もう増えることはないよう願いたい。わしと雀丸殿、ご隠居さま、地雷屋とその連れ三名、そして、園殿……」

「園……？」

さきの顔色がみるみる赤く変じた。雀丸は「しまった……！」と思ったがもう遅い。

「園て、あの丸顔の女も行くんかいな！　それやったら、うちも行く。行かなあかん。あの女が行ってうちが置いていかれるやなんて、そんなこと許されへん！」

「さきさん、たしかにごもっともではありますが、あなたは病み上がり……」

「そんなことどうでもええ！　うちは行く。なにがあっても土佐へ行く」

「園さんもまだ行けるかどうかわからないのです。皐月さんのお許しが出るかどうか……」

「それやったらなおのこと、うちは行く。そうか、あいつ、うちがちょっと風邪引いて寝てる間にえらい抜け駆け企みくさって、あのずっこい狸女《たぬきおんな》……そうはいくかい！」

「さきさん、どんどん言葉が汚くなってますよ」

「ほっといて！　雀さんも雀さんや。うちをのけもんにしてあの女とふたりきりで土佐に行くやなんて、冷たいやないか！」

「冷たいもなにも、今さっきそういう話が出たところで、私も寝耳に水だったのです
……というか、いまだに寝耳に水のままです」

「あのな、うちはたとえ雀さんが連れていってくれへん、て言うたかて、お父ちゃんに頼んで千石船《せんごくぶね》買《こ》うてもろて、船頭も雇うてもろて、勝手に行く！」

船を買う……それぐらいのことはしかねない、そして、することが可能な父娘《おやこ》である。

「和歌森さん、どうしましょう。また、道連れが増えるようなことになったらご迷惑ですよねえ……」

困り果てた雀丸の言葉に、和歌森はあっさりと答えた。

「当家は一向構わぬぞ。船など新たに買うには及ばぬ。うちの船に乗ってもらえばよい」

雀丸は今日何度目かのため息をつき、さきのほうを向くと、

「わかりました。でも、善右衛門さんのお許しが出たらのことですよ」

さきは小鼻を膨らまして身を乗り出すと、

「可愛《かわい》いうちのためやもん。お父ちゃんは許してくれるに決まってる！　許すの許さんのと抜かしたら、親子の縁切ったんねん。——ほな、お父ちゃんに話してくるわ」

そう言うとさきは帰っていった。

「いいんですか、和歌森さん。鴻池家の娘さんをしばらく預かることになりますけど

「じつは当家も鴻池には多額の借りがある。あそこの娘の頼みなら断ることなどできぬわい」

和歌森は頭を掻き、

「……」

そうだったのか、と雀丸は合点した。鴻池家は全国の大名に「大名貸し」という貸し金をしており、その数は百十家に及ぶという。貸付の総額は雪だるま式に増え、今ではとてつもない数字に膨れ上がっているらしい。すでに返済のしようがない状態で、つまり、日本の大名の三分の一は鴻池家に頭が上がらないのだ。「鴻善ひとたび怒れば天下の諸侯色を失う」とも言われており、この国を支配しているのは表向きは公儀と諸大名だが、実際は鴻池を筆頭とする商人たちだ、というのは声に出して言わずとも皆が知っていることだった。亜米利加《アメリカ》や英吉利《イギリス》が来なくても、徳川家の礎はとうの昔にガタガタになっていたのだ。

「思うていたより人数が増えた。すぐに屋敷に戻って手配をやりなおさねば……」

立ち上がりかけた和歌森の袖を雀丸は摑《つか》んだ。

「お待ちください。私はまだ、土佐に行くともなんとも申しておりません。すべてはお話を承ってからです」

和歌森は怪訝《けげん》そうな顔で、

「え？　わしはまだ仔細《しさい》を話しておらなんだか？」

「しておりません。肝心のことをうかがわぬまえに頭数ばかりどんどん増えてもしかたありません」

「わかったわかった。では、申すといたそう。——雀丸殿、そなたはジョン・マンのことを耳にしておるか」

「兎七《としち》というエゲレス言葉の稽古屋から名前を聞いたことがあります。なんでも、土佐の漁師でメリケンに住み暮らし、このたび帰ってきたとか……」

「おお、存じておったか。ならば話は早い。わしは異国に長らく住まいしてその地の言葉や文物に触れていたジョン・マンという男にいたく興を覚えたのでな、先日、土佐に戻った折、殿に申し出て、対面することを許されたのだ。吉田東洋《よしだとうよう》先生の指図のもと、すでに細かい聞き取りが行われておってな、わしはそれを書き留めたものも読ませていただき、あとで思い出しながらおのれのための手控えを作ったゆえ、それを見ながら話をしようと思う」

　そう言うと、和歌森江戸四郎はふところから帳面を出し、

「長話になるゆえ、すまぬが茶を一杯汲《く》んでくれぬか」

　雀丸がすぐに茶を淹《い》れるとそれをひと啜《すす》りしてから、やや長いジョン・マンの一代記を語りはじめた。

◇

万次郎《まんじろう》は土佐の中ノ浜《なかのはま》という漁村に生まれた。家はたいへん貧しく、万次郎は五人兄弟の次男であったが、父親が早くに亡くなり、兄も蒲柳《ほりゅう》の質《しつ》だったので、幼いころから漁師として働いた。そのため読み書き算盤《そろばん》なども習うことができなかった。

万次郎は十四のとき、四人の仲間とともに、延縄漁《はえなわりょう》を行う小さな漁船に乗り込み、宇佐浦《うさうら》を出航した。彼は船のなかで一番若かったため、下っ端として炊事などを行っていた。ほかには、船頭の伝蔵《でんぞう》、漁をする係の重助《じゅうすけ》、漕《こ》ぎ手の五右衛門《ごえもん》と寅右衛門《とらえもん》である。重助と五右衛門は、伝蔵の弟であった。

ところが漁に出て三日目の朝、突然の嵐が船を襲った。西北からの風と北東からの風がぶつかり合い、海は大時化《おおしけ》となった。皆は必死で櫓《ろ》を漕いだが、一本は折れ、もう一本も荒れ狂う波に呑《の》まれて持っていかれてしまった。五人は木の葉のように翻弄される船にしがみつき、神に祈った。

なんとか嵐を乗り切ったものの、櫓も櫂《かい》もない。あとはただ流されるしかなかった。漂流をはじめて五日目、小さな島に流れ着いた。そこは無人島で、藤九郎《とうくろう》（アホウドリ）が無数に生息していた。上陸するとき岩礁に当たって船は壊れてしまった。しかも、重助は足を骨折し、激痛に苦しむ身となった。

五人は当面、この小島で暮らすしかなかった。しかし、このあたりの海域が船の航路に当たっているかどうかもわからない。発見されるまで何年かかるか、いや、何十年かかるかもしれたものではない。それまで生き抜かねばならぬ。

調べてみると、周囲一里(約四キロ)ほどのその島には水もなく、植物は雑草しか生えていない。いるのは藤九郎だけだ。飢えに苦しんだ五人は、藤九郎を打ち殺し、その肉を海水に浸して食べた。臭気がひどく、また脂も多くてなかなか喉を通らなかったが、五人は生きるために藤九郎を食べた。火打石もないから焼いたり煮たりできないし、釣り針や糸もないので魚も釣れぬから、不味《まず》い鳥の肉を生で食べるしかなかった。

だが、命の綱であった藤九郎も産卵と子育てが終わると島を離れていき、次第に数が減っていった。しかたなく彼らは海藻《かいそう》や貝、草などを食べて飢えをしのいだ。飲み水は岩間から垂れる雨水を貯《た》めて少しずつ飲んだが、晴天が続くときは草を揉《も》んでその汁を吸い、ときには小便も飲んだ。

五人はどんどん痩せていった。重助の病は重くなる一方だが、どうすることもできない。五人の命はもはや風前の灯《ともしび》かと思われた。

島に流れ着いて百四十三日目、浜辺に立っていた五右衛門が巨大な異国船を見つけた。その船は島に近づいてきた。驚愕《きょうがく》した五右衛門は万次郎たちに報《しら》せた。万次郎と寅右衛門も浜辺に出てみると、異国船は二艘《そう》の小船を下ろした。万次郎は襦袢《じゅばん》を脱いで旗のように振り回し、小船を招いた。やってきたのは十二人の異人で、そのうちひとりは黒人だった。

こうして五人は、亜米利加国の捕鯨船ジョン・ハフラン号によって救助されたのである。

「いやあ、たいへんであったのう……」

加似江が感に堪えぬように言った。

「なにもない島で、ようも五カ月近くも生き延びたものじゃ。わしは酒と肴のない島には行きとうない」

だれでもそうである。

「わしも問屋仲間から聞いたことがある。船が難破したとき、運よく島に流れ着いても、食うものはともかく、水がなかったらまずひと月と持たぬらしい。たいしたものだな」

たしかに興味深い話である。しかし、雀丸には今のところまだ、和歌森の話の趣旨が理解できていなかった。どこに謎があるのだろう……。

「そのジョン・ハフラン号という船には三十六人の船乗りが乗っており、一年と八カ月まえにメリケンの港を出て、あちこちで鯨を獲《と》りながら航海しておったのだ」

和歌森江戸四郎は話を続けた。

「ジョン・ハフラン号は長さ三十間《けん》（約五十四メートル）、赤胴《あかがね》で作られていた。帆柱が三本あり、そこに蜘蛛《くも》の巣のごとき綱が縦横に張り巡らされ、数十枚の白帆を張っていた」

　蓑五郎がしみじみと、

「わしも長崎で異人の船を見たことがあるが、山のように大きなもんやった。日本の廻《かい》船《せん》なんぞ赤子のようなもんや。これからはわしらもそういう船を作って商いせなあかんなあ……」

　ジョン・ハフラン号は八艘の小船を有し、軍艦でもないのに大砲が二門あり、銃も三十丁ほど備えられていて、万次郎たちは度肝を抜かれた。

　万次郎たちは親切な扱いを受けたが、船のなかでは驚くことばかりだった。白人、黒人などの異人を見るのもはじめてならば、パンやビスケット、肉料理といった西洋料理を口にしたのもはじめてだった。亜米利加流の捕鯨のやりかたにも仰天した。船のなかには一年八カ月のあいだに獲得した鯨油が六百樽《たる》も保管されていた。

　ジョン・ハフラン号は万次郎たちを乗せたあとも半年ほど航海を続けた。そのあいだに鯨油の樽は千四百樽に増えていた。五人はすっかり船での暮らしに慣れ、とくに万次郎は日常会話ならなんとかなる程度に英吉利語を習得した。万次郎は船内の道具や捕鯨の方法などにも興味を抱いて、身振り手振りをまじえ熱心に質問をする。異国の船での暮らしに溶け込もうと努力している、というだけでなく、知的好奇心が旺盛なのだ。そんな万次郎の様子に目をとめたのが、ジョン・ハフラン号の船長、つまり船頭役を務めていたフィッツフピールという人物であった。彼は、五人の日本人のなかで万次郎がもっとも利発であることを見抜いた。

フィッツフピールは、日本という国が鎖国政策を取っており、たとえ漂流して異国に渡ったものでも帰国を許さないことや、阿蘭陀《オランダ》と清《しん》国以外の異国船の入港をかたくなに禁じていること、また、七人の日本人漁師を助けて浦賀《うらが》に送り届けた亜米利加のモリソン号を浦賀奉行が砲撃した事件のことも聞き知っており、そのため五人を日本に送り返すことはしなかった。

やがてジョン・ハフラン号はサントーイス諸島のなかのワフ国という島に寄航した。日本人たちを今後どうするか検討するため、亜米利加国と関係の深いワフ国に一旦連れていったのだ。この島国の住民は亜米利加国と同じ言葉を話す。万次郎は「大坂の川口《かわぐち》のような繁華な土地」である、と表現している。五人の日本人にとっては、はじめて踏んだ異国の土である。見るもの聞くものなにもかもが珍しく、驚きに満ちていた。

「うーむ、わしも死ぬまでに一度でよいから異国に行ってみたいわい」

加似江がそう言った。雀丸は、

「お祖母さま、土佐に行くだけでも大事《おおごと》ですよ。ましてや異国など……船が難破でもしないかぎり、行けるものではありません」

「ならば山内家の船が難破すれば行けるかもしれんのう」

縁起でもない発言に和歌森は顔をしかめた。雀丸は、

「私はごめんです。日本が……大坂が性にあってます。知らない土地には行きたくないし、新しいことに巻き込まれるのもいやです」

「情けないやつじゃのう。よい若いものが、そんな爺臭《じじくさ》い考えかたでどうする。それにな雀丸、おまえがいくら新しいことに巻き込まれたくないとがんばっても、そうはいかぬぞよ。新しいことというのはこちらが望まずとも、向こうからやってくるのじゃ」

「私は慣れたところに住み、慣れたひとたちと慣れたものを食べていたいです。メリケンは食べものも飲みものも日本とは違いますよ。口に合わないと思います」

「合うか合わぬか試してみたいではないか。もしかしたらとてつもなく美味いかもしれぬぞよ。メリケンや露西亜《ロシア》にはおそろしく強い酒があるらしい。それをグーッ！と飲んでみたいわい」

「やめてください。悪酔いされたら迷惑です」

和歌森は呆れて、

「酒のことなど今はどうでもよい。少し黙っていてもらえぬか」

ふたりは口をつぐんだ。

「ワフ国には、フィッツフピールの友だちのダウタチヨーヂという医者がいた。フィッツフ

ピールはこのもののところに五人を連れていったのだ……」

　重助の病を診てもらうためもあっただろうが、この医者はかつて日本人の漂流者を保護したことがあり、ワフ国では日本人について詳しかったのである。はたしてダウタチヨーヂは五人が日本人であることを確認した。これでフィッフピールは五人の身の振りかたについて考えねばならなくなったのである。

　フィッフピールは彼らをワフ国の島王である「キニカケオクョー」のところに連れていった。五人に同情した島王は彼らの滞在を許し、住居も世話してくれた。しかも、フイツフピールはワフ国を離れるにあたって、自腹でひとりにつきメリケンの着物二着ずつと金を与えたのである。たまたま自分が救助した異国人たちへの責任感のなせるわざであった。

　出航に際してフィッフピールは一同に、

「これであなたたちはこの島でいつまでも暮らすことができる。しかし、私は万次郎をメリケンに連れていきたいのだ」

　と言い出した。万次郎は家が貧乏だったせいで教育を受ける機会はなかった。フィッフピールは、呑み込みもよく、頭の回転も速く、なにごとにも意欲的な万次郎に亜米利加流の教育を受けさせたいと考えたのだ。万次郎本人もそれを望んだので、彼は四人の仲間と別れてメリケンに渡ることになった。

ジョン・ハフラン号はそれからふたたび捕鯨の航海へと旅立った。万次郎はジョン・ハフラン号の「ジョン」と万次郎の「マン」をとって「ジョン・マン」と呼ばれ、船員たちから可愛がられるようになった。

そして、ワフ国を出てから一年四カ月のち、ジョン・ハフラン号は亜米利加国ヌーベツホーに到着した。万次郎は十六歳になっていた。

「若者がひとりで、言葉も通じぬ異国の地に降り立ち、これから人生を切り開いていくのじゃ。血湧き肉躍るのう……」

興味津々で身を乗り出して聞いている加似江に比べ、雀丸はあくびをしながら、

「そうですかあ？　私はそういうのは勘弁してほしいです。人生は切り開くものじゃなくて、のんびり楽しむものだと思います」

加似江は大仰にため息をつき、

「ここが崖であればおまえを突き落としておるところじゃ。絶壁を這《は》い上がる苦労をすれば、おまえもちいとは鍛えられるであろう」

「私は崖から落とされたら、這い上がらずに、崖の下に住みます」

加似江はもう一度ため息をついた。和歌森は咳払いして先を続けた。

「ヌーベツホーの通りにはギヤマン製の明かりを灯《とも》した柱が並んでおり、石造りの大寺やからくり仕掛けで上下に動く大きな橋などがあり、道には馬車が往来していたそうだ。

船頭フィッツフピールの家は、ヌーベッツホーのハヤヘブンという町にあり、万次郎はそこに連れていかれた……」

かくして万次郎の亜米利加での生活がはじまった。彼は、フィッツフピール船頭の骨折りで、船頭の知人の姉チエン・アレンという女性が教師を務めていた「ストン学校」という公立小学校に入学することができた。ここで万次郎はエンギリシのいろはの読み書きを学び直したうえで、算術なども教わった。こどもたちとともに一からなにもかも手習い学問したのである。日本では教育を受ける機会がなく、読み書きできなかった万次郎が、生まれてはじめて学んだのは英吉利語だったのだ。

万次郎はフィッツフピール船頭が結婚してシカヌキン岬というところに引っ越したので、それに従った。その地で別の小学校に転校し、コツコツと真面目《まじめ》に勉強を続けた万次郎は成績も良く、なかんずく算術に秀でていた。フィッツフピールはそんな万次郎の様子を見て、より上位の学問を学ぶときが来たと考えた。彼は万次郎をパーヅレという学者が開いていた私塾に入学させた。万次郎は弁当を持って通い、読み書き、算術のほか、測量術、航海術などを学んだ。塾で使う教科書やおのれが欲する参考書などの代金、授業料などは、ジョン・ハフラン号で働いた給金と桶《おけ》作りの副業からの収入をもって当てた。万次郎はひと一倍熱心な生徒で、吸収も理解も早く、ついには学級の首席になった。

「えらーいっ！」

加似江が吠《ほ》えるような声を出したので雀丸はひっくり返りそうになった。

「えらいではないか。目に一丁字《いっていじ》もなかったものが、メリケンで学業に励み、とうとう筆頭になる……あっぱれじゃ。褒めてつかわす。うちの孫とはえらい違いじゃ」

加似江は雀丸を横目でにらみ、

「おまえも万次郎を見習《みなろ》うて、メリケンに渡って竹光作りの修業をして参れ」

とばっちりが来たので、雀丸はそっぽを向いた。和歌森が、

「もう少しで話は終わるゆえ、頼むから茶々を入れずに聞いてもらいたい」

パーヅレ塾が夏の休みに入ったとき、フィッフピール船頭はふたたび捕鯨船のひととなった。そのあいだに万次郎は桶屋の親方の家に住み込んで本格的な桶作りを習得した。そこへ、ジョン・ハフラン号での同僚だったアレンテベンという男から、もう一度捕鯨船に乗って航海しないか、という話が舞い込んだ。しかも、日本の近くまで行く、という。パーヅレ塾で学んだ航海術、測量術などを実地に試す絶好の機会でもあるし、もしかしたら日本に戻れるかもしれない。フィッフピール船頭が航海中で留守なので、万次郎は船頭の妻に相談した。妻は、ぜひとも乗るべきだ、私たちのことは心配するな、と後押ししたので、万次郎はその気になった。

こうして万次郎はアレンテベンが船頭を務めるフランギラン号という捕鯨船に乗り込み、世界を巡るような船の旅に出た。途中、仙台沖に近づいたが、上陸することはかな

わなかった。船頭アレンテベンは、

「おまえを日本に返したら、おまえの母親までが殺されるような目に遭う。そんなことは許可できない」

仕方なく万次郎は航海を続けた。フランギラン号は、出発から一年半ほどののち、ワフ国に寄航した。そこで万次郎は懐かしい顔ぶれと再会することができた。六年まえに別れた漁師仲間である。四人のうち怪我《けが》が重かった重助は残念ながら死去していたが、残る三人は壮健だった。船頭の伝蔵は学校の下働きとして、五右衛門はダウタチヨーヂ家の下男として、寅右衛門は大工として、それぞれに仕事を持っていた。久しぶりの邂《かい》逅《こう》を喜んだのもつかのま、フランギラン号が出航する日時になったので、万次郎はワフ国を離れ、ふたたび航海に出た。

それから五カ月ほどしたころ、アレンテベン船頭の態度がおかしくなってきた。なにかの病気に罹《かか》ったらしく、刀や銃を持ち出したり、暴言を吐いたり、豚を意味なく殺したり、船員に暴行したり……と不埒《ふらち》な言動があいついだので、皆はやむなく彼を鎖で縛り、船室に閉じ込めた。船頭なくして航行を続けるわけにはいかぬ。かわりの船頭を選ぶことになったが、投票の結果、万次郎ともうひとりが同点になった。万次郎は年嵩《としかさ》の相手に船頭役を譲り、自分は副船頭となった。

「おお……学問もない日本の漁師がメリケンの大きな鯨船の副船頭とは……なんたる出

世じゃ。よかったのう、万次郎……」

加似江は手ぬぐいで目頭を押さえている。

「和歌森さん、早《はよ》う……早う話の続きを聞かせてくだされ」

うながされて和歌森は話し始めた。

「三年四カ月のフランギラン号の旅を終えた万次郎はやっとヌーベッホーのフィッフピール船頭の家に帰ってきた……」

フィッフピールと相談を重ねた万次郎はいよいよ帰国の決意を固めた。処罰されてもかまわぬ、と思うほど望郷の念が高まっていたのだ。万次郎は手っ取り早く帰国の資金を得るために、キヤレホネ州というところに金鉱掘りに出かけることにした。

一年まえ、キヤレホネ州の山間《やまあい》にあるセクリメントという川で大金鉱が見つかったのだ。たちまちメリケン国全土に黄金の狂熱が広がり、一攫千金《いっかくせんきん》を夢見る男たちがわれもわれもと採掘道具を背にセクリメントに向かった。それまで二万人ほどだったキヤレホネ州の人口は五倍に膨れ上がった。メリケンの各地からだけではなく、清国やエゲレス、仏蘭西《フランス》、独逸《ドイツ》など外国からも金に目の色を変えた連中が押し寄せた。それにともなって安酒場、安ホテル、売春宿、賭博場などが建設され、セクリメントの物価は何十倍にも跳ね上がった。男たちは金鉱や川の周辺にテントを張り、そこに泊まり込んで砂金掘りに精を出した。しかし、金銭感覚がおかしくなっている彼らは、得た金を日々、賭博や飲酒などに浪費し、一文無しになるものも多かった。酒を飲んで暴れたり、銃を用いた殺し合いなども珍しくなかった。そんな殺伐とした地に万次郎は乗り込んだのである。

ヌーベツホーから船でキヤレホネに向かった万次郎は、そこでピチンホールという船に乗り換えた。外側に大きな輪がついており、蒸気の力でそれを回して進むのだ。帆船に比べてもきわめて速く、たとえ逆風に遭おうとかまわず航行できる。セクリメントに到着した万次郎は、レイローに乗った。レイローというのは鉄でできた二本の線路のうえを、鉄でできた車がたくさんの客車を牽《ひ》いて走るもので、これもまた蒸気の力で動くのだ。万次郎は亜米利加国の文化のすばらしさと恐ろしさを身をもって味わったのである。

セクリメントに着いたあとは野宿を重ねながら山地に入り、そこにテントを張った。博打《ばくち》打ちや酔っ払いだけでなく、ならず者や強盗団も跳梁《ちょうりょう》するなかで、万次郎はピストルを携行しながら金を採掘した。それだけ日本に帰るための元手を稼ぎたい、という気持ちが強かったのだ。しかし、さすがに長居すべき土地とは思えず、ある程度の資金を得た段階でキヤレホネ州を去ることにした。

船でワフ島に向かい、そこで伝蔵、五右衛門、そして寅右衛門と再会した。万次郎は捕鯨や金鉱掘りで得た金を彼らに見せ、日本に帰ろう、と誘った。ワフ島で嫁を娶《めと》った寅右衛門は残ることになったが、ほかのふたりは万次郎とともに帰郷することに同意した。日本が厳しい鎖国を続けていることは皆も知っている。その真っ只中《ただなか》へ飛び込むのだから無事にはすまぬかもしれない。しかし、帰りたい。三人の思いはひとつであった。

彼らは上海《シャンハイ》行きの船サラボイド号に乗ることになった。船頭が、三人の生命《いのち》を危険にさらすことを躊躇《ちゅうちょ》して、日本に上陸させることを拒んだ場合に備えて、万次郎は大金を払い、捕鯨用の伝馬船《てんません》を購入した。いざとなったら「冒険号」と名づけたこの小船に命を託して、自分たちの力で日本に上陸しようというのだ。辞書、船具、地図、暦などたくさんの土産《みやげ》も買い込んだ。

万次郎たちにとって望外の出来事が起きた、というのは、旧知の切支丹《キリシタン》神主デエモンが、ワフ島駐在の亜米利加国代官アレイシャ・アレンに頼み込んで、三人の身の上を証する書き付けを発行してもらったのだ。これは亜米利加国の公《おおやけ》の書き付けで、三人がいかなる事情でメリケン国に来たり、住まいするに至ったか、を縷々《るる》説明している。

文書は、此度《こたび》、彼らは、日本への帰国を望んでおり、当地（ワフ島）の友人たちはその援助を行ってきた。皆は三人が今後出会うものたちから温かい扱いを受けると信じている。とくにジョン万次郎は人格高潔で、学問にも長じている……と結ばれている。最後に、メリケン国代官アレイシャ・H・アレンの署名があった、という。

「この書き付けは、万次郎たちがおのれにはいかんともしがたい運命《さだめ》によって異国に渡らざるをえなくなった、という身の上を亜米利加国が示すものだ。万次郎が持ち帰ったる品々のなかでもっとも大事なものだと言えよう」

和歌森江戸四郎はそう言った。たしかにそのとおりだ。その書状を老中に渡すことができれば、これは国と国との交渉ごとになる。万次郎たちは罪を問われずに入国できるかもしれない。

「だが……その書き付けが紛失した、というのだ。万次郎は『盗まれた』と申しておる」

雀丸たちは顔を見合わせた。

「それだけではない。万次郎は薩摩《さつま》と長崎にて多額の金子《きんす》をお上《かみ》から貰《もら》い受けたが、それも盗られたそうだ。しかも、長崎奉行所で土佐から身柄を引き取りにきた山内家の家臣たちと会《お》うておるときに盗まれたと申しておるのだ」

和歌森は苦渋に満ちた表情で、

「わしは驚いてすぐさま目付役にその旨言上し、長崎奉行所の役人に万次郎が使《つこ》うていた座敷や対面したものたちを吟味してもろうた。なれど、いかように探せどもそれらは見つからなかったのだ。このことは外へは漏れておらぬ。書き付け等盗難の儀を聞かれたご家老はわれら一同に厳しく緘口《かんこう》を命じられた。それゆえまだ殿の耳には達してはおらぬ。メリケン国からの公文書を山内家のものとの対面の折に盗まれたとあっては、メリケン国へも将軍家へも申し訳が立たぬ。いつまでも隠し通せぬことがらゆえ、いずれは殿が知ることとなろうが、大恥をかかされた、とお怒りになることはまちがいない。

長崎に赴いたものひとり残らず腹を切れ、と言い出すかもしれぬ。いや……殿が隠居願いを出さねばならぬこともありうる」

加似江が、

「なるほど。それはえらいことじゃな」

和歌森は、

「わしはただの大坂在役ゆえ、盗みの吟味とは直《じか》に関わりはない。なれど、わしが万次郎と対面の折、なにげなく聞きただしたことより始まったること。責めも感じる。こちらに戻ってきて、蟇五郎と話しておるうちに、雀丸殿の才知の話を聞いて、ふと打ち明けてみる気になったのだ。無論、ご家老の許しも得ず、わが一存にてなしおることだが、あとでどのような咎《とが》めを受けようと、藁《わら》にもすがる思いで雀丸殿に賭けてみようという気持ちになったのだ」

和歌森は頭を下げ、

「頼む。土佐二十万二千六百石を救うてくだされ、このとおりだ」

雀丸は困惑した。そんなたいへんなこととは思っていなかったのだ。

「うーん……これはむずかしいですね。山内家の目付役さんや長崎奉行所が吟味してもわからなかったことを、私がなんとかできるとはとても……」

「たとえ首尾よう失《う》せものを探し出せずとも文句は申さぬ。そのときはあきらめる。雀丸殿には土佐まで足を運んでもろうて、盗人を見つけるべく働いていただければそれでよい」

「ですが……まず無理なんじゃないかと……。向こうに行ってからやっぱりダメでした、と言うよりは先に申し上げておいたほうがいいと思います」

「そこをなんとかお願いいいたす」

「うーん……」

　話が変わってきた。とてもではないが、加似江と園、さきを連れてのんびり物見遊山をするような旅ではない。大勢の命がかかっているのだ。

「雀丸殿、山内家としては手を尽くしたのだ。貴公に土佐に来てもらい、万次郎に会うて十分なる調べを行っていただき、それでもなにもわからなければ長崎にまで赴いていただく」

「な、長崎まで……！」

「そこまでしてもなにも出てこぬ……というときは、潔う殿に打ち明け、公儀に書き付け紛失の儀を届けるようわしからご家老に申し上げる」

　じたばたしていて、あまり潔くはないな、と雀丸は思ったが口には出さなかった。

「ご老中がどのように裁きを下すかはわからぬが……関わったものたちに腹を切らすのはそのあとでも遅うはない。ともあれ一度、土佐に来ていただきたい。このとおりだ」

和歌森は雀丸を伏し拝むようにした。雀丸はよけいに重圧を感じ、

「いやあ……そう言われても請け合いかねます」

「請け合わずともよい」

途方にくれる雀丸に加似江が言った。

「頼みを聞いてやれ、雀丸」

「そんないい加減な……」

「おまえが土佐に行こうが行くまいが、書き付けが見つからねば腹を切らねばならぬものが出る。ならば、手を尽くしたほうがよかろう。そのうえで、やはり見つからなかった……というときはそのものたちの命脈がそれまでだった、ということじゃ。しかし、万が一ということがある。やってみても損はあるまい」

「はあ……」

「これはひと助けじゃ。横町奉行の務めは大坂の民の難儀を救うこと……なれど、民に大坂も土佐もない。ひと様の役に立てるならば、こんなありがたいことはないではないか」

加似江にそう言われて雀丸の腹はようよう決まった。

「わかりました。和歌森さん、土佐に参ります」

和歌森は顔を真っ赤にして、

「これは……ありがたい！　ひと筋の光明が見えたようだ。かたじけない……」

そう言って雀丸の手を取った。

「ですが、さきほどのお話ではまだ万次郎と山内家の関わりがわかりません。もう少し詳しく話していただけますか」

「おお、もちろんだ」

和歌森は大きくうなずいた。

「それともうひとつ……私だけでは心もとないので、友人を二名同道してもよいですか。ひとりは烏瓜諒太郎《からすうりりようたろう》という男で、蘭方医《らんぽうい》をしております。長崎におりましたので阿蘭陀語は堪能です。エンギリシは読めぬそうですが、異国の事情にも詳しいです」

「長崎に？　それは心強い。お連れくだされ」

「もうひとりは『しゃべりの夢八《ゆめはち》』というひとで、日頃は幇間《ほうかん》のような芸人のような稼業をしておりますが、じつは腕も立ち、身も軽く、耳も早く、いざとなるととても頼りになる御仁です」

夢八の仕事は「嘘《うそ》つき」である。派手な着物に緑の烏帽子《えぼし》という目立つ格好で、横笛を吹いたり踊ったりしながら遊郭を流して歩き、

「所望！」

と声がかかったら座敷に上がって、あることないことでたらめを交えてひたすらしゃ

べりまくり、一座を盛り上げて祝儀をもらう。幇間のようでヨイショはせず、噺家《はなしか》のようで落語はしない。その場で思いついたことをもっともらしく語るだけなのだ。昼間は「コマアサル」と称して、着物の裾に鈴や金属の板をたくさんぶらさげ、

ほんまだっか、そうだっか
あんたの言うことそうだっか
嘘です嘘です真っ赤な嘘です
嘘は楽しやおもしろや
嘘はうれしやはずかしや
嘘つきゃ幸せ、嘘つきゃご機嫌
嘘つきの頭《こうべ》に神宿る
この世のなかに
ほんまのことなんかおまへんで
ほんまだっか、そうだっか
ほんまだっか、そうだっか

と面白おかしく歌いながら大坂中を練り歩いて喧伝《けんでん》に努めている。雀丸とは妙に馬が

合い、横町奉行の務めにも大いに手を貸してくれる。しかし、「礫《つぶて》の夢八」と異名を取るほどの石礫の名手でもあり、ひとの家に忍び込んだりするのもお手のもので、「七法《しちほう》出《で》」という変装術も心得ていたり、伝書鳩《ばと》を飼っていたり、ときどき長旅に出たりする。「ただものではない」と雀丸はにらんでいたが、本当のところ、夢八の「裏の顔」がなになのかはいまだわからずにいた。一度、「公儀隠密では？」ときいたことがあるのだが、そのときははっきりと否定された。

「そのお方にもぜひお声がけを願いたい」

「では、和歌森さんのお話を彼らにも聞かせておいたほうがよいと思いますので、今から呼んでもよろしいですか」

というわけで、雀丸はすぐに近所のこどもに駄賃を与えて、烏瓜諒太郎と夢八のところに使いに行かせた。ふたりとも立売堀《いたちぼり》に住んでいるので好都合である。

まもなく烏瓜諒太郎と夢八が連れ立ってやってきた。雀丸が万次郎が高知から亜米利加国に渡り、見聞を広めたあげく、昨年帰国した経緯《いきさつ》や、今は故郷である土佐の山内家の庇護《ひご》のもとに暮らしているのだが、長崎で書き付けと金子を盗まれた……という事情を簡単に話すと、土間に敷かれた粗筵《あらむしろ》のうえに胡坐《あぐら》をかいた諒太郎は、

「メリケン帰りのジョン・マンのことは、長崎の佐竹亀之進《さたけかめのしん》という男から俺も聞いていたる。一度会いたいと思うていたのだ」

夢八は、羽目板に寄りかかって立ったまま、にこにこ顔で腕組みをしている。

「では、話の続きを申し上げる」

和歌森はふたたび話し始めた。

「サラボイド号に乗った万次郎たち三人は、ワフ島を出帆し、ひと月半ほどかけて琉《りゆう》球《きゆう》の近くまでやってきた……」

船頭たちに別れを告げた三人は、冒険号を降ろして、荷物とともに乗り込んだ。しかし、海は大荒れで、小さな伝馬船である冒険号は風と波に翻弄され、また遭難するのではないかという恐怖に駆られて五右衛門は泣き叫んだので、万次郎はこれを叱りつけた。舵《かじ》を五右衛門から奪い、しゃにむに漕ぎ続けることひと晩、とうとう陸地にたどりついた。そこには土地のものが数名いた。ここはなんという場所だ、ときいたが、土佐弁は通じなかった。なかにひとり、なんとか言葉を解すものがいて、

「琉球国の摩文仁間切《まぶにまぎり》の小渡浜《おどはま》である」

と答えた。琉球国は薩摩領である。つまり、日本なのだ。三人は抱き合って喜んだ。漁船が難破してから十年目にして、とうとう日本の地を踏めたのである。嘉永《かえい》四年正月の三日であった。奇しくもこの前日、島津斉彬《しまづなりあきら》が島津家当主になっている。

三人は琉球の役人たちから簡単に聴取されたあと、王府である那覇《なは》ではなく、翁長村《おながそん》の徳門《とくじよう》親方という村役のところに連れていかれ、そこで薩摩から出張ってきた薩摩御《おん》

仮屋《かりや》の役人たちの尋問を受けた。万次郎たちの応《いら》えはいちいち書きもの役の侍が控え、また、亜米利加から持ち帰った荷物の数々や小船なども詳細に検分された。

その後の数日を徳門親方の屋形で過ごしたのだが、そのあいだ翁長村には薩摩の役人五人と琉球役人ふたりが駐在して万次郎たちの監視に当たった。万次郎たちは料理人の作るご馳走《ちそう》を食べ、泡盛《あわもり》を飲んでのんびりくつろいでいたが、じつはそのあいだに、那覇にいる親方たちのあいだで彼らについての報告書がたいへんな勢いでやりとりされていた。薩摩の在琉球番奉行所は琉球側からの情報を取りまとめ、島津家に送ってその指図を待っていた。

役人たちの言いつけを守って、徳門親方の屋形に閉じこもっていた伝蔵と五右衛門に比して、社交的で活発な性格の万次郎は禁を破ってたびたび外出し、村の若者たちと交流した。盆踊りにも加わった。薩摩在番奉行は、三人のなかでもとくに万次郎が抜きん出て頭が良く、亜米利加国本土の諸事情にも通じていると知り、彼を番所に呼び出して連日直に吟味を行った。その結果、在番奉行は万次郎の才知に舌を巻いた。

五月には、正月に江戸で島津家当主に就任した島津斉彬がようよう薩摩にお国入りした。

「斉彬公はなかなかの名君だそうだな」

烏瓜諒太郎が言うと夢八も、

「わたいもそう聞いとりまっさ。こどものころから頭がようて、傑物ゆう評判やったそうで……」

和歌森江戸四郎もうなずき、

「わが殿同様異国の文物に詳しく、この国の行く末を真剣に考えておられる方だ」

島津斉彬は、父親である先代当主斉興《なりおき》との折り合いが悪かった。斉彬は蘭学や諸外国の動向に並々ならぬ関心を持っていたが、それは彼の信念に基づいていた。近頃仏蘭西や露西亜、英吉利などがたびたび日本に外交を求めてくるのは、こちらが出方を誤ったらそこに食いつき、清国のようにしてしまおう、というつもりなのだろうが、残念ながらわが国にはそれに抗することができるほどの軍備がない。なんとかやり過ごしてその間に軍備を整え、軍艦を建造し、異国に対抗して発言できるようにしなければならぬ、と考えていたのだ。

そんな斉彬の姿勢を、父親である斉興は「蘭癖《らんぺき》」であると決め付けた。阿蘭陀かぶれということだ。斉彬を当主にしたら無駄な出費が山のように増えるだろう、と斉興は考え、いつまでたっても隠居しなかった。斉興の愛妾《あいしょう》と家老らは斉興と愛妾とのあいだの子忠教《ただゆき》（のちの久光《ひさみつ》）を次期当主にしようと企み、家中は二派に分かれて対立し、お家騒動にまで発展した。久光を暗殺しようとした斉彬側の十三名が切腹させられ、五十名が処罰を受けたが、公儀の耳に達し、ついに斉興は隠居、斉彬が当主となったのである。これを「高崎《たかさき》崩れ」といい、そのせいで斉彬のお国入りが遅れたのだ。

帰国した斉彬はただちに家中の大胆な改革に手をつけた。集成館《しゅうせいかん》という洋式工場で大型船や地雷、水雷、大砲、ガラス、写真機、アルコール……といったさまざまなものを作らせ、蘭学者を集め、西洋式の軍事教練を行った。そんな斉彬の様子に、

「そらみたことか。やはり蘭癖ではないか」

と反発するものも多かったが、斉彬ははるか先を見据えていたのである。

薩摩在番奉行は、そんな斉彬公に万次郎を一刻も早く会わせたい、と考えた。斉彬公も帰国してすぐの五月二日に三人の亜米利加帰りの漁師が島津家の領内にいることを知り、

「そのものたちを薩摩に呼び寄せよ」

と命じていたが、梅雨などによって琉球と薩摩のあいだの天候が不順になったため、迎えの船の派遣は七月まで待たねばならなかった。そして、七月十一日、島津家の御用船が那覇に到着した。万次郎たちは十八日に那覇を出発したが、大隅《おおすみ》半島南端の山川《やまがわ》港に着いたのは七月二十四日のことだった。そこからは漁船に分乗し、煙を噴く桜島《さくらじま》の奇景を見ながら湾内を進んで、八月一日、ようよう鹿児島の港に至った。護送役人たちとともに城下の西田町下会所《にしだまちしもかいしょ》に入ったときはすっかり日が暮れていた。

国禁を犯した三人は、さぞかしひどい扱いを受けるだろうとびくびくしていたが、待

っていたのは案に相違してたいへんな手厚い厚遇だった。斉彬から、かの漂流者に対し貴賓として接するように、という指図が下っていたからだ。彼らは、袷《あわせ》、綿入れ、襦袢、帷子《かたびら》を一枚ずつと、一両小判などをちょうだいしたうえ、連日連夜のご馳走責めにあった。酒も肴もまるで盆と正月が一緒に来たかのごとくである。おそらく近々仕置きにあうのだろう、と戦々恐々としていると、万次郎ひとりに呼び出しがあった。殿さまにお目通りせよ、との命令である。

亜米利加で民主的な見聞を広めていた万次郎も、大名の威光がいかようなものかは知っている。七十二万八千七百石の大大名《だいだいみよう》のまえに罷《まか》り出なくてはならない、とあって万次郎は石のように固まった。斉彬じきじきの取り調べに対し、万次郎ははきはきと答えた。なにをたずねても、質問の中身を瞬時に把握し、要点を整理して話す。斉彬は万次郎の頭の良さに驚嘆した。万次郎は万次郎で、この殿さまが阿蘭陀渡りの写真術を会得しており、電信機《テレガラフ》、ガス灯、ピチンホール、レイロー、バトルシップなどについてもすでに知っていたことに驚いた。斉彬の部屋には地球儀も置かれていたのだ。

「わたいも、そのレイローゆうのに乗ってみたいわ。鉄でできた乗りものが火ぃ噴いて走るそうだすなあ」

夢八が言うと雀丸は即座に、

「私はごめんです。早駕籠《はやかご》に乗るだけでもたいへんなのに、そんなものに乗ったら五体がばらばらになりそうです」

　和歌森は、

「斉彬公は夢八殿に近いお考えのようでな……」

　そう言って先を続けた。

　斉彬は話せば話すほどこの万次郎という男が世界の最先端の知識を身につけた重要な人間であるとわかってきた。呼び出しは連日続き、斉彬は飽くことなく万次郎に亜米利加や捕鯨船での見聞を話すよう求めた。ただの漁師、しかも咎人である人物と大国の当主が毎日対面するなど、普通では考えられないことだ。万次郎は問われるまま、亜米利加国の政《まつりごと》や歴史、自由平等の考え方、日本にない最新の海外文化、捕鯨船や軍船、軍事などについて知っていることを話した。これまで書物や出島《でじま》からの情報によってのみ得ていた異国文化についての知識を、生き証人が眼前で教えてくれるのだ。斉彬は目から鱗《うろこ》が落ちる思いだった。

　斉彬は万次郎に命じて捕鯨船の模型を作らせただけでなく、船大工を万次郎のもとに通わせて小型の洋式帆船を作らせて進水させた。この船は「越通船《おっとせん》」と名づけられ、錦江湾《きんこうわん》で利用されている。また、島津家中の御船手《おふなて》役人たちを集め、万次郎にパーヅレ私塾などで習った航海術、測量術などを講義させた。斉彬にとって万次郎は汲めども尽きぬ新知識の宝庫に思われたのだ。

しかし、いつまでも手もとに置いておくわけにはいかぬ。彼らは、国禁を犯した咎人なのだ。九月十一日、斉彬は長崎奉行に宛てて、

「正月三日、島津家領地である琉球国摩文仁間切に見慣れぬ風体の三人のものが漂着したので役人を差し向けて取り調べると、土佐国宇佐浦の漁師伝蔵、同人弟五右衛門、同国中ノ浜の万次郎と判明した。もともと五人で漁に出て難破し、通りがかった亜米利加国の捕鯨船に助けられてワフ島に連れていかれたもので、五人のうちひとりは病死し、もうひとりはワフ島に残り、あとの三人で伝馬船によって帰国を果たしたのである。当家において厳しく糺《ただ》したところ、邪宗門に染まってもおらず、不審の儀もないので、警護のものを伴わせて長崎に向かわせる」

という旨の書状を送り、九月十八日に鹿児島を出発させた。結局、万次郎たちが鹿児島城下西田町下会所にいたのは四十六日間であった。

京泊《きょうどまり》という港から島津家の御用船に乗り、長崎港に着いたのは九月二十九日である。三人は獄衣に着替えさせられ、桜町《さくらまち》の揚がり屋（牢屋《ろうや》）に入れられた。十月一日、長崎奉行所に連行され、大勢の与力《よりき》衆、同心衆が居並ぶなかで長崎奉行牧《まき》志《し》摩守《まのかみ》じきじきの吟味を受けた。まず踏み絵が行われたあと、微に入り細をうがった取り調べがはじまった。五十日のあいだに十八度も尋問があり、万次郎は亜米利加の政治、経済、文化などについて根掘り葉掘り問いただされ、そのやりとりのすべてが書き留められた。ワフ

島、ヌーベツホー、ハヤヘブン、キヤレホネなどの地理や風俗や、亜米利加の国王選びの方法や自由・平等思想についても詳しく回答した。

また、万次郎たちの所持品二百三十六種の詳細な目録も作られた。目録はたとえば、

「地図七枚、方針（磁石）一個、手覚帳三冊、木綿切れ一枚、毛織敷物一枚、木綿刷合小蒲団《こぶとん》一枚、小瓶入り砂糖、釣糸四本……」

などと詳細を極めたもので、万次郎がハヤヘブンで購入した懐炮（拳銃）二丁や時計なども記載があった。

「漁師のせがれがなにゆえかかる高額な品を身につけているのか」

ときかれ、万次郎は、

「彼《か》の地では身の用心のためにだれでもピストルを身につける。ことにキヤレホネに行くものは盗賊避《よ》けに所持する習いである。ウオッチもヌーベツホーではこどもでも当たり前のように持っている」と答えている。

阿蘭陀通詞《つうじ》で英吉利言葉も学んでいる森山栄之助《もりやまえいのすけ》も吟味に立ち会った。

「森山栄之助さんといえば、宇佐岐堂《うさぎどう》の兎七さんが長崎で下男奉公をしていたひとですね」

雀丸が言うと烏瓜諒太郎も、

「エゲレス言葉については、今の日本の通詞のなかでは一番と聞いておるが……万次郎

には遠く及ぶまいな」

　万次郎たち三人は三日間の入牢《じゅろう》のあと、四日目には山内家御用達《ごようたし》の商人の家に移った。ここでの暮らしはゆるやかで、浄瑠璃を聴いたり、寺や名所見物もできた。しかし、取り調べは連日続く。調べられるほうもたいへんだが、調べるほうもそろそろ飽きてきた……というころに、「無人島へ漂流つかまつり候《そうろう》のち、亜米利加船へ助け揚げられ候土佐国のもの三人口書」なる吟味書留が完成した。長崎奉行牧志摩守はこの口書のなかに、万次郎についてのみ感想を記している。

「漁師のせがれで、こどものころから浜辺に育ち漁だけを行ってきたので、難破に遭ったときまではなんのわきまえもなく育ったのち、亜米利加人によって養われて成人したので、日本の風物、道具などの記憶も薄い。若いうちから亜米利加で暮らしたため、自然と亜米利加言葉しか覚えていないようになったのだろう。琉球に着いてからだんだんと日本語や日本の文字を覚え、会話もできるようになってきた」

　取り調べがまだ続いていた十月十六日になって、ようやく島津家江戸留守居役から山内家江戸留守居役に、難破して亜米利加に渡っていた万次郎たち三人が帰国した、という通達があり、以来、島津家、山内家、長崎奉行のあいだでやりとりが交わされていた。長崎奉行は山内家に、三人の身元を確かめるよう命じ、山内家は浦役人を宇佐と中ノ浜に向かわせた。翌嘉永五年一月二十五日、十年まえに万次郎たち五人が宇佐から出航して難破したことは間違いない、ということがわかり、長崎奉行所での吟味もすべて落着したので、公儀は万次郎たちを土佐に戻すことを決めた。早速山内家に三人の漂流民を受け取るよう指図があり、山内家では十三人の役人をはじめ、総勢十七名の人数を揃《そろ》えて長崎に向かわせた。

六月二十三日、ふたたび長崎奉行所に出頭させられた万次郎たちは、正面に着座する牧志摩守によってつぎのような旨を申し渡された。

「当奉行所における吟味の結果、そのほうたちは切支丹にも入信していないようなので、土佐に帰すこととあいなった。ただし、土佐から外には一歩も出てはいけない。死んだときには山内家より公儀に報せねばならぬ。ワフ島に残った寅右衛門と亡くなった重助についてはそのほうらより次第を家族に伝えることとする。また、そのほうらがメリケン国などから持ち帰った品々のうち、砂金、銀貨、銅貨、横文字の書物、書き付け、鉄砲、懐中鉄砲とその弾、測量器具、伝馬船、船具、賽《さい》などはすべて没収《もっしゅ》する。ただし、砂金、銀貨、銅貨は日本の銀に替えて与える。また、お上より綿入れ、手ぬぐい、下帯、番傘などを賜るによって、ありがたくお受けするようにいたせ」

時計や拳銃、みずから掘った砂金などは思い出深いものばかりだし、航海術の本や辞書などは貴重なものであったが、長崎奉行の命令である。万次郎たちは所持品の権利放棄をしぶしぶ承知するしかなかった。

そして、ついに三人は土佐に帰ることになった。六月二十五日に長崎を発《た》ち、船旅と徒歩の旅を繰り返しながら、伊予国《いよのくに》三津浜《みつはま》から国境《くにざかい》を越えて土佐に入った。高知城下に着いたのは七月十一日のことであった。亜米利加帰りの漁師たちをひと目見ようという野次馬たちが本町《ほんまち》通りにあふれるなかを、三人は役人たちに付き添われて堺町松尾《さかいまちまつお》屋三作《やさんさく》という旅籠《はたご》に宿泊した。

「ようやく万次郎たちが土佐に参るところまで話がこぎつけた。わしが、雀丸殿にお願いしたい一件が出てくるのももうまもなくだ」

和歌森はそう言うと冷めた茶をひと息で飲み干した。長講に喉が渇いたらしい。

「わが領主山内豊信公は、長崎奉行からの書状で、三人のなかでも万次郎が抜きん出て利発である、ということをすでに知っており、閑居中だったお気に入りの学者吉田東洋に彼からの聞き取りを命じたのだ」

しかし、東洋は病床にあったので、その息子吉田文次がその任に当たり、『漂客談奇《ひょうかくだんき》』という公の聞き書きが完成した。十一年間の体験をたった一日で聞き取る、というのは無理な話で、これは概略を示したものである、という東洋の序文がついているが、実際にはかなりの長期に渡って詳しく聞き取りを行ったものである。

だが、万次郎は長い亜米利加暮らしで日本語を忘れてしまっており、もともと日本語の読み書きを習っていなかったこともあって、エゲレス言葉のほうが先に出てくる。聞き取り役にはエンギリシはわからない。聞き取りは難航を極めた。そこで吉田東洋は、長崎で蘭学を学んだこともある文人画家河田《かわだ》小龍《しょうりょう》に万次郎を預け、万次郎に日本語を教えるよう命じた。起居をともにして万次郎の冒険譚《たん》を身近に聞いているうちに、小龍はそれを筆記して後世に残そうと考えるようになった。その結果、挿絵や図面、地図なども入った『漂巽《ひょうそん》紀畧《きりやく》』という漂流記ができあがった。

山内家による尋問は九月二十八日まで続き、その間、三人は山内豊信のみならず、山内家の分家などにも招かれ、歓迎を受けた。領主山内豊信は三人に対して、今後は他国への往来はもちろん、海に出ることを禁止し、その代わりとして生涯一人《いちにん》扶持《ぶち》を与えるゆえ、今後は郷里において神妙にいたすべし、と申し渡した。とうとう万次郎たちが故郷に帰るときが来たのである。

十月一日に高知城下を発ち、浦役人たちとともに歩いて宇佐浦に向かった。街道沿いには見物人が多数群がり、大騒ぎだったという。宇佐は伝蔵の家があった場所だが、家はすでになく、三人は伝蔵の叔父《おじ》の家に泊まった。伝蔵の親類縁者が多数訪れ、彼らの話に聞き入ったという。

伝蔵と五右衛門は宇佐にとどまり、翌朝、万次郎だけが中ノ浜に赴いた。船ならあっという間だが、主命により海に出られないので陸路をとったため、到着したのは三日後だった。中ノ浜には母親志《し》お、姉のセキ、シン、妹のウメ、兄の時蔵《ときぞう》が住み暮らしていた。まずは庄屋の家に挨拶に向かったが、万次郎の帰郷の報せを聞いた物見高い連中がわれもわれもと押し寄せ、庄屋の屋敷は門前市《いち》をなすありさまだった。

呼び出しを受けた母の志おたちも恐る恐る庄屋屋敷に入ったが、志おは十一年ぶりに見るわが子にただ呆然《ぼうぜん》としている様子だった。万次郎は膝をすすめて、

「ただいま帰りました。お母はんもご機嫌でおめでとうさん」

と声をかけた。志おは万次郎に飛びついて抱きしめ、涙を流していたが、しばらくするとふとわれに返ったように、

「庄屋さん、この御仁はなにぶん万次郎じゃありゃーせん」

庄屋はあわてて、

「なにを言うか。久しく会わなかったゆえ顔かたちを忘れただけじゃ。まあ、もっともなことじゃが……」

そう言われても志おはまだ納得のいかぬ様子だった。そのまま万次郎を家に連れて帰ったが、二日ほどは夢見心地でぼんやり過ごし、まことにその人物がおのれの息子かどうか信用していないようだったが、数日過ぎるうちにようよう夢から覚めたような心持ちとなり、死んだと思っていた息子が十一年ぶりに帰ってきた喜びを素直に嚙《か》み締めるようになった……。

「なんということじゃ」

加似江は袖を目に押し当てた。雀丸が、

「お祖母さま、目が痒《かゆ》うございますか？」

「たわけ！　泣いておるのじゃ」

「はあ……」

「難破して死んだと思うておったわが子がメリケンで立派になって帰ってきたとは……なんという冥加《みょうが》なことであろう。その母親の心中やいかばかりかと思いやれば、ひとりでに涙も出てくるというものじゃ。ああ、この世にこれほどの孝子《こうし》はおらぬ。生きて戻ってきたことがなによりの親孝行じゃ。南無阿弥陀仏《なむあみだぶつ》、南無阿弥陀仏……」

加似江は和歌森に向かって、

「それで、万次郎は今、母親とともに暮らせておるのかや」

「ところが、そうは参りませぬ。中ノ浜には三日とどまったにすぎず、万次郎はわが殿からの急な呼び出しですぐに高知城下に戻りました」

万次郎は十一月二十九日には登城して山内豊信に拝謁し、定御小者という身分を与えられた。つまり、武士になったのである。名字帯刀を許され、山内家から刀をちょうだいし、中浜《なかはま》万次郎と名乗ることとなった……。

「万事めでたしめでたしではないか。国禁を犯した無学な漁師のせがれが侍になったのじゃ。たいそうな出世ではないか」

加似江がしみじみ言うと、和歌森江戸四郎はかぶりを振り、

「ところがめでたしめでたしとはいかぬのだ。――わしが万次郎と会うたのはちょうどそういう頃合い……今よりおよそひと月ほどまえのことであった。わしは殿の感化もあって、かねてから異国の諸事情に関心があったゆえ、どうしても万次郎に直に話を聞きたかった。それで吉田東洋先生に頼み込んで、とくに面談の機会を設けてもらったのでござる」

加似江が、

「先ほど来の話をうかごうておると、万次郎は学問ができるだけでなく、さぞかし気立ても優しく、勇気もある若者であったろうのう」

和歌森はやや声を低め、

「ところが……わしの見たところではなかなかそうでもござらなんだ」

「ほう……」

「わしは、吉田東洋先生の屋敷のひと間にて万次郎に会うたのだが、わしが聞いていたのとは違い、万次郎は大柄でのっそりした男で、とても利発には見えなかった」

烏丸諒太郎が、

「頭のよしあしは、見た目ではわかりかねる。マルのように、ちょっと見るとのほほんとしたアホ面《づら》に思えても、ようよう付き合ってみるとそうでもないものもいる」

雀丸は諒太郎をにらみ、

「なんだ、それは」

「褒めておるのだからよいではないか」

和歌森江戸四郎は腕を組み、

「万次郎は、わしがいろいろたずねても、まともに返答をせぬ。二度、三度ときいて、はじめて一言答える、といった風であった。河田小龍殿が教授したとはいえ、まだまだ日本語はおぼつかぬようだ。そのことを知らずば、なにか腹悪《はらあ》しいことでもあったのか、と思うたであろう」

夢八が、

「十年もメリケン言葉しかしゃべったことないのやさかい、無理はおまへんなあ。読み書きを習わぬまま いきなりメリケンに行ってしもたんやから、いわば二十歳の手習いや。すぐには身につかんわ」

「もしくは、琉球、薩摩、長崎、そして土佐と、同じことを幾度となく繰り返し問いただされて面倒くさくなっていたのかもしれぬ。それでもわしはしつこくメリケンや捕鯨船での見聞などを話してくれるようせがんだ。わしの熱心さが伝わったのか、武士としてはわしのほうが格上ゆえ、しかたないと思うたのかはわからぬが、万次郎もぽつりぽつりと身の上を話してくれた。それはほとんど吉田東洋先生の手控えと同じであったが……」

　そこまで話すと和歌森はため息を漏らし、

「やっと肝心の箇所まで話が至ったわい。さきほども申したとおり、万次郎は、メリケンで買い求めたり、ひとにもろうたものを多数持ち帰ったがそのほとんどを長崎奉行所が没収した。わしは、長崎奉行が作った没収品の一覧である『漂流人共持戻並貰《ひょうりゅうにんどももちもどりならびにもらい》物買取候品改帳《ものかいとりそうろうしなあらためちょう》』を見ながら、これはどういうものか、なにに使うものか……などとたずねたあと、なにげなく『いくらわが国の法に触れるものとはいえ、思いのこもった品々をなにもかも召し上げるとは長崎奉行も無粋なことをいたすものだ』と申したのだ」

「万次郎はさぞ怒っておったであろうのう」

　加似江が言うと、

「いや、『ああ……』とか『いや、べつに……』とか口のなかで申しただけであった。お上には逆らえぬゆえ、もうあきらめがついていたのかもしれぬが、腹のなかでは返してほしいと思うておるのではないか、とわしは思うた。『これらの品々のなかでもっとも思い出深いものはいずれかな』……そうたずねると、またしてももごもごと『どれも大事なものばかり……』とか『命には代えられぬから仕方ないが……』とか申す。わしは、なにか引っかかるものを感じた。知恵ものでなにごともうまくまとめて話す、と聞いていた万次郎にしては、どうも奥歯になにかが引っかかったような物言いではないか。

もしかすると、長崎奉行に持ち帰り品を奪われたことがよほど応えているのかもしれぬ、とわしは思うた」

「それはそうだろうな」

烏瓜諒太郎が言った。

「ひとつひとつがメリケンでの思い出につながる品ばかりだろう。それを没収されるというのは、思い出を消されるようなものだ」

「万次郎とそんな話をしているときに、わしはふと気づいた。この一覧には、あるはずのものが載っていない、とな」

「それが、例の書き付けですか」

と雀丸が言った。

「そういうことだ。万次郎たちは国禁を犯した罪で親兄弟ともども罰を受けるかもしれぬ。そのときにものを言うのが、ワフ島駐在の亜米利加国代官が書いた公の書状だ。三人の身の上を亜米利加国が請け合ったものゆえ、それさえあれば老中も勝手に彼らを処罰するわけにはいかぬ。この書き付けこそ、万次郎たちが持ち帰った数々の品のなかでもっとも値打ちのあるものではないか……そう思ったわしは、万次郎に『あの書き付けが一覧に載っていないのはなぜか』とたずねた。すると、はじめのうち万次郎はなにも答えようとしなかったが、わしが二度、三度と重ねて問うと、あれは失《な》くしたのだ、と言い出したのだ」

　驚いた和歌森が、どこで失くしたのか、ときくと、黙ったまま下を向いている。今後、必要になる大事なものだから、失くしたのなら探したほうがよい、どこかで落としたのか、と言うと、かぶりを振って、

「盗まれたのだ」

「だれに？」

「盗人に」

「盗人にはなんの値打ちもないものだろう」

「金と一緒に盗られた」

　和歌森がよくよくきいてみると、万次郎も書き付けが大事であることは承知しており、持ち帰った品々とはべつにして、ひそかに肌身離さず所持していたのだという。だから、一覧には載っていないのだ、とも言った。

「それなのに盗まれたのか」

「そうだ」

「どこで？」

　すると、万次郎が言いにくそうに、

「長崎奉行所のなかの座敷で。土佐から役人が来たときだ」

と答えたので和歌森は仰天してしまった。万次郎は土佐の徒目付《かちめつけ》御用人堀部太四郎《ほりべたしろう》に、土佐に戻るにあたっては髷《まげ》を結い、月代《さかやき》を剃《そ》り、着物を着るよう命じられた。そこで、持っていた書き付けや金をその場に置き、別室で着替えて、ふたたび元の座敷に戻ったときには、書き付けと金が紛失していた……というのである。

「なんと……では、わが山内家のものが盗んだ、というのか?」

和歌森が血相を変えて詰め寄ると、万次郎は、

「わからん」

だが、状況から考えてそうとしか思えない。

「なにゆえ紛失を知ったときに申し出なかったのだ」

「大事な品を放り出しておいたわしが悪い。われらも取り調べ中の罪人ゆえ、騒ぎ立てるとわしら三人がお上からどんな目に遭わされるかもしれんと思うた。それに、縄付きを出しとうなかったし……」

和歌森は早速、山内家の目付役に言上し、責任者の堀部太四郎をはじめ、足軽小頭森《こがしらもり》田信五郎《たしんごろう》、宇佐浦組頭雄九郎《ゆうくろう》、医者……など十七人を取り調べてもらったが、全員が潔白を主張した。皆一様に、

「そのようなもの、盗るわけがない。疑われるのは心外だ」

と怒気を顕《あら》わにした。なかには、疑われたのを恥として、無実であることを証明する

ために腹を切る、と言い出したものもいた。

「土佐のものはいごっそうな一徹ものが多いゆえ、まことに腹を切りかねぬ。ひとりが腹を切れば、われもわれもと皆がそれに続くかもしれぬ。また、わしも山内家の家臣やゆかりのものにそのような悪事を働くものはおらぬ、と信じたいが……」

和歌森は顔を曇らせ、

「目付役より長崎奉行所に申し入れて、そのとき万次郎が使うておった座敷は、天井裏から畳のなかまでつぶさに検《あらた》めてもろうたがなにも見つからぬ。万次郎たちが入れられていた桜町の牢や、その後預けられていた商人の家、その他の立ち入り先も探させた。また、万次郎たちを吟味したり、世話をしたり……と身近に接したものたちも取り調べたそうだ」

「でも、書き付けは出てこなかった、と……」

雀丸が言うと、和歌森はうなずき、

「なによりわしらが困っておるのは、わが殿のことだ。おそらく、このことを耳にしたら一同に切腹を命じ、おのれも腹を切るとか言い出しかねぬ。少なくとも将軍家に対し、隠居願いを出すぐらいのことはするだろう。今、殿に隠居されては山内家は立ち行かぬ。殿の耳に入るまえになんとかしたいのだ。――これで、雀丸殿に一件の解き明かしをお願いしておるわしの気持ちが少しはわかってもらえたであろうか」

長い話が終わった。

「無論、書き付けが出てこなかった、としても、雀丸殿を咎めるようなことは一切せぬ。わしが望んでおるのは、この件に土佐のものが関わっておらぬ、と示すことだが、万が一、盗んだものが山内家の家臣であっても、それは仕方がない。とにかくなにがどうなろうと、わしが私《わたくし》の立場で雀丸殿に頼んでおるだけのこと。雀丸殿にはなんの責もないゆえ、ご安堵《あんど》いただきたい」

そう言われても、事態が事態ゆえ、雀丸は強い重責を感じずにはおれなかった。

「雀丸、やるのじゃ。やらねば大坂人の名折れじゃぞ」

加似江に言われるまでもなかった。

「お祖母さま、わかっております。——この竹光屋雀丸、できるかぎりのことをいたします」

地雷屋蟇五郎も、雀丸の肩に手をかけ、

「わしもお手伝いさせてもらう」

烏瓜諒太郎も、

「およばずながら俺も力を貸そう」

夢八も、

「わたいも、助力《すけ》させてもらいまっさ」

雀丸は喜んだが、彼以上に喜んだのは和歌森江戸四郎だった。

「ご一同にそう言うていただき、百人力を得た思いでござる。すぐに蔵屋敷に戻り、船の手配をいたす。先ほども申したとおり、出航は二日後ゆえ、なにとぞよろしくお願いいたす」

和歌森は頭を下げると、足早に竹光屋を出ていった。

二

そして、二日後になった。早朝、まだ夜が明け切っていない時分から、雀丸と加似江は竹光の材料となる竹や道具類、それに見本として完成品の竹光数振りを積んだベカ車《ぐるま》とともに、山内家の蔵屋敷に向かった。山内家の蔵屋敷は、西横堀《にしよこぼり》から四ツ橋を西に向かう西長堀川《にしながほりがわ》の南北両岸を占める雄大なもので、あたりには土佐の材木問屋やカツオ問屋が建ち並び、土佐弁が飛び交って、さながら大坂の土佐とも言うべき様相を呈していた。

「寒いのう、雀丸」

加似江はありったけの着物を重ね着して達磨大師《だるまだいし》のようになっているが、それでも震えている。

「そうですねえ……」

雀丸はそう応えたが、これからの長い船旅のこと、そしてそののちに待っているはずの難題のことを考えると寒さどころではなかった。やがて、朝靄《あさもや》を分けるようにして現れたのは、鴻池善右衛門の娘さきだった。さきはうきうきした顔で雀丸に走り寄ると、

「へへへ……楽しみやなあ。雀丸さんと旅ができるやなんて、夢みたいやわ」

「お供をひとりも連れずに、ですか？　よく善右衛門さんのお許しが出ましたね」

「お父ちゃんはふたつ返事やったで。できたら、その旅のあいだに雀丸を襲ってこい、ゆうてたわ。ひっひっひっ……雀丸さん、うちに襲われんよう気ぃつけや」

さきは両手の指を鉤《かぎ》のように曲げて、雀丸に向けた。まだまだこどもだな、と思う反面、天下の鴻池善右衛門が目のなかに入れても痛くない娘に供もつけずに旅に出すとは、

（よほど私を信用してくれてるんだな……）

雀丸はそう思った。

つぎにやってきたのは烏瓜諒太郎だった。彼は手ぶらで、なんの旅支度もしていない。

「着替え？　そんなものはいらぬ。俺はたとえひと月の旅でも着のみ着のままだ。だははは……」

諒太郎は豪快に笑ったあと、真顔になり、

「夢八が来られぬそうだ。俺の家に文《ふみ》が投げ込んであった。おとといおまえの家から帰

ると郷里《くに》から手紙が来ていて、長患いしていた母親がとうとう亡くなったそうだ。その弔いのために帰国する、とのことだった」

雀丸は意表を突かれた思いだった。夢八は大坂生まれ大坂育ちだと思っていたのだ。しかも、なんとなく親もきょうだいもいないような気がしていた。考えてみれば、雀丸は夢八のことをなにも知らないのである。

「えーっ、それはまずいです。夢八さんにはいろいろ働いてもらおうと思っていたのに……」

「ええやん。うちが代わりにがんばるわ」

さきが胸を叩《たた》いたので、

「夢八さんは伝書鳩を使えるのです。それをあてにしていたんですが……」

「は、鳩？　鳩は無理やけど、急いで報せたいことがあるんやったら、鴻池の『沙汰役』が日本中にいてるさかい、使うてもろてええで。早足のもんが揃うてるはずや」

鴻池家は、情報を商いに生かすため全国に早飛脚よりも足の速いものを配置していた。もちろん土佐にも凄腕《すごうで》というか凄足がいるらしい。

「それはありがたい。なにかあったらお願いします」

「任しといて」

さきがそう言ったとき、

「遅れてすみません！」

園がやってきた。

「あ、園さん。まさか皐月さんに内緒で来たんじゃないでしょうね……」

と言いかけた雀丸は園の後ろに立っている人影を見て啞然《あぜん》とした。

「皐月さん……！」

それは同心皐月親兵衛だった。

「やっぱりお嬢さんのことが気がかりでお見送りに来られたのですね。この雀丸、園さんを無事に皐月さんのもとにお帰しするよう、かならず……」

「そうではない。わしも行くのだ」

「――は？」

「わしも土佐まで参ると申しておる。園がどうしても土佐に行くと言うて聞かぬのでな、いろいろ案じたあげく、わしがついていくことにした。すでに山内家大坂在役の和歌森殿には話を通してあるゆえ気にすることはないぞ」

「えーっ！」

迷惑このうえない、と思ったが、和歌森が承知しているのであればどうしようもない。

「あのー……そのー……」

「わしが同道してはいかぬか」

「いや……そんなことはまったく……その……ありません。ありませんですとも」

「そうか。ならばよい」

「ではありますが、東町奉行所のお役目のほうはいかがなさるのです」

「そのことなら、雀丸殿が案ずることはない。上役の八幡《やはた》さまに話をつけてきた」

「どう話をつけたんです」

「雀丸殿のたっての願いで土佐行きに同行したい、と言うて参った。八幡さまは、此度の爆薬一件を未然に防いだことで雀丸殿を高く買うておいでだ。雀丸殿の頼みならばやむをえぬ、聞いてあげなさい、とのお返事であった」

「あのですねえ、私は皐月さんに土佐に来てくれなんて一言も……」

「そうでも言わぬと、勤めを抜けられぬ。嘘も方便だ」

雀丸は嘆息した。

最後に、玉と丁稚《でっち》ふたりを伴った蟇五郎がやってきて、顔ぶれが揃った。十人は、和歌森江戸四郎が手配りした伝馬船に乗り込み、安治川《あじがわ》の河口に向かった。靄のなかに多くの船の影が朧々《ろうろう》と浮かんでいる。そのうちのひとつが、土佐柏《かしわ》の紋所を掲げた山内家の御座船《ござぶね》だった。普段は大名が使う豪華な船である。出迎えた和歌森に、雀丸は顔ぶれがひとり減ってひとり増えたことを説明した。和歌森は、

「少しでも早く着きたい。日頃は陸路を交えることが多いが、此度は室戸《むろと》岬を回って直

に高知入りする航路を取るつもりでござる。この時期は風も波も穏やかゆえ、なんとかなると思うが……」

烏瓜諒太郎が、

「でも、万次郎たちが難破したのはちょうど今頃ではなかったかな」

そう言うと、和歌森は苦笑した。参勤交代のとき山内家は高知から布師田《ぬのしだ》本陣、本山《もとやま》本陣を経て、伊予の新宮《しんぐう》、川之江《かわのえ》……と六日ほどかけて北山《きたやま》越えをし、府中の丸亀《まるがめ》本陣に至る。そこから船で瀬戸内海を渡り、播磨《はりま》の室津《むろつ》から陸路で大坂に向かう……という道筋をたどっていたが、それでは日数がかかりすぎるというのだ。雀丸たちも同意した。

「日和《ひより》さえ崩れなければ大丈夫」

和歌森は高く澄んだ空を見上げた。もし、嵐が来たら、各地で風避けをしながら少しずつ進まねばならなくなる。

船頭や舵取りなど十人ほどの水夫《かこ》も乗り込んで、いよいよ船は大坂を離れ、紀州灘《きしゆうなだ》へと向かった。晴天で、風も順風、波も高くない。雀丸はホッとした。自分も含め、船がはじめてのものが多い。長い船旅を経験しているのは烏瓜諒太郎ぐらいだ。酔ったり、体調を崩したりされるとたいへんなのだ。

加似江と諒太郎はさっそく茣蓙《ござ》に座り込み、祝いの盃《さかずき》を上げている。なんの祝いかとたずねたら、

「無事に出航できたという祝いじゃ」

との返事だった。この分なら、よしんば船酔いしたとしてもなにに酔っているのかわかるまい、と雀丸は思った。

「どれ、わしも相伴しようかな」

和歌森も加似江の隣に座り、湯呑みでぐいぐいと飲み始めた。土佐の人間は酒好きが多い、と雀丸も聞いていたがそれは本当のようだ。

「うちの殿は剣菱《けんびし》が好きでのう、いつも灘《なだ》から取り寄せておられる。欠かすとご機嫌が悪いのだ」

「剣菱か。美味そうじゃのう」

大海原を眺めながら、加似江は舌なめずりをした。

「土佐には土佐鶴《とさづる》と申す地酒があり、これもまた美味い。ご隠居さまにはぜひとも賞味していただきたい」

「うほほ……それはありがたい」

園もさきも、はじめての船旅に仲良くはしゃいでいる。

「あ、あそこに大きいクラゲが浮いてるで！　まるで、たらいみたいな幅や。ひとつ、ふたつ、三つ……十四もいるわ」

「あちらにはイルカがいます。ヒナも連れてくればよかった。あんな大きなお魚を見たら目を回すかも……」

ヒナというのは、園の飼い猫である。

（呑気《のんき》なもんだなあ……）

と雀丸は思った。このまま呑気な旅が続いてくれることを願ったが、そうはいかなかった。夜半、田辺《たなべ》沖を通過していたとき、雀丸は船底に敷いた筵のうえで眠っていた。踏立板《ふみたていた》（甲板）はほとんどなく、屋根もごく一部にしかないので、そこは加似江、園、さき、玉といった女性陣に明け渡し、自分はどてらを着て、烏瓜諒太郎や水夫たちと雑《ざ》魚寝《こね》していたのだ。うえを向いていると月がまっすぐに落ちてくるような気がして、そのうえ潮風がびょうびょうと唸《うな》り、どうにも寝付けない。そのうち、少しとろとした……と思ったとき、

「船だ、船だ！　ぶつかるぞ！」

夜番の水夫のそんな声がした。立ち上がって弥帆柱《やほばしら》の方角を見ると、暗い海の真っ只中に大きな船がこちらに向かって近づいてくる。月光を浴びたその船は黄金でできているかのように輝いた。

「危ないぞ！　退《の》け！　退かんかい！」

水夫は絶叫しながら松明《たいまつ》を振り回したが、相手の船はまっすぐに進んでくる。

「ドアホ！　こっちに気づかんのか！」

ほかの水夫たちも起きてきて、声をかぎりに叫ぶが、向こうは止まる気配がない。

「どこの船だ！」

和歌森が船頭にきいたが、

「わかりまへん。帆印もないし、幟《のぼり》も立ってない。わざと隠しとるとしか思えん」

「まさか……海賊船か」

「かもわかりまへん」

その途端、鉤のついた綱が舳先《へさき》にいくつも投げかけられ、船べりにがしっとはまった。御座船の半分ぐらいの大きさの船がみるみる近づいてきた。

「あかん……ぶつかる！」

船頭が悲鳴のような声を上げた瞬間、激しい揺れとともに船同士が衝突した。雀丸たちは立っていられず、床に伏せた。

「なんなん？」

さきたちが寝ぼけ眼《まなこ》で起き出してきた。

「危ないから下がっていてください」

雀丸は四人の女性をかばうようにしてまえに出た。船と船のあいだから波が噴き出している。渡り板が掛けられ、抜刀した男たちがつぎつぎと乗り込んできた。顔には覆面をし、獣の皮でできた衣服に腰帯を締め、いかにも海賊然とした格好だが、

（こいつら……侍だな）

雀丸はそう思った。怯《おび》えた水夫たちは船の艫《とも》に固まり、震えている。和歌森江戸四郎も刀を抜き、烏瓜諒太郎と地雷屋蟇五郎は道中差しを抜いた。しかし、雀丸にはなんの武器もない。竹を割る鉈《なた》や鑿《のみ》、錐《きり》、包丁などは持っているものの、潮風で錆《さ》びぬよう晒《さらし》でぐるぐる巻きにして船底の長櫃《ながびつ》に放り込んであるので咄嗟《とっさ》には取り出せない。

「この船は土佐山内家御用達の御座船である。そうと知っての狼藉《ろうぜき》か！」

和歌森が大音声《だいおんじょう》を上げたが、相手は無言のままひたひたと船上を向かってくる。刀を振り上げようとした和歌森を制して、皐月親兵衛が進み出た。

「それがしは大坂東町奉行所定町廻《じょうまちまわ》り同心皐月親兵衛と申すもの。貴公らはいずれの家中のお方かな。身分と姓名を名乗らっしゃい」

凜《りん》とした態度でそう言うと、十手を抜いて彼らに示した。向こうはまさか町奉行所の同心が乗っているとは思っていなかったのか、ややたじろいだようだが、先頭の男が一同を振り返り、気にするな、やってしまえ、というような身振りをした。皆はうなずきあい、ふたたび押し寄せてきた。ひとりが皐月親兵衛に真っ向から斬りつけ、皐月はそれを十手で受けた。もうひとりは烏瓜諒太郎が引き受けた。諒太郎もかつては城勤めをしており、少しは剣術の心得もある。武器のない雀丸は、やむなく商売ものの竹を摑み、それを槍《やり》のようにしごくと、襲ってきた侍の胸を思い切り突いた。侍は船上で足が滑ったのか、そのまま海に転落していった。それを見たべつの男がしゃにむに斬り立ててきた。凄い殺気である。脅しではなく、こちらを斬ってしまおうという意思が感じられた。無言なのでよけいに不気味だ。雀丸はなんとか左右に受け流し、長い竹を大きく振って足を払った。相手が転倒したところを竹でたこ殴りにした。皐月親兵衛も十手では無理とみたか刀を抜いて、ひとりを峰打ちにし、もうひとりと戦っている。さすがは町方同心だけあって、見事にふたり目を斬り伏せた。

そこへ加似江が飛び出した。なぜか手桶を持っている。

「お祖母さま、危ない！」

雀丸がとめるのも聞かず、

「海上の法を犯す無頼漢ども、これでも喰《く》らうがよい！」

そう叫ぶと、柄杓《ひしゃく》で手桶からなにかを男たちにぶっかけた。

「いしたっ！」

先頭の男が叫んだ。どうやら桶の中身は、飯のおかずにした魚のアラだったようだ。加似江は鯖《さば》やイワシの頭や骨やはらわたを汁とともに男たちに容赦なくぶちまけた。彼らがひるんだところを水夫たちや園、さき、玉たちも頭といい胸といい腹といい竹でどすどす突きまくる。男たちはつぎつぎと夜の海に転落していった。先頭の男が右手を挙げた。それが退却の合図だったらしく、彼らは一目散に自分たちの船に戻っていった。

渡り板や鉤縄を外すと、すぐに離れていく。小船を下ろし、波間に漂う仲間たちを引き揚げると、謎の海賊船は暗闇に消えていった。

「皆さん、怪我はありませんか」

雀丸の問いに全員がかぶりを振ったので、彼は胸を撫《な》で下ろした。

「なにもんだすやろか」

蟇五郎が和歌森に言った。

「わからん……わからんが、我々を土佐に向かわせたくない連中と見える。この件、ただの書き付け盗難かと思うていたが、どうも根が深いようだな。――今後もなにかあるかもしれぬ。ご一党、高知の城下に着くまでは気を引き締めてくだされ」

和歌森はそう言ったあと、水夫たちを見渡して、

「おまえたちもようやった。なれど、休んでいる暇はない。急ぎ、浦戸《うらど》の港に向かうのだ」

浦戸湾は高知にもっとも近い港である。水夫たちは合点し、それぞれの持ち場に着いた。

◇

そのあとは、肌がひりひりするような気分の船旅となった。いつふたたびの敵襲があ

るかわからない。普段はのんびりが身上の雀丸も、さすがに二六時中神経を尖《とが》らせなければならず、ほとんど眠れなかった。なにしろ、相手がなにものなのか、なんのための襲撃だったのかもわからないのだ。雀丸は水平線を見つめながら考えた。もし、やつらが例の爆薬一味のようにメリケン国やエゲレス国を忌み嫌っているのだとしたら、雀丸たちを襲うことなく、万次郎自身を狙うだろう。また、万次郎から書き付けや金を盗んだのと同じ連中だとも考えにくい。雀丸に事件を解明されるのを恐れているにしても、そんなことで船を一艘仕立てて大勢で土佐入りを止めようとするとまでは思えない。しかし、どういう動機であれ、彼らはまたやってくるだろう。たえず警戒している必要がある……。

(あああ……どうすればいいんだろう……)

同行者への責任であっぷあっぷしている雀丸に、加似江は、

「もう船では襲うては来ぬ」

そう断言して、相変わらず大酒を飲んでいた。雀丸は祖母を横目でにらみ、

「なぜそう言い切れるのです」

「なんとなくじゃ。わしの勘は当たるぞよ。皆、大船に乗ったつもりでおれ。いや、もう乗っておるのか。うはははは……」

その根拠のない自信に引きずられ、水夫を含めた全員が少し楽な気分になったようだ。

とくに園やさき、玉などはあの襲撃がなかったことのように旅を楽しんでいる風に見えた。さきはずっとクラゲの数を数えているし、園はイルカを見つけようと目を皿のようにしている。玉は水夫たちにお座敷遊びを伝授している。

天候の崩れもなく、船は四日目の夕刻、浦戸に着いた。結果的には加似江の言葉どおり、新たな襲撃はなく、一向は無事に高知城下へと入ることができた。「久治良荘《くじらそう》」という旅籠に入り、旅装を解いたが、ゆっくり茶を飲む暇もなく、雀丸と烏瓜諒太郎は和歌森江戸四郎とともに山内家目付役三百石の国枝与謝ノ丞《くにえだよさじょう》の屋敷に向かわねばならなかった。

国枝の屋敷は高知城の城内に並ぶ侍屋敷の一角に位置していた。

「待ちかねていた。そこもとのことは和歌森から聞いておる。この窮状を救うてくれるのはそこもとをおいてない、とな」

国枝は、雀丸たちが座敷に入るや、挨拶もそこそこに本題に入った。

「当家家臣中浜万次郎の書き付けならびに金子盗難について、横町奉行であるそのほうの存念をききたい」

「万次郎さんにお会いするまえに、まずはその場に居合わせた方々からお話を承りとうございます」

「あいわかった」

国枝はさっそく小者を走らせ、皆を呼び集めた。やってきたのは、徒目付で一行の責任者だった堀部太四郎、足軽小頭森田信五郎、宇佐浦組頭雄九郎の三人であった。軽輩の森田と町人の雄九郎は廊下で控えたまま部屋に入らなかったが、国枝にうながされて下座に着いた。

堀部太四郎は雀丸を胡散臭《うさんくさ》く思っているというのをあからさまに態度に示した。それはそうだろう、と雀丸は思った。山内家における事件なのに、しかも、家中の恥になることなのに、大坂から来たどこの馬の骨ともわからぬ町人が手がけるというのだから……。

「堀部氏、ここなる雀丸殿は横町奉行という役目に就いていてな、諍《いさか》いごとや怪事を裁くに町奉行よりもすみやかで巧みなる仁だ。もはやわれらには雀丸殿に頼るほか道はない。さもなくば貴殿ら三人をはじめ、長崎に赴いたるものども皆腹を切らねばならぬかもしれぬのだぞ」

「なに？　土佐の武士は切腹ごとき恐れはせぬ」

堀部はいきりたったが、すぐに座りなおし、

「いや……拙者とて、殿にまで累が及ぶのは本意ではない。雀丸殿にお任せいたす」

そう言うと、頭を垂れた。

「土佐より長崎へ万次郎を引き取りに参ったるは、われら三名のほか、幼きころの万次

郎を見知ったるものや医者などしめて十七名なれど、長崎奉行所の控え座敷に居合わせたのはわれらだけでござる」

堀部太四郎はそう言った。彼の話によると、座敷にいたのは彼らと万次郎、通詞見習いの御影半平《みかげはんぺい》という男、それに長崎奉行所の役人で万次郎たちの世話係をしていた米山《よねやま》治八《じはち》という若者の六名だった。六月二十三日のことで、その日は長崎奉行所の白州《しらす》で万次郎たちへの裁きが言い渡されることになっており、土佐から来たほかのものたちは宿所で待機していた。

堀部たちは三人の漂流民と対面するのはそのときがはじめてで、白州が開かれるまでの時間を利用して、ひとりずつ呼び出して話をきこうとしていたところだった。まずは万次郎が呼ばれて、伝蔵と五右衛門はべつの座敷にいた。

当初、堀部は万次郎のことを中ノ浜の無学な漁師風情とあなどっていたが、彼にはまったく理解できないエンギリシを交え、異国の文物について慣れぬ日本語で説明しようとするさまを見ているうちに次第に尊敬の念を覚えるようになったという。

やがて、長崎奉行所の小者が万次郎を呼びにきた。別室に髪結いが来ている、というのだ。堀部太四郎が、土佐へは月代を剃り、髷を結い、着物を着て戻るよう三人に命じたため、長崎奉行所が手配してくれたのである。新しい着物もそこに支度してある、というので、万次郎はそれまで肌身離さず持っていたワフ島の亜米利加国代官が書いてくれた書き付けと島津斉彬から下賜された金三両をその場に置き、米山治八とともに部屋を出た。そして、半刻《はんとき》（約一時間）ほどしてから戻ってきたときには書き付けも金子もなくなっていた……というのだ。

「つまり、控えの間には堀部さん、森田さん、雄九郎さん、通詞見習いの御影さんの四人がいたわけですね。盗みの機があったのはその四人です」

不愉快そうに顔を歪《ゆが》めた堀部に雀丸は言った。

「堀部さんはだれかの不審な動きに気づいたというようなことはありませんでしたか？」

堀部はかぶりを振り、

「不審な動きどころか、万次郎が書き付けと金をその場に置いていったことすら知らなかった」

吐き捨てるように言った。森田信五郎と雄九郎も同意した。雀丸は国枝与謝ノ丞に、

「万次郎は書き付けと金をどこに置いていった、と言っていますか？」

「座布団の下だ。隠そうと思ったわけではないが、大事な品ゆえ、座布団のうえに放り出しておくのも気が引けて、咄嗟にそのようにした、と申しておる」

堀部が雀丸に言った。

「拙者の考えでは、通詞見習いの御影半平という男が怪しいと思う。土佐にはそのような悪事を働くものはおらぬ」

雀丸はまっすぐに堀部を見つめ、

「そう思いたい気持ちはわかりますが、身びいきは許されません」

「なに？　われらを疑《うたご》うておるのか！」

堀部は刀を引き寄せようとしたが、

「えーと……はい、今のところは皆を平《ひと》しく疑っています。もちろん堀部さんも」

堀部は雀丸をにらみつけたが、やがて息を吐くと、

「よかろう。貴公は信用できるようだ」

雀丸は、

「万次郎さんが出ていってから戻ってくるまでのあいだに、その部屋への出入りはありませんでしたか」

三人は顔を見合わせた。森田信五郎がおずおずと、

「わしが小便に行った。たしか御影半平も一度厠《かわや》に立ったはずだ」

堀部太四郎が手を打って、

「思い出した。女中が茶と菓子を持ってきたぞ」

「それは、お盆に載せて、でしょうね。出ていくときに、お盆の下側に書き付けと金を隠して持ち去ったようなことはありえませんか？」

「ない、とは言い切れぬが……先ほども申したとおり、われらは座布団の下にそのよう

なことがあったことも知らなかったし、そもそも万次郎がそういうものを所持していたことすら聞いていなかったのだ。とは申せ、あの女中が、われらに茶と菓子を配ったあと、われらの目のまえで万次郎の座布団の下からなにかを取り出し、盆に隠して立ち去った、としたらそれはよほどの芸当であろう」

回りくどい言い方だが、要はその女中はシロだということらしい。

「ほかになにか気づいたことはありませんか。どんな細かいことでもけっこうです」

雀丸の問いに森田信五郎が言った。

「些細《ささい》にすぎるかもしれぬが……」

「かまいませんよ。どうぞお話しください」

「女中が出ていったあと、御影半平が湯呑みを見て、『しばてん』と申したような……」

堀部太四郎が、

「おお、そうであった。よう覚えていたな」

雀丸が、

「しばてん……ってなんですか?」

堀部がきょとんとして、

「雀丸殿はしばてんを知らぬのか」

「はい。まるで聞いたことがありません。それは天ぷらですか?」

「馬鹿を申せ。しばてんというのは、土佐の四万十川《しまんとがわ》に住む化けものだ。こどもに似た姿で、身体はぬめぬめしており、川のなかから現れて相撲を挑んでくる」

「河童《かっぱ》みたいですね」

「そうそう、よその土地では河童と申すのだな。土佐ではしばてん、もしくは芝天狗《しばてんぐ》などと言う。長崎のものが『しばてん』と申したので、わしも『妙なことを言う……』と思うて覚えておったのだ」

「なぜ、そんなことを言ったのでしょう」

「おそらく女中が持ってきた湯呑みに、清国人のこどもが戯れている絵が描かれていたのだが、それがしばてんが相撲を取っているところを思わせたのだろう、とわしは思うたのだが……まあ、どうでもよいことだ」

　雀丸は国枝与謝ノ丞に、

「通詞見習いの御影半平さんとその女中さんについては、長崎奉行所に問い合わせをしていただいたのですよね」

「もちろんだ。ふたりとも盗みをした覚えはないと申しておる。御影半平の家は裕福なうえ、今度、めでたく小通詞に位を進めることになっており、それを台なしにするとは思えぬし、女中は長年長崎奉行所で働いており、人柄も良く、悪事を働くようなものではない、との返事であった」

「嫌な言葉ですが、魔が差す、ということがあります。――堀部さん、森田さん、雄九郎さんは日頃からの知り合いですか？」

堀部太四郎が、

「いや……万次郎を受け取りに行く、と決まったときにはじめて顔を合わせた」

「では、どういうひととなりなのか、知らないということですね」

堀部は憮然《ぶぜん》として、

「長崎に向かうまでの道中で、だいたいの心ばえはわかったつもりだ。それに……われら三名は座敷でたがいにたがいを見張っていたようなものであろう。だれかが座布団の下に手を入れようとしたら、残りのふたりのどちらかが気づくはずだ」

「たしかにそのとおりです。ただし……」

雀丸は一旦言葉を切ると、

「あなた方三人が示し合わせていないとは限りませんから」

堀部はさすがに声を荒らげ、

「われらがグルだと申すか！　御影半平の目もあったのだ」

「そのひとも巻き込んでのことかもしれません」

「馬鹿な！　三両ばかりの金子欲しさに四人がかりで盗ったと言うのか！」

「ということもなくはない、という話です。まだ、私にはなにもわからない。それに、下手人が欲しかったのは金子ではなく、メリケン国が発行したその書き付けかもしれません」

「なに……？」

「書き付けを欲しがるのは……書き付けがあって困るのは、だれでしょうか」

一同は考え込んだあげく、

「さあ……」

「わからぬ……」

雀丸は、

「というのは、私たちがこちらに来るとき、海上で……」

彼は海賊船を装った謎の侍たちに襲撃されたことを話した。国枝与謝ノ丞は血相を変え、

「なんと……！　和歌森殿、なにゆえかかる大事をいの一番に申さぬのだ」

和歌森は苦笑いして、

「万次郎の失せものを探すほうが先だと心得てな」

「そやつらは、雀丸殿ご一行を土佐に入れぬ魂胆だった、と推察できる。万次郎の失せものを見つけてほしゅうない連中がいる、ということだ。つまり、この件がただの紛失ではなく、裏になにかがある、根の深い盗難という証《あかし》ではないか。また、相手はこそど

ろではなく、少なくとも大船を仕立てるだけの財力があるやつらなのだ」

「なにものでござろうか」

「わからぬが……当家家臣ならば書き付けを見つけたいと考えるのが当たり前。それを阻もうとする、ということは……長崎奉行所で書き付けを盗んだ一味であろうか」

「どうもわからぬ。そやつら、すでに書き付けは手にしたのに、なにゆえ雀丸殿を恐れるのだ」

国枝と和歌森のあいだに入った雀丸は、

「まあまあ……今のところはなにも決め付けないようにしましょう」

国枝は雀丸と烏瓜諒太郎に、

「今でこそ土佐は他国の商人の出入りを厳しく制しているが、もともとは他国人に寛容な土地でな、遍路などが来ると家に泊めたり施しをしたりして世話をする。それゆえ見かけぬ輩《やから》がいてもあまり気に留めぬ。なれど、雀丸殿が城下におられるうちは、市中の取り締まり人数を増やし、余所者《よそもの》がいたら番屋に届けさせ、ご一行が危うきことに遭わぬようお護《まも》りする所存でござる。早速手配りいたそう」

「ありがとうございます。女こどもや年寄りを連れていますので、そちらのほうが心配なんです。よろしくお願いします」

「あいわかった」

雀丸が堀部太四郎に、

「堀部さんは、万次郎さんに会われてどう思われましたか」

「どう……と申して、エンギリシを操り、メリケンの事物に通じた男だ」

「頭は良さそうでしたか」

「それはわからぬが、目から鼻に抜けるような才覚がある、というより、どちらかというと一見愚鈍に見えるほど物静かで、あまりおのれから話し出すことはなかった。こちらからたずねると、よう考えてから答える、という風であった。申していることも、薩摩でも長崎でも土佐でも首尾一貫しておる。誠実な人柄だ、と拙者には思えた」

「雄九郎さんはどうです？　あなたは、万次郎さんの生まれ故郷のお方でしたね」

雄九郎はとまどいながら、

「わしは万次郎の顔を確かめんと付いていっちゃあが、わしが知っちゅうのは十年まえ、まだガキの時分の万次郎じゃき、行っても役には立たんかったぜよ。けんど、どことのう見覚えがあった」

「それは間違いないですか」

「ああ、まえに会うた気がする。それはたしかぜよ」

雀丸は考え込んだ。堀部太四郎が国枝に、

「これでわれら三名の疑いは晴れたというもの。帰ってもよろしゅうござるか」

「けっこう。だが、居場所は明らかにしておけ。勝手に外出《そとで》はするな」

国枝はそう言ったが、雀丸は、

「まだすっかり晴れたとは言えません。大船を仕立てたやつらと内通しているひとがいるかもしれない」

堀部たちは畳を蹴るようにして憤然と帰っていった。鳥瓜諒太郎が雀丸に、

「マルもたいへんだな。わざと怒らせたのだろう」

雀丸は手ぬぐいで汗を拭きながら、

「それが此度の私の役目ですから」

明日、万次郎と面談する、ということになり、ふたりは国枝屋敷を辞した。二刻ほどの滞在で、すっかり暗くなっていたので提灯《ちょうちん》を借りた。外郭《そとぐるわ》を出るところまでは国枝家の家人に送ってもらったが、そこから先はふたりだけだ。

「どうだ、マル。なにかつかめたか」

歩きながら諒太郎が言った。雀丸はかぶりを振り、

「さっぱりわからん。——でも、変だな、と思うことはいくつかある。おまえはどうだ」

「俺にもなにもわからぬ。だが俺は、金子のことはさておいて、その書き付けを盗んでだれが得をするのか、と考えてみた」

「ほほう……」

「島津家や長崎奉行、山内家はそんなものを手にしてもなんの得もない。唯一、それを欲しがっているものがいるとすれば……お上だな」

「ほう……それで？」

「公儀は、近いうちにメリケンの軍艦八隻がメリケン国王の親書を持って日本にやってくることを知っている。知っていながら、いまだ開国するのか鎖国を貫くのか決めかねている。決めかねている、というより、今の老中には決める力はあるまい。将軍家は病弱のうえ凡庸の飾りものときている」

「おいおい、声が高いぞ。だれかに聞かれたらどうするんだ」

「かまうまい。だれでも知っていることだ。——禁裏《きんり》にうかがいを立てようにも、現帝は名高い異国嫌いゆえ、夷狄《いてき》は打ち払えと言うに決まっている。そんなことをしたらメリケンと戦《いくさ》になり、日本は滅びてしまう。公儀はもはやにっちもさっちもいかないのだ。そんなときにメリケンで暮らしていた男が、メリケン国からの公の書き付けを持って戻ってきた。メリケン国王の親書をどうするかで頭を悩ませている老中たちにとって、それより早くメリケンからの公の書き付けが来てしまっては困る……」

「メリケン国王の親書が来るまでは、ややこしい公の書き付けは『ない』ものにしておきたい、ということか」

「俺はそうじゃないかと思う。書き付けを盗んだのはお上、つまり、長崎奉行の手のものだ。場所も長崎奉行所のなか……いくらでも機会はある」

「ならば、あの海賊まがいは老中が差し向けた連中だというのか」

「ありえなくはない、だろ？　おまえが万次郎と面会して、長崎奉行の仕業だと見抜くのを恐れて、口封じにかかったのだ」

「うーん、そうかなあ……」

雀丸が首をかしげたとき、諒太郎が小声で、

「気をつけろ」

雀丸もすぐにそれと悟り、

「わかっている」

そう答えた瞬間、ひゅん……という音とともになにかが飛来し、提灯の明かりをかき消した。

「小柄《こづか》だ」

「ああ。提灯が的になったようだな」

諒太郎は提灯を道に捨て、道中差しの柄に手をかけたが、雀丸はなんの武器も持っていない。とりあえず扇子を摑んでみたが、頼りないにもほどがある。ひと通りの途絶えた高知城下に、ひたひた……という足音が八方から聞こえてくる。どうやら七、八人に囲まれているようだ。月光になにかがちらちら輝いている。白刃を抜いた覆面の侍がふ

たりを包んでいるのだ。諒太郎が苦笑して、

「これはまずいな。多勢に無勢だ」

雀丸は彼らを囲んでいる面々に向かって、

「あのー……皆さんはお上の手先ですか？」

だれもなにも答えなかったが、嘲笑《あざわら》っている感じは伝わってきた。

「私たちが高知に来たら困る……そういうことでしょうか」

無言である。

「皆さん、お侍ですよね。その構えを見ているかぎりでは……」

「………」

「えーと……海賊みたいなことをして、腐った魚をぶっかけられた覚えのある方は……」

言いかけたとき、びゅっ……という剣風とともに凄《すさ》まじい一撃が襲ってきた。殺気がひとつの塊になって押し寄せてくるような恐ろしさだった。雀丸は間一髪、身をひねって逃れた……つもりだったが、右腕が熱い。見ると二の腕に太く赤い筋がついている。かわしきれなかったのだ。

（ヤバい……）

腕が立つ、というよりは、気合いが上回っているような太刀筋《たちすじ》である。おそらく「ひとを斬る」ということに重点を置いて、ひたすら修行を積んだのだろう。この泰平の世

にはふさわしくない撃剣である。烏瓜諒太郎もそれがわかったとみえ、雀丸に身を寄せてきて、

「手ごわいな……。二、三人は斬れても、残りが扱いかねる。マル……俺が防いでいるあいだにおまえは久治良荘に逃げ戻れ」

「そうはいかない。こうなったら死なばもろともだ」

「おまえにはお祖母殿《ばば》がいる。死なすわけにはいかん」

「おまえにも妹がいるだろうが。同じことだ」

「ま、そうだな」

ふたりは背中合わせになって、刺客たちと相対した。

「こうなったら斬って斬って斬りまくって、生き残ったほうが久治良荘までたどりつこう」

諒太郎の言葉に雀丸もうなずき、

「わかった。じゃあ諒太郎……達者でな」

達者なわけはないので、諒太郎はプーッと噴き出した。そして、取り囲んでいる連中に向かって飛び出した。

「えやあっ」

そう叫びながら諒太郎は、高々と掲げた道中差しを正面にいた侍に真っ向から振り下

ろした。相手は刀を水平にして受け止めようとしたが、受け止めきれずに尻餅をついた。それほどの凄まじい一撃だったのだ。倒れた相手を諒太郎は蹴り飛ばし、

「さあ、かかって来い！」

怒鳴るようにしてつぎの相手と対峙《たいじ》した。

そんな諒太郎の様子を目の端で追いながら雀丸は、斬りかかってきた先頭の侍の腕を摑んでねじると、刀を奪い取り、峰を返してその侍を袈裟懸《けさが》けにした。すぐさまふたりの侍が左右から襲い掛かってきたので、刀を地面から跳ね上げるようにしてひとりの脇の下を斬り、返す刀でもうひとりの眉間を割った。血しぶきが飛び、それを見た敵は逆上したらしく、

「殺《や》れい！」

その声に導かれ、三人が同時に突進してきた。刀を腰のあたりで低く構え、相手が死ぬかわりに自分も死ぬ……というような捨て身の剣法だ。

「ちぇえええええ……っ！」

裂帛《れっぱく》の気合いが響き渡る。雀丸が死を覚悟した瞬間、

「痛っ……！」

「うがあっ……！」

「ひっ……！」

敵がつぎつぎと顔面や腕を押さえてうずくまる。闇のなかから石礫が飛んでくるのだ。礫は狙いを外さず的確に侍たちの急所に命中する。

「な、なにやつ！」

侍たちが礫が来た方角を向いたとき、今度は彼らの頭上から矢が降り注いだ。それを刀で跳ね返したり、叩き落としたりしているあいだに礫が唸りを上げて飛来する。しかも、太鼓を叩くどんどんという音、銅鑼《どら》を鳴らすバシャーン！　という音、法螺貝《ほらがい》を吹き鳴らすぼうぼうという音、なんだかわからない金属片を叩き合わせるガッチャン、ガッチャン、ドンガラガッシャン、グワッシャン、ガラガラガラ……という音などがその合間を縫って聞こえてくる。

侍たちは浮き足立った。力と力の勝負ならば勝つ自信はあっただろうが、思いもよらぬ「音」での攻撃にうろたえてしまったのだ。騒音は高知城下の夜気を貫いて響き渡る。大勢が駆けつけてくるのも時間の問題だ。しかも、礫や矢は途切れることなく雨あられと飛んでくるのだ。

「くわっ……！　たまらぬ！」

「口を開くな！」

「おまんこそ口をきいておる」

「うう……」

「痛い痛い痛い」

侍たちはのた打ち回っている。

「今だっ！」

ここぞとばかりに烏丸諒太郎が彼らの首や肩を峰打ちで叩きまくる。雀丸も刀の峰を返して、鉈か斧《おの》のように侍たちをぶっ叩く。

「ううう……やめんか、やめんか！」

「痛い……痛いと申すに」

「だまれ！　しゃべってはならぬと親方から……」

「ひいいっ……」

「逃げろ。われらの素性が露見してはならぬ」

「退《ひ》け、退くのだ！」

侍たちは潮江川《うしおえがわ》のほうに転がるように逃げていった。おそらく船をもやってあり、それで港に向かったのだろう。雀丸は石礫などが飛んできたほうを向いて、

「夢八さん……ですよね？」

闇に向かってそう叫んだが返事はなかった。だが、一応、

「ありがとーっ！」

と言葉を添えた。

「マル、怪我はないか」

刀を収めた諒太郎が近づいてきた。

「右腕をちょこっと斬られた。でも、たいしたことはない。おまえはどうだ」

「俺はなんともない。礫と矢で助かったな。——あれは夢八なのか?」

「さあ……」

夢八は、母親が急逝したので郷里に戻ったはずだ。雀丸は、手ぬぐいで血止めをしながら、あたりを見渡した。高知の町は静まり返っている。

「あれ……?」

足もとに紙切れが落ちている。拾い上げてみると、
疾《と》く土佐からはなれるべし
おんみ危ういがゆえ
わざと金釘《かなくぎ》流で書かれている。夢八の字かどうかは判別がつかなかったが、なにものかが雀丸たちに土佐から出ていったほうがよい、と忠告しているのはたしかだ。雀丸は、急に不安になってきた。旅籠に置いてきた加似江たちは大丈夫だろうか。まさか今の連中の仲間に襲われているのではないか……。

「急いで宿に戻りましょう」

ふたりは駆け足で久治良荘にたどりついた。履きものを脱ぐと、足も洗わずに二階への階段を上がる。

「あああ……うう……」

獣が叫んでいるような声が漏れ聞こえてくる。座敷の襖《ふすま》を開けると、そこには凄まじい光景が広がっていた。大黒柱を背に上座に座っているのは地雷屋蟇五郎と皐月親兵衛だ。園、さき、玉、地雷屋の丁稚ふたりもその左右に並んで膳についている。四人の芸子が三味線を派手に弾きまくり、ふたりの舞妓《まいこ》が踊っている。そして、座敷の中央に立ち、黒い扇を持って歌っているのは加似江だ。

「ううう……ああ……よさこいよさこい……ああ……よさこい……」

獣の唸りのように聞こえたのは、加似江のよさこい節だった。皐月親兵衛が、

「おお、帰ってきたか。先に飲《や》っておるぞ。さあ、駆けつけ三杯だ。――園、なにをしておる。ご両所に酒を注《つ》がぬか」

皐月同心の顔は真っ赤である。もうすでによほど飲んでいるのだろう。園とさきが左右からやってきて、雀丸と諒太郎に酒をすすめた。

「おひとつどうぞ」

雀丸と諒太郎は顔を見合わせた。諒太郎が、

「こんな小盃でやってられるか！　大きいやつでくれ！」

　雀丸もまったく同意見だった。

「さあ、これで顔ぶれが揃うたか。仕切りなおしじゃ」

　よさこい節を歌い終えた加似江が、そう言っておのれの席に着いた。台のうえに一尺から二尺もあるような大皿がずらりと並び、そこにブリ、キンメダイ、カワハギ、ヒラメ、スルメイカ、タコ、クジラ……といった魚の刺身をはじめ、ブリの西京焼き、イワシの煮もの、大根とサトイモなどの煮もの、カマボコ、ナスの山椒味噌《さんしようみそ》焼き、ワケギの酢味噌和《あ》え、コンニャクの白和え、酢のものなどがところ狭しと盛り付けられている。いわゆる「皿鉢《さわち》料理」というやつだ。加似江と蟇五郎、皐月親兵衛はそれらを片っ端から食らい、湯呑みで酒をがぶがぶ飲んでいる。

「酒もいけるぞ。話に聞いていた土佐鶴じゃ。クジラを食いながら飲むと、まるで大海原を丸ごと飲んでおるようじゃ。美味い美味い。つぎはカツオの時期に来たいものじゃのう、皐月殿」

「そうですなあ、土佐で食べるものがまことの初ガツオでござろう」

　園とさきも、小皿に取った料理を飽食している。

「美味《おい》しいわあ。やっぱり大坂で食べるより魚が新しいなあ」

　さきが言うと、園も負けじと、

「ええ。口のなかでぴちぴちはねているみたいです」

「イワシも、箸つけるだけで身がはぜるわ」

「カマボコも歯ごたえがあって……」

「美味しいなあ」

「美味しいですねえ」

丁稚たちはここぞとばかりに食べものを口に押し込んでいる。ひとりの丁稚が咳《せ》き込んだので、蟇五郎がたしなめた。

「そないに急いで食うさかいや。料理は逃げへん。お茶でも飲みながらゆるゆる食べんかいな」

丁稚は胸を叩きながら、

「そやかて旦さん、お茶なんか飲んだら胃の腑《ふ》がその分詰まってもったいのうおます」

加似江が芸子たちに、

「さあ、もう一曲じゃ。今度はうちの孫に歌わせるゆえ、調子を合わせてくれい」

ドンチャンドンチャンドンチャン……。

呆れた雀丸が、

「すいません、少しお静かに願います」

「お静かに？　なにゆえじゃ。今宵《こよい》は騒ぎに騒ぐぞ。さあ、飲め飲め」

「お待ちください。ちょっとお話ししたいことがあります」

「話？　そんなものはあとにせよ。だいたいおまえたちが遅かったゆえ、皆、待ちきれずにはじめてしもうたのじゃ。今までなにをしておった」

「なにをって……いろいろ吟味をしていたのです」

「吟味……？　ああ、そうか。土佐へ参ったのはそのためであったな」

雀丸はずっこけそうになった。

「で、なにかわかったのか」

「なにもわかりません。明日、万次郎さんとお会いすることになりました。それよりも先ほどたいへんなことが……」

「ほほう、なんじゃ」

雀丸が声をひそめて先刻の襲撃者の話をし、落ちていた紙を見せると、

「うーむ……やはり来よったか」

「なので、お祖母さまたちもお気をつけください。酔っ払っていては、いざというときにおのれを守れません」

「わかっておる。気をつけながら騒ぐことにしよう。——のう、芸子衆」

ドンチャンドンチャンドンチャン……。

ため息をついた雀丸は湯呑みに土佐鶴を注いでがぶりと飲んだ。するすると喉を通り

過ぎていく。

(いい喉越しだ……)

あっという間に飲み干してしまった雀丸は二杯目を注ぎ、ままよとばかりに口をつけた。

◇

翌日、万次郎との会見に臨もうとした雀丸だったが、目付役国枝与謝ノ丞から使いが来て、万次郎が風邪で不快のため、しばらく対面の儀は先送りするとのことだった。

(ま、いいか……)

二日酔いでがんがん痛む頭をなだめつつ、雀丸はそう思った。国枝と和歌森に昨夜の襲撃のことを報せると、旅籠周辺の警備の人数を増やすが、できるだけ部屋から出ぬようにしてくれ、という返事があった。しかし、加似江や園、さきたちは気にせず、城下見物に出かけているようだ。さしあたってやることもないので、雀丸は竹光作りに取り掛かった。今回の土佐入りの表向きの用件は、「山内豊信公からの依頼で竹光を作るため」なのである。本業をおろそかにするわけにはいかぬ。雀丸は旅館の小部屋を借り、材料となる乾燥した竹を削る作業に入った。近いうちに豊信公が収集している刀を見せてもらわねばならぬ。雀丸は竹削りに没頭した。

「ただいまーっ！」

さきの声がした。

「お茶菓子買うてきたで、雀さん。みんなで食べよ！」

小部屋から顔を出すと、さきと園が手に包みを持って立っていた。雀丸は、身体についた竹の削り屑《くず》を払い落とすと、部屋から這い出した。根を詰めていたので、足がしびれている。よろよろ立ち上がり、皆がいる座敷に入った。皿に載せて配られたのは、見た目にも美しい主菓子《おもがし》だった。

茶を啜りながら雀丸が園に、

「どこを見物してきたのです」

「潮江天満宮《てんまんぐう》という神社です。潮江川の近くにあって、とても立派でした」

「へー、高知にも天神さんがあるんですね」

すると、菓子を口に頬張ったさきが、

「うち、笑《わろ》てしもたわ。町のひとの噂《うわさ》が耳に入ったんやけど、今朝早う起きたら、潮江川から町屋のほうにかけて、矢がぎょうさん落ちてた、あれはきっと潮江川から出てきた『しばてん』のしわざや……て言うとった。うち、よっぽど『それはしばてんやない、雀丸がやったんや』て喉まで出かけたんやけどな」

正確には「雀丸の知り合いの夢八とおぼしき人物がやった」のだが、しばてんでない

ことに変わりはない。烏瓜諒太郎が、

「高知ではしばてんは名高いのだな。悪戯《いたずら》好きのお化け、というところか」

「大坂でいう『ガタロ』ですね」

皐月親兵衛がふたつ目の菓子をつまみながら、

「わしの上役の八幡さまはそういう妖怪話が好きでな、まえに『物《もの》の怪《け》図巻』という本を貸してもろうたことがある。それによると、河童は日本各地で呼び名が違う。川太郎《かわたろう》、セコ、ヤマワロ、カワランベ、メドチ、ミンツチ、コマヒキ、カシャンボ……なども言うらしい」

「お父さま、よく覚えておられますね」

園が感心したように言った。

「八幡さまに、ちゃんと本を読んだかどうかたずねられるのでな、しかたなく繰り返し熟読したのだ」

ため息をつく皐月同心に雀丸が、

「お役人もたいへんですねえ。——九州ではどうです？」

「たしか、筑前《ちくぜん》ではカワラワロ、肥後《ひご》ではガラッパ、日向《ひゅうが》や薩摩ではヒョウスベ、佐賀ではカワソウという」

「長崎では？」

「うーん……長崎はカッパ、ガータロ、水神《すいじん》、ガタンボ、ガワッパ、川坊主……といろいろだな」

「しばてん、とは言いませんか」

「それは土佐や阿波《あわ》だけの呼び方のようだ」

「ところ変われば品変わる……ということですね」

雀丸は、主菓子を半分食べたあと、腕組みをして考え込んだ。

◇

「なんと……これが竹光と申すか」

山内豊信は家老福山孝興《ふくやまたかおき》に手渡された刀を抜き、その刀身をしげしげと見ながら言った。

「ただいま城下に滞在しております竹光屋雀丸と申す職人の作にございます。殿ご秘蔵の刀剣類の写しをこのものに作らせれば、朝な夕な手もとに置いて鑑賞できるのではと考えまして……」

「なるほど、よき思案じゃ。なれど……これが竹光とはのう。なんとも見事な出来映えじゃわい。まさに匠《たくみ》の技である。このものに余の所蔵する太刀の竹光ことごとく作らせよ」

「かしこまりました。では、早速手配いたしまする」

「雀丸とか申したな。このもの、なにゆえ今、土佐に参っておるのじゃ」

「そ、それはでございます……大坂在役の和歌森江戸四郎が呼び寄せた由にて……」

「ほう、和歌森は戻っておるのか」

「は、はい。左様にございます」

「なんの用件で戻ってきておる」

「え、あ……はい、それは……なんでもその、中浜万次郎に会いたいがため、とか……」

「万次郎にか。えらく執心だのう。大坂在役が万次郎に会うてなんとする」

「さあ……そこまでは……」

山内豊信は竹光をしばらくひねくり回していたが、

「福山……」

「ははっ」

「おまえ……余になにか隠してはおらぬか」

「とととととんでもございませぬ。それがしが殿に隠しごとをいたすなど、まったくもってありえぬことで……」

豊信公はじろりと家老を見つめ、

「さようか」

一言そう言った。

◇

その夜はまたしても、旅籠が揺れるほどのどんちゃん騒ぎが繰り広げられた。料理は昨夜同様皿鉢料理だが、載っているものが少しずつ違う。今日は、イセエビにクエの造りという豪華な献立を中心に、茹《ゆ》でたワタリガニ、サトイモの田楽、ニラと卵の煎りつけ、大根と豆腐とイカの煮ものなどが並べられている。

（まだ糸口さえ見つけていないのに、こんな贅沢《ぜいたく》していていいのだろうか……）

とは思ったが、出てきたものは食べるしかない。酒は、菊正宗《きくまさむね》の薦《こも》かぶりだった。皐月親兵衛も、

「このような馳走責めを受けるとは……むりやりついてきてよかった。家内も連れてきたかったわい」

などと殊勝なことを言っている。

「困ったなあ……」

雀丸が頭を抱えていると蟇五郎が近づいてきて、

「なにを悩んどるんや」

「なにも捗《はかど》っていないので気が引けます」

「そらしゃあない。万次郎のほうから会見の先延ばしを言うてきたんやろ。向こうさんの都合やないか」

「それはそうですけど……」

「万次郎の具合はどれほど悪いんや」

「風邪ではありますが、高熱が出て、当面は布団から起きられぬとか……」

「こうなったら万次郎の風邪が治るのを腰をすえて待つしかないで。さあ、飲んだ飲んだ」

「うーん……」

　雀丸は窓障子を少しだけ開けると、隙間から外を見やった。旅籠の周りの角々に侍が立っている。国枝目付の指図で、雀丸たちを警護しているのだ。

「この寒いなかをああやって私たちのために働いてくれています。それなのにこんな風にどんちゃんしていて申し訳ないと……」

「気にすな。あのひとらはあれが仕事、わしらは飲むのが仕事や。それにあちらさんはなんと言うたかて二十万石やで。わしらが多少飲み食いしたかてびくともするもんやないわな」

「そうかなあ……」

　雀丸は蟇五郎が押し付ける盃を受け取り、ぺろっとなめた。やはり心に憂さがあろうと、美味いものは美味い。雀丸はぐいと盃を干した。

◇

また深酒になった。翌朝、雀丸が二日酔いの頭をなるべく動かさないようにして顔を洗っていると、城から使いが来た。山内豊信公が会いたがっているのですぐに登城しろ、というのだ。

「私ひとりで、ですか？」

「いや、烏瓜殿もご同道願いたいが、殿に会うのは雀丸殿一人《いちにん》だ。お乗りものの支度はできておる。ただちにお着替えくだされ」

使いの侍が急かす《せ》ので、雀丸と烏瓜諒太郎は羽織袴《はかま》を身に着けると、朝飯も食べずに高知城に向かった。国枝屋敷から見上げたときもその威容に心打たれたが、こうして曲輪《くるわ》に入ってみると、たいそう立派な城である。雀丸は緊張してきた。なにしろかつては大坂城に勤めていた武士とはいえ、今はただの素町人《すちようにん》である。大名と直に会うなど、考えられないことなのだ。駕籠は追手門《おうてもん》から入り、橋廊下を経て二の丸へと到着した。

なかに入ると、和歌森江戸四郎が駆け寄ってきて、小声で言った。

「くれぐれも万次郎の失くしもののこと、殿には悟られぬようにな」

「は、はい……」

「万次郎は風邪《ふうじゃ》に罹患《りかん》しておるゆえ、ほかのものを集めておいた。烏瓜殿はそちらに来てもらいたい。雀丸殿も、殿との対面が終わったらそちらに……」

それだけ言うと和歌森は離れていった。案内役の侍が雀丸の服装の乱れなどを整えると、

「こちらへどうぞ」

連れていかれたのは、居間であった。居間といってもたいへんな広さである。廊下に控えていると、豊信公が正面に着座した。国家老の福山孝興が、

「殿の御前である。くれぐれも粗相のないようにな」

「はいはい」

「はいはい、ではない。はいは一度でよいのだ。——殿、竹光屋雀丸、召し連れましてございます」

「うむ。大儀である。そこは端近《はしぢか》。もそっと近《ちこ》う寄れ」

家老が、

「殿のお許しが出た。もう少し近くに参れ」

雀丸は畳のうえをにじり寄るようにして進んだ。袴がからみついて動きにくいことこのうえない。

「雀丸とやら、顔を上げい」

「殿のお許しが出た。顔を上げよ」

山内豊信はどちらかというと痩せた人物であったが、さすがに大大名の威厳が全身からあふれ出していた。聞くところでは、剣の腕まえもさることながら、軍学、弓術、馬術、槍術《そう》に優れ、なかでも居合術は長谷川《はせがわ》流目録というからたいしたものである。眉毛が太く、目つきが鋭く、凛々《りり》しい顔立ちであった。

「そのほうの作りしこの竹光、見事である。これはまことに竹と銀紙しか使うておらぬのか？」

雀丸が答えようとしたとき、家老が怖い顔でこちらを向き、

「しっ！」

と制した。豊信公が、

「よい。直答《じきとう》許す」

「殿のお許しが出た。直答申し上げい。ただし、言葉に気をつけてな」

ああああ、めんどくさーいっ！　いちいち「殿のお許し」を待たなければなにもかも先に進まないのだ。

（こういうのが嫌で城勤めを辞めたんだよな……）

そんなことを思いながら、雀丸は豊信公の質問にいちいち丁寧に答えた。豊信公は感に堪えぬ様子で、

「さすがの腕であるな。そのほうに任せる。余の集めた刀剣類の写しを作れ」

「かしこまりました」

「うむ……盃を取らせる」

家老が合図をすると、侍ふたりが酒樽と朱塗りの大盃をふたつ運んできた。その大盃の大きさに雀丸は仰天した。

「これは余が秘蔵の盃『双子盃』じゃ。どちらも一升入る。これで余と飲み比べてみんか」

ええーっ！

「とんでもないことです。とても一升など飲めません」

豊信公の顔が曇った。

「なに？　余の酒が飲めんと申すか。酒は嫌いか」

「いえ……いたって好きではありますが……」

「酒好きのくせに余の盃が受けられぬとは……余になにか含むところがあるのか、それともこの酒に毒でも入っておるというのか。ならば、余がまず毒見をいたそう。――注げ」

控えていた侍が豊信公の大盃になみなみと酒を注いだ。

「見ておれよ」

豊信公は両手で盃を持ち上げ、口をつけるとひと息で飲み干した。そして、にやりと

笑い、

「どうじゃ、毒は入っておらぬぞ。──さあ、おまえも飲め」

雀丸はひっくり返りそうになった。

（土佐の殿さまは大酒家だとは聞いていたけど、これは……凄い！）

家老が、

「頼む、飲んでくれ。おまえが飲まぬと殿のご機嫌が悪うなる」

「わかりました。では、いただきます」

侍たちが雀丸の盃に酒を注いだ。雀丸はしばらく呼吸を整えていたが、やがて盃を持ち、ぐぐぐぐ……とひと息で飲んだ。

「おお、あっぱれじゃ」

「殿さま、これは剣菱ですね」

「ふはははは、わかるか。そうじゃ、余はこれが好きでのう……」

すっかりご機嫌になった豊信公の御前を下がり、雀丸はふらふらしながら二の丸の廊下を歩いた。角を曲がったところで和歌森江戸四郎と目付の国枝与謝ノ丞が待っていた。

「む……酒臭いな。殿に飲まされたか」

「はい……一升」

「うわあ……すまなかったな。殿は、相手を気に入るとすぐに酒を飲まそうとする。なかには飲めぬものもいて、そうなると不機嫌になられる。困ったお方なのだ」

「ははは……いいひとでしたよ。ああ、朝からなにも食べていないのに一升飲んじゃって……なんだかふわふわします」

「今日はおまえが登城するというので、万次郎を引き取りに長崎に行ったもの都合十七名を、全員集めておいた。存分に吟味してくれい」

「吟味してくれいと言われましても、酔っ払ってしまっておりますので、はい」

雀丸が、用意されていた座敷に入ると、そこには諒太郎のほかに、一昨日対面した徒目付堀部太四郎、足軽小頭森田信五郎、宇佐浦組頭雄九郎の三人に加え、同行した役人たち、ふたりの医者、家人などが勢ぞろいしていた。

（うわあ……）

これだけ集められたら、きちんと取り調べをしなければならない。雀丸は、一升もの酒を空腹に飲んだことを後悔したが後の祭りである。とにかくひとりずつ小まめにきいていったが、長崎でも盗難の現場には居合わせなかった人々であるから、新しい発見はなにもなかった。雀丸はだんだん疲れてきて、最後の数人のところではへろへろになっていた。それがわかったとみえ、

「雀丸殿は朝から酒を飲んだうえでわれらを尋問されるのですな。はは……いい身分だ」

「酔うておられるのに、ものの文目《あやめ》がおわかりなのか」

「吟味だというので来てみたら……たかが浪花の素町人が酔っ払ってくだを巻いているだけとは情けない。それがしは帰らせてもらう」

などと文句が出始める。一行の長ともいうべき堀部太四郎も、同じことの繰り返しに飽きが来たのか、

「ところで聡明《そうめい》で聞こえた雀丸殿は、『しばてん』の件はもうわかったのであろうな」

と嫌味を言った。雀丸は酔眼を堀部に向け、

「ああ、あれならわかりましたよ」

「——なに?」

「たいしたことじゃないんで言わなかっただけです」

「たいしたことではない、だと?」

「はい。つまんない聞き間違えだと思います。場所が長崎で、主菓子が配られたあと……と考えると解けます」

堀部はしばらく考え込んでいたが、

「いや……わからぬ。教えてくれ」

「えーと……通詞見習いの御影さんは長崎のひとでしょう? 主菓子を見て、せっかく遠来の客をもてなすのだから、カステイラなどの南蛮菓子のほうがよかったのに……と思ったのでしょう。『主菓子ばってん仕方なかばい』……みたいなことをつぶやいたの

だと思います。それの『し・ばってん』のところだけが皆さんに聞こえた、というわけです」

「そ、そんなことが起こりえようか……」

啞然とする堀部に雀丸は続けた。

「おそらく聞いたのが土佐の方々でなければ、そんな聞き間違えは起こらなかったでしょう。『しばてん』という言葉に耳なじみのある皆さんだからこそ、そう聞こえた……というわけです。細かいところは違っているかもしれませんが、だいたいそんなことじゃないかなあ」

「うーむ……」

堀部は唸っていたが、

「なるほど、言われてみればそれに違いない。わかってしまえばくだらぬことだが、なにゆえ気づけなかったのか……」

「たまたまでしょう」

「いや、そんなことはない。雀丸殿、拙者は今まで貴公ごとき町人に、書き付けと金子がどうなったのかわかろうはずがない、と思うておった。だが……参った。貴公なら必ずや謎を解き明かし、われらにかかった嫌疑を晴らしてくれるに違いない」

「いや……それはまあ……どうでしょうか」

　雀丸は頭を掻いた。その横で烏瓜諒太郎が誇らしそうな顔で笑っていた。

　和歌森に連れられて、へろへろな足取りで二の丸御殿を出、しばらく歩いていると、突然、目のまえになにかが飛び出してきて、雀丸の足にぶつかった。酔っていた雀丸はその場に尻餅をついた。そのなにかは、なおも雀丸のうえに乗ってきた。顔をぺろぺろなめてきた。重い、そして、臭い……。

「やめろ、石童《いしどう》！」

　あとから走ってきた若い侍が言った。その声を聞くと、なにかはやっと降りてくれた。驚愕覚めやらぬ雀丸が諒太郎の手に摑まってなんとか立ち上がり、

「犬……？」

　和歌森は笑いながら、

「さよう、犬だ。殿の飼い犬で石童丸という」

「いやあ……犬にしては大きすぎる。これ、牛でしょう」

「闘犬だからな」

「闘犬……？」

「知らんのか。犬同士を闘わせるのだ。賭けごとに使われるので表向きは禁じられておるが、家中の士気を高めるため、殿みずから先頭に立って闘犬を飼っておられるのだ。それゆえ城中にはこの石童丸のほかに、ここ何年も横綱を張る木鶏号《もっけいごう》をはじめ十数頭の

闘犬がおり、大事に育てられている」

「へー……そうでしたか」

雀丸は手ぬぐいで犬の涎《よだれ》をぬぐいながら、

「よく嚙まれなかったなあ……」

和歌森江戸四郎が若い侍を指差し、

「この男は犬回り役という闘犬のしつけ係をしておる貝山秀之新《かいやまひでのしん》だ。貝山、雀丸殿に教えてやってくれ」

若い侍が、

「闘犬は、指図があるまでは決して嚙まぬようしつけられています。吠えたり唸ったりすることもありません」

そう言われても、雀丸はこちらをまっすぐに見つめているその犬をにらみ返す勇気はなかった。

◇

そのすぐあとに、城内からひとりの男が大慌てで駆け出したのを雀丸たちは知らなかった。男は、足軽小頭の森田信五郎であった。彼は潮江川の南側、筆山《ひつざん》のふもとにある深い森、通称「底無森《そこなしもり》」に走り込んだ。森の奥に打ち捨てられた樵《きこり》小屋がある。根太《ねだ》は腐り、床にも穴が開き、内部にも草木が生えて、どうやら雨風だけはしのげる……そんな荒れ果てた狭い小屋に十名ほどの侍が住み暮らしていた。皆髭面《ひげづら》で、着物も着たきり雀らしく垢《あか》じみてよれよれである。

「生米齧《かじ》るのももう飽いた」

ひとりがだれに言うともなくそう言った。

「せんなかど。煙で見つかるゆえ、煮炊きをするな、ときつう戒められておる」

「じゃっどん毎日生米に生麦に生水では腹をこわす。茶ぐらいは許してたもんせ」

「いかん。国を出るとき親方に言われたことを忘れたか。それが嫌なら船で寝ることじゃ」

男は舌打ちをして、

「十内《じゅうない》のような真似《まね》はできん。あいつは獣《けだもの》ゆえ、どこでも眠れる。おいは船ならばまだこの腐れ小屋のほうがましじゃ」

べつの男が、

「こらえてくいやい。それもこれも、あの雀丸という男を大坂に追い返すまでの辛抱じゃ。早う帰ってくれんかのう」

「夢八に裏切られるとはのう……。今度見つけたら、素っ首斬り落としてやりもんそ」

「あの男は裏切ったわけではないぞ。あやつは雀丸の友どちじゃ。もともとの約定《やくじょう》は、雀丸たちを傷つけたりせぬ、ということであった。それを破ったのはおいたちど」

「脅しても帰ろうとせぬからじゃ」

「じゃどん夢八がおらぬと鳩が飛ばせぬ。国許《くにもと》とのつなぎができぬ」

「そうじゃのう……」

入り口付近で寝転がっていた男が刀を引き抜き、

「あああ……身体を動かさぬゆえ苛立《いらだ》ちが溜《た》まっちょっど。せめて、ちぇすとおお！と大声を出して、剣術の稽古ができればのう……」

そのとき、どたどたという足音とともに入ってきたものがいた。侍たちは一斉に刀に手を伸ばしたが、

「なんじゃ、信五郎か。もっと静かにせんか。城下の連中に気づかれよう」

「それどころではないのだ。えらいことになった」

「わいの素性が露見したか」

「いや……それは大丈夫だ。あの雀丸という男、とぼけた面をしておるゆえ、どうせなにもできまい、と高をくくっていたが、今しがたしばてんのことを見事に解き明かしたのだ」

「なんじゃ、そのしばてんというのは……」

「河童のことを土佐でそう呼ぶのだ。長崎奉行所の座敷で、通詞見習いの男が『しばて

ん』と口走ったのが耳に入ったので、妙なことを言う……とは思うていたが、あの雀丸、その話を聞いただけで、その通詞がしばてんと申したわけを言い当てよった。わしがいくら考えてもわからなかったものを、あっという間にだ」

森田信五郎は興奮してさっきの出来事をまくしたてる。

「ふうむ……雀丸、ただの竹光作りとあなどっていたが、さすがに横町奉行を務めるだけあってたいそうな切れ者のようじゃ。このままだと例の万次郎一件も真相をつきとめてしまうかもしれぬな」

「そう思うて、あわてて報せに来たのだ。いつまでも風邪だというて万次郎との対面を引き延ばすわけにはいかん。それまでになんとか雀丸たちを追い返すのだ」

「わかった。――まさか雀丸は、おいたちがなにものか気づいてはおらぬだろうな」

「そこまでは、たぶん……だが、この分では近々バレてしまうぞ」

「こうなったら、追い返すだの脅しをかけるだのといった悠長なことは申しておれぬ」

「殺るか」

「うむ……それしかなかろう」

「雀丸もその仲間の烏瓜諒太郎も、それに町奉行所の同心もなかなか手ごわい。あのババアもかなりの使い手じゃ」

「わかっておる。――船から十内を呼びもんそ」

「いよいよあいつの出番が来たか」

侍たちの表情はなぜかこわばっていた。

「じゃっどんあの旅籠は、山内家の警護人が昼夜問わず囲んでおる。土佐とうちの争いになっては困る」

「雀丸ひとりをどこかに呼び出せればよいのじゃが……なにかよい思案はないかおはんらも思案してたもんせ」

「そうじゃのう……」

そこまで言ったとき、ひとりが唇に人差し指を当てた。

「なんじゃ、吾郎多《ごろうた》……」

言いかけた男を手真似で制すると、吾郎多と呼ばれた侍は足音を忍ばせて小屋の外に出、すぐ近くの木のうえに向けて小柄を放った。木のうえに潜んでいた「影」は身体を反らしてやり過ごしたが、吾郎多の後ろからもうひとりの侍が投げた小柄をかわしきれず、枝から落ちた。

「影」は夢八だった。吾郎多は刀を抜くとその喉に突きつけ、

「貴様……盗み聞きしておったな。裏切り者め、殺してやる」

夢八はへらへら笑うと、

「わたいは裏切った覚えはないで。約定破ったのはあんたらのほうやがな。わたいはあ

んたらの味方でも敵でもない。ただのネタ売りや。金さえもろたら求めに応じてだれにでもネタを売る。けど、ひと殺しの手伝いはでけへん。それだけや。斬りたかったら斬らんかい」

「この町人風情《ふぜい》が……」

「この侍風情が……」

「もう許せぬ。——死ね！」

吾郎多が太刀を振り下ろそうとしたとき、後ろにいた侍がその腕を押さえた。

「待て」

「九三郎《くさぶろう》、なにゆえ止める」

「こやつ、雀丸の友どちと言うておったな。ならば……使い道がある」

九三郎と呼ばれた侍は、ぞっとするような笑みを浮かべた。

三

烏瓜諒太郎とともに昼過ぎに宿に戻った雀丸は、気疲れと酔いのせいでそのまま寝てしまった。目を覚ますと、顔のすぐまえに皐月親兵衛と諒太郎が正座していた。驚いて身を起こし、

「どうしたのです」

「今、二階に投げ文があった。これだ」

皐月はそう言って、石礫を包んだ紙をほどいて雀丸に示した。そこには、

夢八預かりおき候
今宵子《ね》の刻
雀丸殿お一人にておん越し願いたく候
筆山麓底無森にてお待ち申し候
土佐役人にお報せの儀ご無用に候
くれぐれもお一人にておいでいただきたく候
おん越しなければ夢八の命なきものとお心得いただきたく候

読み終えて雀丸はため息をつき、

「今、何刻《なんどき》ですか」

「もうかれこれ暮れ六つだ」

「どういうことでしょう。夢八さんはこの一件とどんな関わりがあるのか……」

「わからんが……夢八がやつらに捕らえられていることは間違いないようだな。この紙

ておるのだ」
に包まれていた石礫は、夢八がよく使うものだ。夢八はたしかにこちらにいる、と言う
「うーん……」
「どうするつもりだ。相手はおそらく十人前後、しかも侍だ。和歌森殿か国枝殿に報せ
て、人数を揃えてもらうか」
「いえ……それはできません。土佐の役人には報せるな、と書いてあります」
諒太郎が、
「ならば、俺と皐月殿、地雷屋の三人か。ちと手が足りぬな」
「それもダメです。私ひとりで来い、とあります。もし従わなかったら夢八さんの命は
ない、とも書いてあります。それだけは避けなければ……」
皐月親兵衛はかぶりを振り、
「だが、雀丸殿をひとりで行かせるわけにはいかぬ。多勢に無勢だ。勝負は見えている。
せめて、われらが向こうにわからぬようについていって……」
「バレたら困ります」
「どうせやつらは人質を取っているのだ。おまえがひとりで行こうと大勢で行こうとわ
れらの不利は変わらん。それならせめて、少しでも勝ち目があるようにすべきではない
のか」

「いえ……向こうの申し出を守らず、それで夢八さんが殺されたら、私はおのれを責めざるをえません」

諒太郎が呆れたように、

「頑固だな。わざわざ殺されにいく、というのか」

「そんなことはしません。いろいろ工夫して、なんとか夢八さんを取り戻したいと思っています」

「それはそうだろうが、俺もむざむざ傍観しておるわけにはいかん。土佐の役人に報せぬことと、おまえをひとりで行かせること……このふたつを守ればよかろう」

「はい。お願いします。あと……」

雀丸は皐月親兵衛に向き直ると、

「園さんとさきさんには覚《さと》られないように」

「わかった。城からの急な呼び出しでふたたび出ていった、ということにしておこう」

「ありがとうございます。――この投げ文に気づいたのは皐月さんと諒太郎だけですか？」

諒太郎が、

「そうだ。たまたま俺が窓際に座っていたところに飛び込んできたので、こっそり皐月殿に見せたのだ。警護のものたちも気づいておらぬようだ」

「ならば安心です。——では、私は支度がありますので、もう出かけます」

諒太郎は、

「うむ、俺は俺で支度をする。おまえを助ける算段だ」

「それはどういう……」

「まだ思案の途中だ」

雀丸は皐月親兵衛と諒太郎に深々と頭を下げ、自分が拵えた竹光ひと振りを腰に差し、まだ割っていない竿竹《さおだけ》を一本手にすると、部屋を出ていった。それを見送った皐月は座敷に戻り、園に言った。

「ちょっと出て参る。山内家の町奉行から使いが参ってな、大坂の町奉行所の仕組みや捕りもののだんどりについてききたい、とのことだ。ただ飯ただ酒をいただいておる身としては顔出しをせずばなるまいて。雀丸殿、烏瓜殿も一緒だ」

「そんな使いがいつ参ったのです」

「今しがただ」

「私は気づきませんでしたが……」

「とにかく来たのだ。では、行って参るぞ」

園は探るような目で父親を見たが、なにも言わなかった。

◇

凍った風が吹きつけ、木々の枝葉がざわざわと鳴った。月が中天から森に緑色の光を投げかけている。長い竿竹を手にした雀丸は怪物のように聳《そび》え立つその森を見据えたあと、こちらだなと方角を見定め、提灯の火を吹き消してその場に置いた。そして一歩を踏み出した。足もとで木の葉がやけに大きな音を立てた。月はたちまち頭上を覆う枝に隠れ、あたりは真っ暗になった。小径《こみち》はずっと続いており、雀丸は奥へ奥へと入っていった。

底無森という名のとおり、どこまで深いのか見当もつかない。雀丸はひたすら前進した。四半刻ほどしたころ、突然、森が開け、月光が一度に降り注いだ。広場のような場所の奥に朽ちかけた樵小屋があり、そのすぐまえに縄で身体をぐるぐる巻きにされた夢八が座らされている。口には猿轡《さるぐつわ》をかまされており、声も上げられぬようだ。そのすぐ隣に、侍が四人立っている。

「夢八さん、雀丸です。今助けてあげますから」

雀丸が声をかけると、夢八はかすかに身じろぎをした。侍のひとりが、

「よう来たな、雀丸。われらは貴様に万次郎の一件を調べられては困るのだ。おとなしく大坂へ帰ってはくれぬか」

「では、やむをえぬ。貴様にはなんの恨みもないが、ここで死んでもらう」

「お断りします」

「私も覚悟は決めてきましたが、そうやすやすと死にはしませんよ」

雀丸はそう言うと、夢八に向かってゆっくりと歩き出した。話し声を聞きつけたほかの侍たちが小屋から現れた。全部で九人である。皆、抜刀している。ひとりが夢八の首に刀の先を突きつけた。雀丸は歩みをとめない。夢八まであと三間ほどに近づいたとき、突然、夢八が言った。

「雀さん、あかん。落とし穴があるんや！」

いつもの夢八の声とは違ったやけに甲高い声だった。侍たちはうろたえ、

「だ、だまれっ！」

そう叫ぶと、夢八を蹴りつけた。

「わかってますよ、夢八さん」

雀丸は竹竿を両手で頭上に水平に掲げ、助走をつけて走り出すと、竹の先端で地面を突き、そのしなりを利用して軽々と三間を飛び越した。ちょうど棒高跳びの要領である。雀丸は夢八のすぐ横に立つと、呆然としている侍から刀を楽々ぶんどり、夢八の縄を切った。

「すまん、雀さん！」

夢八は猿轡をみずから外すと、べつの侍に当て身を食らわせ、刀を奪った。ふたりは背中合わせになり、侍たちと対峙した。

「猿轡をしているのによく声が出せましたね」

「あれは八人芸のひとつで、唇を開けずに声を出す術や」

「なーるほど」

ひとりの侍が、

「雀丸、落とし穴があるとようわかったな」

「じつは私……かなりまえにこの森に来て、皆さんが穴を掘っているところをずっと見ていたんです」

「な、なんだと……」

「でないと、提灯もなしに、この暗いなかを迷わず来るのはさすがにむりです。ご苦労さまでした」

「くそっ、たばかられたか！」

頭に血がのぼった侍たちは一直線に雀丸たちに向かってきた。

「ちぇすとおおお！」

「死ねえっ！」

裂帛の気合いを重い一刀に込めて、やたらめったら斬りたててくる。とにかく凄まじい剣風である。切っ先が少し触れただけでも、皮は破れ、肉が切れ、血がほとばしるだろう。雀丸と夢八は次第に追いつめられて、じわじわと下がっていった。下手をすると落とし穴に落ちる可能性もある。

「困りましたね、夢八さん」

「そやなあ、雀さん。なんぞ仕込んでこんかったんかいな」

「夢八さんさえ助けられればいいと思ってましたから。あとはきっと、皐月さんや諒太郎がなんとかしてくれるでしょう。たぶん……」

「頼りない話やなあ」

すでに雀丸と夢八の衣服はずたずたに切れており、手足にもあちこちに傷があった。侍たちは雀丸と夢八を分断し、ひとりずつ仕留める作戦に出た。雀丸は太い杉の木の幹に追い詰められ、夢八は樵小屋の外壁に背中を押し付けられた。

「そろそろおしまいにするか。――殺れ」

年嵩の侍がそう下知《げち》したとき、なにかが森のなかをこちらに向かって早足で駆けてくるような音が聞こえてきた。もの凄い速さで森から走り出たそれは、大きく跳躍して、年嵩の侍に飛びかかった。

「ぎゃあっ！」

侍はひっくり返った。身体に乗っているのは大きな犬だ。牙を剝《む》いて、侍の喉を食い

ちぎろうとしている。刀で斬りつけようにも、相手は犬だ。勝手がわからず、刀は空を斬るばかりだった。つづいてさらに数頭の犬が森から現れ、落とし穴のところを跳び越すと、侍たちに飛びついた。

「ひゃあ……！」

「お助け……」

「おいは昔から犬が好かんのじゃ！」

侍たちは逃げまどう。かなり遅れて、犬回り役の貝山秀之新も到着し、

「うしっ、うしっ、石童丸、あの侍に向かえ。綺羅牡丹《きらぼたん》はあいつだ。うしっ、うしっ！」

とけしかける。犬たちはますます勢いづいて、兎《うさぎ》のように跳ね回りながら侍たちの足首に噛みつこうとする。恐怖に駆られた侍のひとりが広場を斜めに横切った。足もとが崩れ、侍は深い穴のなかに落ちていった。ほかの侍たちも犬を避けようとして穴に転がり落ちる。雀丸は、

（しめた……！）

とばかり、長い竹をびゅんびゅん振り回し、侍たちの脛《すね》を狙い打ちして彼らが掘った落とし穴に落としていった。

「海賊船のときにも使った戦術ですよ。懲りませんねえ」

「う、うるさいっ」

残った三人の侍も犬たちに落とし穴の縁ぎりぎりまで追い詰められて、足などを噛まれている。彼らは顔を見合わせ、ひいふうみい……で穴に飛び降りた。犬に噛まれるよりそのほうがまし、というのだろう。雀丸は彼らに向かって、

「あなたたち、どこの大名家の方ですか。九州のどこかだとは思いますけどね……」

「し、知らん。死んでも言わん！」

「そうですか。では、お城の捕り方がやってくるまでそこでそうしていてください。山内家町奉行の厳しい吟味が待っているでしょう」

「くそっ……そ、そうだ、忘れておった。——おい、十内！　猪苗代《いなわしろ》十内はなにをしておるのだ！　早う出てこぬかっ」

　雀丸は首をかしげた。

「十内って、いったいだれです」

　すると、樵小屋のなかから声がした。

「なんじゃ、うるさいのう。目が覚めてしもうた」

　雀丸は呆れ返った。この騒動のなかで寝ているものがいたとは……。

「十内、こやつらを始末せよ」

「むむ？　おまえらはどこにおる」

「穴のなかじゃ」

「ほほう……」

小屋からのっそりと出てきたのは、束ねた黒髪を後ろに垂らした三十代半ばぐらいの男だった。頤《おとがい》が細く、目と眉の吊《つ》り上がった狐《きつね》のような顔立ちだ。夢八が蒼白《そうはく》な顔で、

「雀さん……こいつは危ないやっちゃ。とんでもない使い手やで。逃げたほうがええ」

夢八がそう言うのだから本当なのだろう。男は落とし穴をのぞき込むと、

「ははは……いいざまだ。日頃威張っておる連中が皆、穴のなかとはのう……」

「うるさい。早う雀丸を倒さんか」

「待っておれ、すぐ片付ける」

十内と呼ばれた男は、雀丸の正面に立つと、腰から刀を抜いた。雀丸は目を見張った。それは西洋刀だったのだ。まっすぐな刀身は先端のほうだけ両刃になっている。柄には日本刀のそれよりも大きな半円形の鍔《つば》がついている。

「うわあ……サーベルですね！　はじめて見た」

雀丸は目を丸くしてすたすた近寄っていき、そのサーベルを至近距離で眺めた。十内は、予期せぬ反応にとまどったらしく、

「こ、こら、近づくな。殺すぞ」

「いやあ……阿蘭陀のカピタン一行が四年に一度江戸に行くときには銅座《どうざ》を見学に立ち寄るんですが、うちは近所なのでかならず見物に行きます。でも、サーベル……いつも

は鞘《さや》に入ってて、中身を見られなかったんですよ。今日はじめて刀身を見て感激です。ありがとう！」

「頭は大丈夫か。おいはおまんさを斬ろうちゅうんじゃぞ」

「サーベルは斬るんじゃなくて突くんじゃないですか？　それとも斬ることもできるんですか？」

「あ、いや……今のは言葉のあやじゃ。こういうまっすぐのサーベルは突くようにできておる。半円形のサーベルは斬ることに特化されておる」

「十内さん、でしたっけ。どこでサーベルを学ばれたんですか」

「長崎じゃ。おいは剣術が好きでのう、小《こま》かころから示現《じげん》流の稽古をしちょったが、これからはなんでも西洋流の時代じゃと思うてな、阿蘭陀船でサーベルの達人が来航したと聞いて出島に入り込み、ヨハネス・ブロイちゅう先生について三年間みっちりと修行したんじゃ。おかげで今では山んなかで猪《いのしし》でも牛でも突き殺せるようになった。この国でおいよりもサーベルに習熟しとるもんはおりもはん」

　猪苗代十内は得意気にそう言った。

「でしょうねえ、そもそもサーベルを持っているひとがいないでしょう。珍しいなあ……。ちょっと触ってみてもいいですか」

　雀丸が手を伸ばそうとしたので十内は身体を横に向け、

「いかん！　触るな！」

「ちょっとだけですよ。ねえ……」

「おはんも変物《へんぶつ》じゃのっ。いかんちゅうたらいかん」

「えーっ、ケチだなあ」

貝山秀之新が、

「犬たちをけしかけましょうか」

雀丸は真顔になり、

「いや……やめておきましょう。公言するだけあってこのひとはたしかに、猪でも牛でもやっつけるだけの腕を持っているようです。犬が傷ついたら可哀相ですから」

十内はにやりと笑い、

「ようわかっちょるのう。おまんさとの勝負が楽しみじゃ。——おまんさの得物《えもの》はなんじゃ」

「私は……これです」

そう言うと、雀丸は刀を抜いた。

「ほほう……大坂新刀じゃな。粟田口忠綱《あわたぐちただつな》と見たは僻目《ひがめ》か」

「僻目です。——これは……竹光なんです」

「なにい？」

十内は大声を出した。

「そんなはずはない。おいをちょくらかしちょるんか。月光に浮かんだ刃文の具合といい、鎬《しのぎ》の按配《あんばい》、平地《ひらじ》の輝き、切っ先の鋭さ……どう見ても本物の刀じゃ」

「じゃあ、手に取ってゆっくり見てください。ほら……」

雀丸が刀を差し出したのを、疑り深そうな顔で受けとると、

「まこっじゃ。この軽さ……竹光じゃ。じゃっどん、そう言われてから見ても本物にしか見えぬ。見事なもんじゃ。おまんさがこさえたのか」

「そうです。私の本職は竹光屋ですから」

十内はからからと笑うと、

「おもしろか男じゃのう。気に入った。——おいは手を引く。どこなと行け」

穴のなかから、

「十内、なにを言う。その男を斬るのがわれらの役目じゃ」

「知るか」

十内は吐き捨てるように言うと、雀丸に向かって、

「こんな腐れ外道《げどう》どもより、おまんさのほうがずいぶんとおもしろか。また、いずれかで会おう」

そして、サーベルを雀丸に手渡すと、

「ゆっくい見れ。いつかサーベルの竹光をこさえてたもんせ」

「はい、そうしたいです」

ふたたび穴のなかから、

「十内……十内！　早うそいつを斬るのじゃ。でないとわれらは……ああっ！」

十内は穴に土を蹴り入れると、

「おいは船に戻っちょる。おまえらが遅かったらそのまま郷里《くに》へ帰るからのう」

「馬鹿な……助けてくれ。引き上げてくれ」

十内は穴からの叫びを無視して、もう一度サーベルと竹光を交換すると、鞘に収めて立ち去った。その後ようよう皐月親兵衛、烏瓜諒太郎、地雷屋蟇五郎、そして目付役国枝与謝ノ丞率いる捕り方たちが到着した。穴に落ちた侍たちはひとり残らず召し捕られ、城下に連行されていった。

「雀丸殿、無事でよかった……」

「マル、怪我はないか」

皐月同心と諒太郎、蟇五郎が駆け寄ってきた。

「怪我は……ありますが大丈夫です。ありがとうございます」

雀丸が礼を言うと、皐月親兵衛が言った。

「礼を言われるようなことはなにもしておらぬ。わしはただ、国枝殿のところに参り、犬を貸してくれぬかと頼んだだけだ。国枝殿は経緯《いきさつ》を一切聞かずに手配りしてくれた。犬回り役の貝山殿は雀丸殿の下着を犬たちに嗅がせた。そして、犬が導いてくれるままこの森に来た。土佐の捕り方たちも勝手について来た。——それだけだ」

夢八が雀丸を拝むようにして、

「雀さん、おおきに。今度という今度は雀さんに助けられたわ。こんなことになってすまんと思うとるけど、わたいの話もひと通り聞いてんか。じつはわたいのほんまの仕事というのが……」

そこまで夢八が言ったとき、雀丸はへなへなとその場に崩れ落ちた。よほど緊張していたのだろう。気を失った雀丸の顔を、石童丸がぺろぺろとなめていた。

◇

宿に連れ帰られた雀丸は、そのまま朝まで眠っていた。早朝、雀の鳴き声に起こされた雀丸が布団から這い出すと、烏瓜諒太郎がちょうど部屋に入ってきたところだった。

「来たぞ、マル」

「なにがだ」

「城からの使いだ。万次郎の風邪が全快したので、今朝からおまえの吟味を受ける、とさ」

「そうか……」

「国枝殿が山内家の御典医に診立てさせたので、万次郎もいつまでも引き延ばすわけにはいかなくなり、全快届けを出したのだろう」

雀丸はため息をつき、

「今日ぐらいゆっくりさせてほしいよ」

「おまえは、土佐でのわれらの飲み食い代を支えておるのだ。しっかり働け」

「そうだな……今日でだいたいカタがつくだろう」

「ほう、真相がつかめたのか」

「うーん……たぶんな」

雀丸はそう言うと大きなあくびをした。駕籠に乗り、国枝与謝ノ丞の屋敷へと向かう。

「昨夜はたいへんだったな」

という国枝のねぎらいの言葉に、

「昨夜というか、寝た気がしません」

「ははは……そうか。とにかく今日はよろしく頼む」

雀丸はあくびを噛み殺して、

「がんばります」

「もし、なにも得られなかったとしても気にすることはない。とにかくしっかり問いただしてくれ」

「いや……じつはもうその……」

　雀丸はごにょごにょ言いながら、万次郎の待つ小座敷に入った。万次郎は、和歌森が言っていたとおり、大柄でのっそりした、熊のような男だった。座布団のうえに胡坐をかき、身体を丸めるようにして座っていた。雀丸は正座して頭を下げ、

「大坂から参りました竹光屋雀丸と申します。本日はよろしくお願いいたします」

「あ……おう……」

　万次郎は低く唸った。

「お聞きいただいているとは思いますが、山内家の依頼で参上しております。お風邪の塩梅《あんばい》はいかがでしょうか」

「あ……まあ……もう治ったぜよ」

「それはよかった。では、いくつかおききしたいことがあります。詮議、というわけではないので、気楽にお答えください」

　雀丸は、持ってきた手控えを見ながら、漁船に乗り込んで宇佐浦を出航したときのこと、嵐に遭い難破したときのこと、無人島に漂着しての暮らし、メリケンの捕鯨船に助けられたときのこと、ワフ島での暮らし、メリケン本土に渡ってからのこと……などを順を追ってたずねていった。万次郎は、雀丸の質問を聞いているのかいないのかわから

ぬような態度を取っていたが、時折、ぼそり……ぼそりと答える。十一年間、メリケン言葉しか使っておらず日本語を忘れてしまったからだ、と聞いてはいたが、フィッツピール船頭が「日本人のなかでもっとも利発」と賞賛したとか、メリケンの私塾でいちばんの成績を収めた、とかいった人物とは雀丸には思えなかった。しかし、その答はいずれも、和歌森から雀丸が聞いたことと正確に一致しており、メリケン言葉もすらすらと口から出た。

「いつまでもせられん。そろそろ終わりにせんかよ」

「いろいろお聞きしたのでお疲れでしょうが、もう少しです。長崎奉行所が作った没収品の一覧には、メリケンのワフ島代官が書いた書き付けと金子は載っていません。このことは、それらを盗まれたのが長崎奉行所の座敷だ、という万次郎さんのお話と平仄《ひょうそく》があっていますね。でも、どうして盗まれたと気づいたときに言わなかったのです？」

万次郎はじろりと雀丸を見、

「うかつに騒いで、国のおかやんやらに迷惑かけてはいかん、と思うたからぜよ」

「でも、土佐に戻ってきて、和歌森江戸四郎さんがたずねたときには答えた、と……」

「きかれたから答えたまでぜよ」

「そうですか……」

雀丸は、隣室にいる和歌森を呼んだ。小座敷に入るなり、和歌森は言った。

「どうであった。だれに盗まれたかおわかりか」

「はい……おそらくは」

和歌森も驚いた様子だったが、一番驚いたのは万次郎だったようだ。

「な、なに……？　今の話で盗人がだれかわかったちゅうかえ？」

「ええ」

和歌森が、

「それはだれだ？」

雀丸は咳払いして、

「長崎奉行が作った一覧には肝心の書き付けが載っていません。それは、その直前に盗まれたから……ではなく、万次郎さんが持っていなかったからです。そして、そのことをその場で言わず、土佐に来て、和歌森さんにたずねられたときに急に言い出したのは、そのときまで書き付けのことなど頭になかったからです。あなたは和歌森さんにワフ島代官の書き付けのことを言われて、しまった……と思った。それで、盗まれたことにしてごまかそうとしたのです。金子も盗まれた、と言ったのは、相手がただの金目当ての盗人だった、と言いたかったのでしょう」

「なにを冗談《てんごう》言うとるんじゃやか」

万次郎は血相を変えて、

「大事なもんじゃき、わしは肌身離さず持っちょった。まっことじゃ」

「書き付けを後生大事に持っていたのは、本物の万次郎さんでしょう」

「――なんじゃと」

「あなたは万次郎さんじゃありませんね。万次郎さんなら今二十五、六のはず。あなたはもっと歳《とし》がうえのように見えます。もしかすると、ワフ島で亡くなったことになっている重助さんじゃありませんか？」

和歌森は仰天した。

「まさか……そんなことが……」

「わ、わしは重助じゃねえ。万次郎ぜよ」

雀丸はかまわず続けた。

「島津の殿さま……斉彬公がやっちゃったんでしょうね。メリケンやエゲレスに追いつき追い越さねば国が滅びる、と思っている斉彬公にとっては、おのれの領地である琉球に上陸した万次郎はまさに生きたメリケンの見聞・知識の宝庫だったわけです。ただただメリケンに住み暮らしていた、というだけでなく、航海術、測量術、捕鯨術……などをきちんと学んでいるし、造船や軍事にも詳しい。きっと万次郎の話すことすべてが、眼《まなこ》が開く思いだったでしょうね。毎日のように殿さまおん自ら万次郎から直に話を聞いたそうですが、そのうちに手中の珠《たま》のような万次郎を手放すのが惜しくなってきたのでしょう。斉彬公にとっては島津家が一番大事なわけですが、公儀に報せると、万次郎は土佐山内家や江戸の老中に取られてしまう。それが惜しい……」

万次郎は下を向いたままなにも言わなかった。

「海賊めいた連中が、私の祖母に腐った汁をかけられて『いしたっ』と叫んだときから、島津の殿さまがかかわっているのでは、と思っていたのです。『いした』というのは、薩摩のひとたちが水気のものをかけられたときに言う地元言葉だそうですからね。そもそも万次郎たちが琉球に着いてから長崎奉行にそのことを報せるまでに八カ月もかかっているのがおかしいですよね。教えたくなかった、というのがよくわかります。でも、いつまでも黙っておくわけにはいかない。斉彬公は一計を案じます。身代わりを立てればいい。じつは、琉球に戻ってきたのは、万次郎、伝蔵、五右衛門、そして重助の四人だったのです。斉彬公は、そのうちの重助をワフ島で死んだものとして長崎奉行に報告し、帰国したのは三人だったことにしました。そして、重助に因果を含め、薩摩での取り調べで万次郎が答えたことをすべて諳《そらん》じることができるようになるまで覚えこませた。だからなにをきかれても正しくはあるが同じことしか答えられないのです。――ちがいますか、重助さん」

万次郎、いや、重助はゆっくりと、

「わしと五右衛門は伝蔵の弟ぜよ。島津の殿さまは、言うことを聞かねば五右衛門も伝蔵もその家族も皆殺しにする、言うとったがよ。日本中どこにでも薩摩の侍はこじゃんと入り込んじゅう。ここ土佐にもおって、わしらを見張っちゅう、と……。現にわしはご城下に来てからも、何度も薩摩の侍に会うたぜよ」

「やはりそうでしたか。よく話してくれました。――だから、中ノ浜で久しぶりに対面したお母さんが庄屋さんに、この御仁は万次郎ではない、とおっしゃったのですね」

「ああ……あれはたまげた。十一年ぶりゆえ、なんとかごまかせるかと思うたが、親ちゅうもんはわかるんじゃのう。庄屋さんがとりなしてくれて、そのうちに万次郎のお母はんもわしをわが子と信じるようになってホッとしたっちゃ」

「なるほど……。長崎まで面通しに行った宇佐浦組頭の雄九郎さんが、『まえに会うた気がする』と言っていたのは、万次郎さんではなく重助さんのことだったんですね」

「昔、ちらと会うただけなのに、よう覚えておったもんじゃ」

和歌森江戸四郎が、

「ということは、ワフ島代官の書き付けは……」

と言うと、重助が、

「今も万次郎が持っちゅうはずぜよ」

「万次郎はどこにいるのだ」

「島津の殿さんの『磯《いそ》の御殿』ちゅうお屋敷にかくまわれとる」

和歌森と雀丸は顔を見合わせた。

「わしもこれだけ白状したらせいせいした。覚悟はできちゅうよ。どうぞすっぱりやっておおせ」

そう言って重助はおのれの首を叩いた。和歌森江戸四郎は雀丸に、

「さて……どうしたものかのう」

「このことは土佐の殿さまには内緒ですから、重助さんを罰することはできないでしょう」

「だが、このまま、というわけにはいかん。万次郎は島津家に取られたままだし、向こうは雀丸殿に真相を見破られては困るゆえ、口封じのために刺客を送り込んできたのだからな」

「思い切ったことをする殿さまですね」

「わしは、雀丸殿ならばかならずや万次郎一件の謎を解き明かしてくれる、と思うたが、わが目に狂いはなかった。島津公もそのように思うたのであろう」

「うーむ……」

雀丸はじっと考えていたが、

「こういうのはどうでしょう。お耳を拝借……」

そう前置きして、和歌森になにごとかを吹き込んだ。

「それは面白い思案だが……はたして向こうがどうでるか、だな」

「斉彬公が私が思っているような方なら、きっときちんと動いてくれると思います」

　雀丸はそう言った。

◇

　それからしばらくして、土佐の国家老福山孝興から薩摩の島津斉彬公宛に荷物が送られた。書状などの添付はなく、中身はひと振りの竹光と、九人分の髻《もとどり》だった。斉彬は苦笑いして、

「バレたか……」

　そうつぶやいた。すでに、ひとりだけ立ち戻った猪苗代十内から、残りの刺客たちは皆捕まったこと、雀丸という腕のいい竹光職人がいて、謎解きを山内家から託されていること……などある程度の報告を受けていたのだが、竹光が送られてきたのを見て、「万次郎が偽者だった」ことも露見した、と悟ったのである。

「たれかある」

　手を叩くと、用人の平井鴻ノ介《ひらいこうのすけ》がやってきた。

「万次郎を土佐に帰してやれ。その代わりに、向こうで捕まっている連中を帰してもらえ」

「よろしいので？」

「やむをえぬ。やむをえぬが……惜しいのう。万次郎は宝物《ほうもつ》じゃ。使いようによってはメリケンを斬る刀にも、日本を新しくする妙薬にもなる。それを使い方も知らぬ土佐守や馬鹿な老中どもに奪われるとは……」

「もったいのうございますな」

「惜しい……惜しいのう……」

斉彬は幾度となくそう繰り返したあと、しげしげと竹光を眺め、

「それにしても見事な竹光じゃ。——平井……」

「ははっ」

「余は、良き金儲《かねもう》けを思いついたぞ」

島津家の当主はにやりと笑った。

◇

明日には高知を去る、という晩、高知城下和歌森江戸四郎の屋敷では、別れの大宴会が開かれていた。出席しているのは、和歌森江戸四郎のほか、目付役国枝与謝ノ丞、犬回り役貝山秀之新、そして、雀丸、加似江、烏瓜諒太郎、皐月親兵衛、園、地雷屋蟇五郎、玉、ふたりの丁稚、さき、それに夢八という顔ぶれだった。料理は、高知の一流料

理屋からの仕出しによる山海の珍味がずらりと並び、酒も土佐鶴の真新しい樽がどん！と据えられ、文句のつけようのない贅沢さであった。和歌森が立ち上がり、

「此度は雀丸殿ご一行には遠路大坂よりお越しいただき、たいへんなご苦労をおかけいたした。また、雀丸殿には快刀乱麻を断つごとく謎を解明していただき、山内家に勤めるものとしてこのうえの喜びはござらぬ。雀丸殿にはさぞお疲れかと存ずるが、お休みいただく間もない。大坂にお帰りいただいたあとは当家のために竹光作りに精を出していただかねばならぬ。それゆえ、本日はほんのひとときの骨休めをしていただこうということになり、かかる宴席を設けさせていただいた。名残りはつきぬが、せいぜい飲んでくだされ、食うてくだされ」

おおーっ、という力強い歓声が湧き上がり、一同は鯨飲馬食の飲み食いをはじめた。加似江はここぞとばかりに飲みまくり、食いまくる。負けじと蟇五郎と諒太郎も片っ端からご馳走を食べ、銘酒を飲んでいる。皐月親兵衛は毒に当てられたようだが、それでも箸は忙しく動いており、盃も干している。園とさき、ふたりの丁稚も、ひたすら食べている。

「園さん、今度の旅、面白かったなあ」

さきが言うと、

「はい、とっても楽しかった。さきさんとも仲良くなれたし……」

「そやなあ。また一緒にどこか行ってみたいなあ」

「ぜひ行きましょう！　今度も雀丸さんを誘って……」

「もちろんや！」

和歌森、国枝、貝山たちも大きな盃でぐいぐいと酒をあけまくっている。家中を揺るがすことになりかねない大問題が解決したので胸のつかえが取れたのだろう。

「殿に知られるまえに無事落着してよかったわい」

「そうじゃのう。英邁《えいまい》なお方ゆえ、いつ悟られるかとびくびくものであった」

「よかったよかった」

一番食べても飲んでもいないのは主役のはずの雀丸と夢八かもしれなかった。夢八は身を小さくして、

「すんまへんなあ、雀さん。わたいのほんまの稼業は嘘つきでも公儀隠密でもおまへんのや……」

「ようやくわかりましたよ。夢八さんは沙汰売《さたう》りですね」

「当たり」

沙汰売りは、またの名を噂屋とも言う。たいがいの大名は江戸に上屋敷、下屋敷を設け、大坂に蔵屋敷を置いているが、九州、四国や東北といった遠方に領地のあるいわゆる外様大名はどうしても情報が届くのが遅れがちとなる。そこで活躍するのが「沙汰売

り」なのである。沙汰売りはそういった大名と契約を結び、京や大坂で起きた出来事などをいち早くその大名家に報せることで対価をもらう。情報の伝達には、早飛脚よりはるかに速い伝書鳩を使うことが多い。

「日頃、色里《いろざと》で商売しているのも……」

「そうやねん。ああいうところは噂の宝庫だすよって……」

夢八によると、嘘つきとして遊郭などで客をもてなしているとき、とんでもない情報が得られることが多いのだ、と言う。

「ときどき旅に出ていたのもそのせいですか」

「そやねん。あちこち出向いて、その噂の真偽をたしかめるのも大事やねん。今度も、島津さんに、大坂の噂を売るという約定をしてたさかい、万次郎が盗難に遭《お》うた事件の謎を解くために雀さんたちが土佐に向かう、ということはどうしても報せなあかんかったのや。一緒に行かんかったのも、わたいの素性がバレたら困る、というのもあったけど、なんとなく雀さんに申し訳ないような気がしてな……。けど、雀さんたちに手え出したりしたら約定は反故《ほご》にする、ということになってたのやが、あいつらそれを守らんかった。せやさかい、わたいは島津さんとは縁を切ったのや」

「よくわかりました。そうですか……てっきり公儀隠密かと……」

「そんなええもんやない。ただの噂屋や。——なあ、雀さん」

「なんです？」

「これからも友だちでいてくれるか」

「あったりまえじゃないですか。どうしてそんなことを言うんです」

「雀さんに嘘ついてたさかい……」

「嘘つきだから当たり前でしょう。さあ……飲みましょう！」

やっと夢八は笑顔を見せた。和歌森江戸四郎は加似江と飲み比べをしている。

「いやあ、お強いのう、ご隠居さまは……土佐のものはたいがい強いが、ご隠居さまには負けるわい」

「うはははは。大坂のうわばみの底力、見せてやろうぞ！」

そのときだ。襖ががらりと開いて、

「おう、見せてもらおうか！」

皆の目がそちらに向いた。入ってきたのは、小姓をふたり従えた人物であった。

「と、殿……！」

和歌森江戸四郎が大慌てでその場に平伏し、一同に向かって、

「皆のもの、頭《ず》が高い！　こちらにおわすは山内豊信公なるぞ」

豊信はにこにこ顔で和歌森を制し、

「よい、忍びじゃ。そのままにせよ」

「どうしてこちらにおいであそばした」

「なにやら愉快な宴会があると聞いたものでな。余も交ぜてもらおうと思うて参ったのじゃ。邪魔か？」

「と、と、とんでもない。——だれか、殿に盃を……」

玉が盃を手渡そうとすると、

「そんな小さなものでは、そこなるおばばと飲み比べができぬではないか。——おい」

豊信が小姓のひとりを振り返ると、小姓は携えていた朱塗りの大盃をふたつ差し出した。それを見て、雀丸は「あっ」と思った。このまえ飲まされた「双子盃」だったのだ。

「いかにおばば、これで余と勝負いたすか」

「望むところ。返り討ちにいたしますぞえ」

雀丸は加似江に、

「お祖母さま……おやめください。お願いします。相手は二十万石のお大名ですよ」

「それがどうした。大名は大名、酒は酒じゃ」

「ああ……だれかうちのお祖母さまをとめてくださいっ！」

ふたつの大盃に酒がなみなみと注がれた。それに口をつけようとして、ふと豊信が和歌森に、

「和歌森」

「ははっ」

「此度のこと、たれも腹を切らずにすんでよかったのう。おまえの采配やよし。褒めてとらすぞ」

「は……ははあっ」

雀丸は、

(このひと……なにもかもわかっていたのか……)

そう思った。だれかがよさこい節を歌いだした。三味線が入った。夢八が太鼓を叩きはじめた。土佐の濃ゆい濃ゆい夜はこうして更けていった。


(追記)

後日、島津家からひとりの男が、数人の薩摩武士に守られて土佐へとやってきた。彼は「中浜万次郎」と名乗り、いつのまにかまえの万次郎に代わって高知城下に暮らすようになった。まえにいた「中浜万次郎」のことはすぐに忘れられた。やがて万次郎は江戸から呼び出され、老中から直参《じきさん》の身分を与えられ、旗本となるのだが、それはまた後日のことである。

万次郎は生涯、故郷である中ノ浜に戻ることも、母や兄弟、一緒に帰国した仲間と会うこともなかったという。

長崎ぶらぶら武士の巻

一

土佐《とさ》から大坂に戻ってきた雀丸《すずめまる》は精も魂も尽き果てていた。

（大仕事だったなあ……）

土間に敷いた筵《むしろ》のうえに寝転び、両腕を伸ばしながら雀丸はそう思った。横町《よこまち》奉行でさえ荷が重いのに、ふたつの大名家にまたがる大事件をどちらにも傷がつかないように解決する、というのは大任に過ぎた。それに……知らぬ土地で、しかも危険と隣り合わせの旅だというのに、同行者が多すぎた！　烏丸諒太郎《からすまるりようたろう》や皐月親兵衛《さつきしんべえ》、地雷屋蟇五郎《じらいやひきごろう》はともかく、ほかの面々は物見遊山気分でついてきているだけなので、つねに気を配っておかねばならず、それがまた気苦労になった。

園《その》やさきは、土佐への旅がよほど楽しかったようで、またどこかに行きたい、とせっついてくる。そりゃそうだろう、と雀丸は思った。なにしろひたすら食って飲んで見物して……それだけなのだ。そのうえ勘定はすべて山内《やまのうち》家持ちだったから、懐具合を心配することもない。まったくの大名旅行だ。だが、雀丸はもうごめんだった。

（もう当分、よそへは行かないぞ。大坂で仕事にはげむ）

そう決意はしたが、なかなか仕事を再開する気分にならない。毎日だらだらと過ごしてしまう。山内豊信《とよのぶ》に頼まれた竹光《たけみつ》を作らねばならない。注文は全部で五本。豊信公自慢の収集品のなかから選《え》りすぐりの五振りをそっくりそのまま再現してほしい、ということなのだ。城のなかにある宝物蔵に入れてもらい、五本の太刀《たち》を手に取ってじっくり検分させてもらい、寸法からなにから細かく書き入れた絵図も作らせてもらった。あとは作りはじめるだけなのだが、

「なんだか興が乗らないなあ……」

などと芸術家気取りのことをつぶやいてみたりする。つまりは雀丸自身が土佐での歓待につぐ歓待とその前後の長旅で肉体的にも精神的にも疲れ果てている、というわけなのだ。五本を納品しないと山内家から金はもらえない。国家老の福山孝興《ふくやまたかおき》にそう断言されてしまった。

「悪いが、前金などは払えぬ。五本揃《そろ》うたときに全額を支払うゆえ、くれぐれも遅れぬようにな」

と福山は念を押した。外様大名というのは、どこも台所が苦しいらしい。

（それにしても、うちのお祖母《ばあ》さまは……）

雀丸は、寝ころがったまま奥のほうにちらと目をやった。

(あいかわらず壮健だよなあ。壮健というか頑強というか……たいしたものだ)

高知への船旅は、若いものでもきつい。風間や海の荒れ具合によっては船中泊が続くが、板の間で寝るのはかなり厳しい。それでもけろりとしているのだから、

(化けものだ……)

そう思わざるをえない。しかも、船上でも高知でもひたすら飲み続け食い続けてもなんともないのだ。どちらかというと蒲柳《ほりゅう》の質《しつ》である雀丸には、真似《まね》したくてもとてもできない。

(まあ、ひとそれぞれだからな……)

などと考えながら、雀丸はうとうとしてしまった。ハッと気づくと、いつのまにか眠り込んでいて、口の端からよだれを垂らしていた。あわててそれを拭い、上半身を起こしたが、

(あれ……おかしいな……)

いつもならとうに、

「なにを居眠っておる! 働かぬか!」

という加似江《かにえ》の罵声が聞こえてくるはずだが、まるでお通夜のように静かである。静かでいい、とも思ったが、少々気になった雀丸は奥に向かって声をかけた。

「お祖母さま……」

返事はない。

（うたたねしているあいだに外出《そとで》したのかな。いや、それならかならず出掛けに叩《たた》き起こされるはずだ……）

雀丸は立ち上がり、上がり框《がまち》に右足をかけて、もう一度祖母を呼んだ。やはり応《いら》えは返ってこない。そして、うずくまって唸《うな》っている加似江を雀丸が見つけたのは、台所の入り口だった。

「お祖母さま！」

あわてて駆け寄り、抱え起こすと、加似江の顔は蒼白《そうはく》だった。

「す、す、す、雀丸……」

「どうなさったのです」

「背中が痛くて苦しい。息ができぬ……」

加似江は全身に汗をかいていた。

「どこが痛いのです」

「ここじゃ……」

加似江が指差したのは左胸の裏側あたりで、衣服のうえから触ってみると瘤《こぶ》のように盛り上がっている。

「いつからこんなことになっていたのですか」

「ううう……土佐から戻ってまもなくじゃ」

「すぐに私に言わないと……」

「二、三日寝れば治ると思うておった。それが次第に大きゅうなり、痛みが増し、熱も出てきた。今朝からは痛みのせいで息が苦しい……」

「わかりました。医者を呼びます。能勢道隆《のせどうりゅう》先生と諒太郎とどちらがよいか……」

「どちらでもよい。早《はよ》うせい」

雀丸は布団を敷くと、そこに加似江を寝かせた。長いあいだ加似江と暮らしているが、こんなことははじめてだ。高齢なのだから、いつかこうなる……とはわかっていたが、いざそのときが来るとまるで対処できなかった。日頃が達者すぎるのである。雀丸は雪駄《せった》をはこうとしてつんのめり、地面にしたたか顔をぶつけた。着物についた泥を払い落とし、表に飛び出そうとしたとき、

「ご免……マルはおるか」

ちょうど入ってきたのが、

「りょ、諒太郎……！」

手に書状のようなものを持っている。雀丸には烏瓜諒太郎が天の助けに思えた。彼は飛びつかんばかりにして諒太郎の手を取ると、

「よいところに来てくれた！　さあ、上がってくれ。早く早く……早く治してくれ！」

「なにを申しておる。だれを治せというのだ。——おい、マル」

「なんだ」

「鼻血が出ておるぞ。治したいのなら、鼻紙を丸めて詰めておけ」

雀丸は鼻先を触った。ぬるりとした赤いものが手についたが、

「こんなものはどうでもいい。お祖母さまを診てやってくれ！」

「なに？　ご隠居さまが病気なのか？」

雀丸が手を引っぱるので、諒太郎は大急ぎで履物を脱ぎ、奥へと入った。布団のなかで苦しげに顔を歪《ゆが》める加似江にわざと軽い口調で、

「どうした、ご隠居さま」

「うう……おまえか。背中が腫れておる。なんとかせい」

「ご隠居さまなら大丈夫だ。鉄砲で撃たれても死にはせぬ」

そう言いながら、諒太郎は加似江の着物を脱がせ、背中の腫れものを検《あらた》めた。かなりながいあいだ調べたあげく、雀丸をものかげに呼んだ。その表情は暗かった。

「おい、マル……」

「どうだった。治るのか」

「うーむ……これは厄介だぞ」

諒太郎によると、背骨の左側に腫瘍ができているという。

「悪いものなのか？」

「わからん。悪性のものなら切除せねばならぬ。放っておけば……」

「死ぬのか」

「まあ、な。だが、良性のものであっても、このままというわけにはいかぬ。息の道を圧しておるゆえ、呼吸に障りが出ておる。そして、悪性か良性かは、切ってみねばわからぬのだ」

「たしかに厄介だな」

「いや……厄介なのはここからだ。腫れものの場所が悪い。心の臓のすぐ裏側だ。外科手術をせねばならぬが、下手をすると血の管や心の臓を傷つけてしまう。血がドバッと出て、一巻の終わりだ」

「つまり……どういうことだ」

「俺には手術はできぬ、ということだ。俺にはそこまでの腕はない」

「どうしてもその……切らねばならないのか。薬では治せないのか」

「無理だな。どうしても手術は必要だ」

「おまえよりも腕のいい蘭方《らんぽう》の外科医はいないのか」

「いる」

「おおっ、ならばそのひとに頼もう。どこのだれだ」

「俺の知るかぎりでは今、この国にふたりおるが……残念ながらふたりともダメだろう」

「なぜダメなんだ。ふたりもいればどちらかは引き受けてくれそうなもんだ」

「理由《わけ》を話そう。まずひとりは、出島《でじま》の阿蘭陀《オランダ》商館付きの医師ヘルマン・ダルハーだ。俺は会《お》うたことはないが、本国でも名高い凄腕《すごうで》の外科医だそうだ」

「では、そのひとにお願いしたい」

諒太郎はゆっくりかぶりを振り、

「阿蘭陀人医師は出島から出られぬ。この方に診ていただくには、まず、出島に入る許しを長崎奉行に得ねばならぬ」

「なんとかする！」

「それだけではない。阿蘭陀医師は出島に住む阿蘭陀人の治療をすることだけが務めゆえ、日本人が診てもらおうとすれば、莫大《ばくだい》な治療費を求めるものもいる。このヘルマン・ダルハー先生はそういうおひとらしい」

「莫大って……いくらぐらいだ？」

諒太郎が口にした額を聞いて雀丸は卒倒しそうになった。山内家からもらうはずの竹光五振りの総額よりもはるかに多い。雀丸は息を整えると、

「たしかにそれは無理だな。——もうひとりはどなただ」

「俺の師匠で、シーボルト先生の直弟子のひとりである長崎の内藤厳馬《ないとうげんま》先生だ。こと外科手術について、日本人の蘭方医で右に出るものはおらんだろう」

「じゃあ、そのお方にお願いするよ。おまえの師ならば話も早いじゃないか。諒太郎、おまえから頼んでくれないか」

「それが……ダメなのだ」

雀丸はその場に土下座した。

「このとおりだ、頼む。私にとってお祖母さまは、大酒飲みで大食らいであつかましくて強情で乱暴で欲深いが……それでもたったひとりの身内なのだ。なんとか助けてくれ」

「そうしてやりたいが……これを見てくれ」

烏瓜諒太郎は手に摑《つか》んでいた書状のようなものを雀丸に示した。

「今日、俺がここに来たのは、おまえにこれを見せたいがためだった」

「なんだ、これは……」

「内藤先生のお内儀さまから来た文《ふみ》だ。おまえと、この件について相談するつもりだったのだ」

雀丸は急いでその文を読み下した。そこには、内藤厳馬が長崎の自宅から出島へ向かう途上、行方をくらました、ということが書かれていた。内儀は町方役人をはじめ、長崎奉行所の与力《よりき》・同心衆にも届けを出したが、その行く先は杳《よう》としてわからぬのだ、という。かどわかしかみずから望んでの失踪かも不明なのだ。

ありえぬこととは思うが、大坂の方で消息を耳にするようなことがあれば、すぐに教えてほしい……というのが文の内容だった。

「もしかすると、お内儀さまがこの文をしたためてから俺の手もとに届くまでに見つかったかもしれぬ。だが、今のところは、内藤先生に診ていただくのはむずかしいと考えねばならんな」

「だろうなあ……」

雀丸はため息をついた。

「お祖母さまも運の悪いことだな。とにかくなんとかしてそのヘルマン・ダルハーという先生に支払う金を工面しなければならないが……」

「心当たりはあるのか」

「うーん……なくもない」

「ほう、それは心丈夫だな」

「地雷屋さんに借りるか、鴻池《こうのいけ》さんに借りるか、だ。どちらもまことはやりたくないが……お祖母さまの命には代えられない」

「うむ、そりゃあそうだ。ご隠居さまを長崎まで連れていく旅の費《つい》えを考えると、さっき申した額では足らぬかもしれぬぞ。せいぜい多めに借りることだな」

たしかに高齢かつ病人である加似江を長崎まではるばる連れていくには、ほとんどの道中で船か駕籠《かご》を使わねばならない。とてつもない金が必要となるだろう。雀丸はめまいを覚えた。

「長崎へはおまえも行ってくれるか」

雀丸が言うと、諒太郎はうなずいた。

「お内儀さまからの文を読んだうえは、俺も出向いて、先生を探さねばならぬ。俺にとっては、俺を蘭方医にしてくれて、妹の命を救うてくれた大恩人なのだ。なんとしてでも見つけ出す」

烏瓜諒太郎はもともと大坂城に勤めていた武士だったが、死んだ父親がこしらえた借金のせいで身を持ち崩し、酒浸りになった。しかし、芸子になった妹が病になり、その治療をするために武士を辞めて長崎に渡り、内藤厳馬の弟子となって修業を積んだ。諒太郎にとって、今の自分があるのは内藤厳馬のおかげ……ぐらいに思っているのだろう。

「それはありがたい。では、三人で行くとしよう」

「それはよいが……金を工面するなら急いでくれ。ご隠居さまの病は一刻を争うだろうし、先生を探し始めるのも早いほうがいい。いずれも手遅れになっては元も子もない」

「わかっている」

雀丸はうなずいた。そのとき、

「す、す、雀丸……」

加似江の声がすぐ近くで聞こえた。見ると、加似江は布団から出て、彼らがいる場所の側《そば》の柱に寄りかかって立っているのだった。

「お祖母さま……寝ていてください。お身体《からだ》に障ります」

「雀丸よ、おまえたちの話、聞いたぞよ。それほどに金がかかることならば、わしは治らずともよい。それに、今の身体の具合では、とても長崎くんだりまで行くことはかなうまい。これでよいのじゃ。わしはここでお迎えが来るのを待つとしよう」

「なにをおっしゃいます」

雀丸は大声を出した。

「かならずや私がお祖母さまをもとのお身体に戻してさしあげます。なるほど長崎まで行くのは難儀ですが、諒太郎も手伝ってくれるそうです。ですから、私たちにすべてを任せて、心静かになさってください。お願いします」

雀丸が頭を下げると諒太郎も、

「俺はご隠居さまの命を救いたいのだ。俺を信じて長崎まで来てくれ。頼む」

加似江は弱々しくかぶりを振り、

「なにを申す。わしはもう十分に生きた。このうえ、なんぞ若いものの足手まといになろうぞよ」

「足手まといなんて、そんな……」

「それに、身体を切るというのも恐ろしい。そこまでして命永らえとうはない」

諒太郎が、

「いや、ご隠居さまは間違っておられる。もし、ご隠居さまになにかあったら、雀丸はひとりになってしまうのだぞ」

「むう……」

「身体を切ると申しても、一部だけだ。ご隠居さまなら耐えられるはずだ」

加似江はしばらく考え込んでいたが、

「わかった。おまえがたがそこまで申すならば、長崎へ参ろう。ただ……ひとつだけ心残りがあるのじゃ」

「それはなんですか」

雀丸がきくと、

「酒じゃ」

「さ、酒……？」

雀丸は呆《あき》れた。この期に及んで酒を飲もうというのだ。

「お祖母さま、お身体に障りますから今はご控えください。病が治りましたら、また存分にお飲みいただければ……」

「たわけ！　明日をも知れぬ我が身じゃ。わしにとっては今しかない。それがわからぬか！」

言われてみればそのとおりだが、病人に酒を飲ませてよいものかどうか雀丸は迷った。諒太郎を見ると、やれやれといった顔でうなずいている。

「しかたないですね。では……」

雀丸は徳利に残っていた酒を茶碗《ちゃわん》に注いだ。加似江は美味《うま》そうにひと息で飲み干すと、

「うむ……息苦しいのがすーっと治ったぞよ。やはり、酒は百薬の長だのう」

そして、

「よし、決めたぞ。長崎へ向かう道中、かかさずわしに酒を飲ませよ。駕籠でも船でもじゃ。でないと、わしは長崎へは行かぬぞ」

そう言うと、加似江は布団にもぐり、いびきをかきはじめた。雀丸は諒太郎に、

「まだ、家から一歩も出ていないのにこのありさまでは、先が思いやられるよ」

「だな……」

諒太郎もうなずいた。

◇

雀丸は早速、鴻池善右衛門《ぜんえもん》のところに出向いたが、善右衛門は留守だった。四番番頭

の日和蔵《ひわぞう》という男が揉《も》み手をしながら、

「これはこれは、雀丸先生のご入来でおますかいな。お初に御意をえます。手前は当家の四番番頭を務める日和蔵と申すものでおまして……先日は、手前どもの嬢《とう》さまがえろうお世話になったそうで、主《あるじ》に成り代わりましてお礼申し上げます」

「いや、なにも世話なんかしてませんよ」

「で、本日はどういうご用件で？」

雀丸は口ごもった。善右衛門以外には打ち明けにくい用件なのである。

「善右衛門さんはいつお帰りですか」

「それがその、しばらく帰ってきまへんのや」

日和蔵の話によると、大名貸しの返済がとどこおっている大名家のうち、あまりに滞納がはなはだしいところを選《よ》って、催促に回っているのだという。

「へえー、善右衛門さんみずからそんなことをなさるんですか」

「情けのうおますが、わてらが出向くぐらいでは鼻で笑《わろ》うて相手にしてもらえまへんのや。主が出馬すると、向こうも驚いて、真面目《まじめ》に返す気になりよります。主が『あんたとこへはもう貸しまへん』……と言うたら終わりだすさかいな」

「なるほど……」

日本一の金満家だというから左団扇《ひだりうちわ》で毎日猫と遊んでいるのかと思っていたが、なかなかたいへんのようだ。

「じゃあ、お戻りは十日ぐらいは先になりますねえ」

「十日か十五日……ひょっとするとひと月ぐらいはかかるかもしれまへん。雀丸先生のご用件というのをわてが名代として承るわけには参りまへんのやろか」

「いやあ……それがですね……」

借金を返さない大名から取り立てる話を聞いたあとでは、かなり言い出しにくい話題ではある。雀丸がどうするべきか迷っているとき、

「えーっ、雀《じゃく》さん、来てるん？　どこ、どこ？」

廊下をどたばたと走る足音が近づいてきた。声もかけずに障子を開き、入ってきたのはさきだった。

「うわー、雀さん！　うちに会いにきてくれたん？」

さきは、ひと目もはばからず雀丸に飛びつき、
雀丸はさきを押し返すと、

「違います。お父上に用事だったのですが、お留守とは知りませんでした」

「ええやん。その用事、うちが聞いたるで。お父ちゃんは、うちの言うことやったらなんでも聞くもん」

それは知っている。

「えーと、じつはですね……」

　雀丸はしばらく考えたすえ、

「また出直します」

　雀丸にも多少の見栄がある。さきに借金の話は聞かれたくなかった。

「えー？　うちには内緒なん？」

「そういうわけじゃありませんが、善右衛門さんに直《じか》にお願いしないと意味がないことなのです」

「ふーん、なんやわからへんけどまあええわ。なあ、せっかく来たんやから、今日はうちでご飯食べていってえな」

　それどころではないのだ。雀丸はしつこくからみついてくるさきを振り切って、鴻池家を出た。

（困った困った……）

　雀丸は、腕組みをしながら道をとった。

（でも、まあいいか。鴻池さんからお金を借りて、もし返せなくなったら、『金を返すかわりにさきの婿になれ』とか言い出しかねないからなあ……）

　雀丸がつぎに向かったのは、北浜《きたはま》の大川沿いにある地雷屋蟇五郎のところだった。廻《かい》船《せん》問屋である地雷屋も、鴻池家には負けるが、なかなかの金満家である。本当は、「三すくみ」つまり横町奉行の手足となって働いてくれる相手と利害関係ができるのは好ましくなかった。一方に有利な、偏った裁きをしてしまう恐れがあるからだが、鴻池家がダメだったのだから、背に腹は代えられぬ。

しかし、地雷屋の店のまえまで来てみると、どうも様子がおかしい。町奉行所の手下《てか》とおぼしきものたちが帳面などをつぎつぎと運び出しており、それを地雷屋の手代や丁稚《でっち》たちが蒼白な顔で見つめている。それを遠巻きにして、物見高い連中が見物している。指揮しているのは背の高い与力だが、雀丸は面識がなかった。顔見知りの手代に事情をきこうとして近づくと、

「こらっ、御用の邪魔だ。寄るでない!」

同心に追い払われてしまった。しかたなく野次馬に交じってきょろきょろしていると、意外な人物が目に付いた。

「皐月さん……」

「おお、雀丸殿か」

皐月親兵衛は見物衆のいちばん後ろに隠れるようにしてなりゆきをうかがっていたらしい。

「どういうことなんです」

「わしにもようわからんが、どうやら地雷屋を御用の筋で取り調べているようだ」

「なんの疑いですか」

「町人のくせに贅沢《ぜいたく》が過ぎる、というのだ」

「はあ……？」

たしかにかつては淀屋辰五郎《よどやたつごろう》などの豪商が、町人の分をわきまえぬ、として闕所《けっしょ》・所払いになるなどの例がある。その実は、借りた金を返せなくなった大名たちが老中に泣きつき、豪奢《ごうしゃ》を理由に潰してしまったのだ。しかし、それは百五十年も昔、まだ徳川家《とくがわ》に力があり、無理を言っても通った時代の話である。今や大名たちは大坂商人から金を借り続けないとやっていけない状態なのだ。金の出所である商人を潰してしまったら、共倒れになってしまうはずだ。

「わしも、地雷屋の大事と思うて駆けつけたが、西町の差配ゆえ手が出せぬのだ」

皐月も、土佐で苦楽をともにした蟇五郎のことが心配のようだ。

「蟇五郎さんはどちらに……？」

「今、会所《かいしょ》で吟味役の与力に話をきかれているそうだ」

「召し捕られたのでしょうか」

「いや、まだそこまではいかぬ。そうなるかどうかは、これからの取り調べ次第だが……」

皐月親兵衛はむずかしい顔で腕組みし、西町奉行所の手下たちがベカ車《ぐるま》に押収した物品を積み上げるのを見守っていたが、

「さっき知り合いの同心がいたから話を聞いてみた。向こうも答えにくそうだったが、いろいろつなぎあわせてみると、これはおそらく……嫌がらせだな」

「嫌がらせ？」

「地雷屋は大名貸しをしておらぬ。どんな大家《たいけ》の頼みでも首を縦に振らぬ。そこで、どこかの大名が蟇五郎に金の無心を頼んで断られ、その腹いせに大坂城代かなにかに地雷屋なる商人は不届き至極、などと吹き込んだのだろう。しかたなく城代は西町にその始末を押し付け、西町も大名の顔を立てるためにやむなく形ばかりの詮議をすることになった……ということではないかな」

「では、蟇五郎さんは責めを受けたり、お仕置きになったりはしないということですか」

「咎人《とがにん》ではないからな。三、四日、入牢《じゅろう》という名の嫌がらせを受けたら帰されるだろう、とは思う。だが、そのあと帳面なぞを店に戻すだけでもたいへんだし、しばらくは商いにならぬ。それで、その大名は溜飲《りゅういん》を下げておるのだろうな」

「ああ、よかった。それを聞いてひと安心しました。——ですが、どこの大名がそんなつまらないことをしたんでしょうね」

「わからぬか。このまえ土佐で、われらが出くわした相手……」

「あ……！」

大声を出しそうになって雀丸はあわてて自分の口を押さえた。

「そうか……島津《しまづ》の殿さま……」

「あのときは蟇五郎もいた。島津公もおのれの非を悟ったゆえまことの万次郎《まんじろう》を土佐に帰したのだろうが、どうにも腹立ちが収まらず、一矢《いっし》だけ報いたいと思うたのだろう」

雀丸はげんなりした。そんなことをしてなにになるだろう……。

「でも……困ったなあ……」

地雷屋の一番番頭の角兵衛《かくべえ》はよく知っているが、さすがにこんなときに「金を貸してくれ」とは言えない。

「なにが困ったのだ」

「あ、いえ……なんでもありません」

薄給の町方同心に金の話をしても仕方がない。雀丸は、新たになにかわかったら教えてくれ、と言い残して北浜をあとにした。歩きながら気持ちがどんどん落ち込んでいくのがわかる。ふたつあった借金のあてが両方潰《つい》えてしまったのだ。

（どうすればいい……）

ほかに金を貸してくれそうな相手は思い浮かばなかった。長崎までは急いでも二十日もかかる。そう考えると、明日にでも大坂を出立《しゅったつ》したいと思っていたのだ。

（家を売るか……いや、あれは借家だった……）

財産と言えそうなものは一切持っていない雀丸であった。

(山内家の仕事ができあがるのはずいぶん先になるだろうし……ほかにお金を貸してくれそうな知り合いはないし……)

おんぼろ寺の住職大尊和尚《だいそんおしよう》、女渡世人鬼御前《おにごぜん》、「雀のお宿」の主河野五郎兵衛《こうのごろべえ》、前任の横町奉行松本屋甲右衛門《まつもとやこうえもん》……いずれも金を持っていなさそうな連中ばかりだ。

(てっとり早くお金が儲《もう》かる術《すべ》はないかなあ……)

そんなものがあればみんなとうにやっている。雀丸の足取りは重かった。

北浜から雀丸の家まではすぐである。

「お祖母さま、今戻りました」

そう言いながら家の戸を開けると、薄暗いなかに男がふたり立っているのが見えた。目を凝らすと、どうやら五十がらみの商人とその手代のようである。

「どちらさまでしょうか……」

いぶかしんで声をかけると、商人らしき男は白い歯を見せて笑い、

「これはこれは雀丸先生でおますか。わては道修町《どしようまち》で唐《とう》薬種問屋を営んどります神坂《かんざか》屋郷太夫《やごうだゆう》と申します。なんべんかお声掛けさせていただきましたのやが、お留守のようで……少々急ぎの用件だすさかい勝手に内《うち》らへ入らせてもろて、待たせていただいとりました。えらいすんまへん」

歯が太く、真っ白なのが妙に目立つ。

「あ、そうなんですか……」

加似江はおそらく寝ているのだろう、と雀丸は思った。ふたりに上がってもらい、茶を淹《い》れようとしたが、

「お気遣いご無用でおます。早う用件に入りとうおますさかい……」

「淹れながら聞きますから大丈夫です。どうぞおっしゃってください」

「それがその……雀丸先生の竹光作りの腕を見込んで、お願いしたいことがおましてなあ……」

「仕事ですか」

それは大事である。雀丸はカンテキに火を熾《おこ》しながら耳を傾けた。

「はい。わての得意先に、先生作の竹光がどうしても欲しいというものが大勢おりますのや。そこで、うちの店で先生の竹光を扱わせていただければ、と思う次第でおます」

「そんな奇特なひとがいますかね？　けっこう高いんですよ」

「かましまへん。向こうは金があるさかい、どーんと吹っかけてどーんと儲けまひょ。儲けは先生とわてで山分けということで……」

「うーん……そんなうまい話があるかなあ……。で、作るのはどんな刀の竹光ですか？」

「なんでもよろし」

「――は？」

「どんなもんでも、先生が拵《こしら》えてくださる竹光やったらうちで買い取らせてもらいます。ひと振り三両でよろしゅおますか」

三両なら妥当な金額である。

「はあ……それでけっこうです」

湯が沸いたので、とりあえず今、雀丸は土瓶にそれを移した。

「先生、在庫はなんぼほどおますか？」

「在庫、ですかあ？　うーん……たとえば越前兼法《えちぜんかねのり》とか」

「買いまひょ」

「肥前忠吉《ひぜんただよし》とか」

「買いまひょ」

「井上真改《いのうえしんかい》とか」

「買いまひょ。——だいたいみなで何本ほどおますのや」

「たいがいはこのまえ土佐のご領主にお渡ししたので、今残ってるのは六本ぐらいですかね」

「それ全部いただきます。しめて十八両ということだすな」

「そ、そうですね」

降って湧いたような儲け話に、雀丸の頭のなかの算盤《そろばん》がかちゃかちゃかちゃと音を立てた。

「いやあ、たいへんありがたい話です」

「けど、六本ではすみまへんのや。もっともっとこしらえていただかんと……」

「いったいどれぐらい作ればいいのです」

「そうだすなあ……百本か……」

「ひゃ、百本！」

「二百本か……」

「二百本！」

雀丸は驚きのあまり、湯を鉄瓶からだぶだぶこぼしていることにも気づかなかった。

「そ、そ、そんなに作っても売れますか」

「売れます」

神坂屋郷太夫は強くうなずいた。

「あ……でも、じつはしばらく大坂を留守にしないといけないのです」

「ほほう、それは奇遇でおますな。わても、先生に旅に出てもらわなあかん、と言おうとしとったところだす」

「旅……ですか。それはよけいにむずかしいですね。なにしろ私も遠方に行かねばならないものですから……。戻ってくるまでお待ちいただくしかありません」

「遠方とおっしゃると、どちらにお出かけだすか」

「それがその……長崎なのです。祖母が病気になりまして、出島にいらっしゃる医者のところまで運ばねばならなくなりまして……」

それを聞くと、神坂屋は太くて白い歯を剝《む》き出して大笑しはじめた。雀丸は少しムッとして、

「祖母の病気がそんなにおかしいですか」

「ははは……うははは……いや、うはうはうは……申し訳ない。ご病気を笑ったのではおまへんのや。失敬いたしました。——わてが先生をお連れしたい、というところも長崎だす」

「ええーっ！」

雀丸はせっかく淹れた茶を全部ひっくり返してしまった。

「わてが笑うのも無理おまへんやろ。もちろん先生に長崎までお越しいただく船代、駕籠代、旅籠《はたご》代などもみな、うちが持たせていただきます。よかったらお祖母さまの分も……」

「うわあ……それは本当にありがたいです！　お互いの思惑が期せずしてぴたりとはまりましたね。私も笑っていいですか」

「どうぞどうぞ」

「あはははは……」

「うははは……」

ふたりはしばらく笑いあっていたが、雀丸はふと我に返り、

「あのー……あとひとり、同行人がいるんです。蘭方の医者で、長崎で修業をした烏瓜諒太郎という男なんですが、こいつの師匠で内藤厳馬という先生が行き方知れずになったそうなんです」

「ほう……内藤厳馬先生ねえ……」

「ご存知ですか？」

「うちも唐薬種問屋だすさかい、蘭方の医者の名前ぐらいは心得とります」

「そうですか。その内藤先生をどうしても探したいそうなんです。祖母の長旅の介添え役にもなりますし……」

「よろしゅおます」

神坂屋郷太夫は胸を叩いた。

「そのお方の分も払いまひょ。その代わり、雀丸先生にはかならず百本か二百本の竹光をこしらえてもらいまっせ」

「わかっています。約束します」

「先生にはしばらく長崎に住んでいただいて、竹光作りに精を出していただくことになると思いますけど、かまいまへんか」

「はい。あちらで材料探しからはじめます。仕事ができて、祖母や烏瓜諒太郎も一緒に住める家なら好都合ですが……」

「へえ、そういう家を探しまっさ。ほな、さっそく出かけまひょいな。ここに手付けとして百両持って参りました。これで旅のお支度をお願いいたします……」

「ひゃ、ひゃ、百両……！」

「もし百本の竹光を作っていただけるなら三百両、二百本なら六百両お支払いすることになるわけやさかい、これぐらいはあたりまえだす」

すぐにでも出立させようという勢いである。雀丸は思わぬ大金をまえにぶるっと震えた。

「ちょ、ちょ、ちょっと待ってください。長く留守にすることになるので、あちこち知らせたりしないと……」

「そんな暇はおまへん。急ぎまひょ急ぎまひょ」

たしかに明日にでも出立するつもりだったのだ。今、なにより大事なのは加似江を一刻も早く長崎に連れていくことではないか。そう思った雀丸だが、

「あのー……ちょっと教えてもらえますか」

「なんなりと」

「どうして薬屋さんであるあなたが竹光を売る気になったのですか」

「ははは……そのことだすか。わては商売柄、阿蘭陀の商人とつきあいがおましてなあ……」

なるほど、と雀丸は思った。唐薬種問屋ならば、阿蘭陀や清国《しん》から薬を仕入れるのが仕事である。

「ということは、つまり、竹光を欲しいと言っているのは……」

「そうだすねん。紅毛人《こうもうじん》だすわ」

「ええーっ!」

雀丸はまたしても仰天した。

「今、阿蘭陀や英吉利《イギリス》、仏蘭西《フランス》……といった国では日本の刀が流行《はや》っとりましてな、サーベルなんぞよりもずっと美しい、ゆうてな」

「そんなものですかね」

「へえへえ、日本刀やったらどんなもんでも向こうで高《たこ》う売れますのや。けど、本物の刀は高いさかい、イミターチ……つまり模造品でもええ、ということで、竹光の人気がウナギのぼりだすのや」

「へー……」

「向こうの連中は、刀でひとを斬るわけやない。居間に飾っときたいだけやさかい、竹光でよろしいのや。そこで、雀丸先生の出番というわけだすわ」

「はあ……」

　なんとなくわかったようなわからないような話だが、ようするに異国で日本の刀が人気である。しかし、日本刀は高くて手が出ないので竹光が欲しい……そういうことのようだ。いずれにせよ、「目先の金」が欲しい雀丸にとっては願ったり叶《かな》ったりだし、しかも行き先が長崎というのは偶然とはいえありがたすぎることである。そして、異国のひとたちが雀丸の竹光を好んでくれるというのはうれしいではないか……。

「では、明朝、出立いたしますので、よろしくお願いします」

　神坂屋郷太夫はへこへこと頭を下げて帰っていった。さあ、忙しくなってきた。雀丸が、烏丸諒太郎に言伝《ことづ》てをしようと文を書いていると、夢八《ゆめはち》が入ってきた。彼は、本業がなにか打ち明けたあとも、大坂に戻ってくると、しれっとした顔で「嘘《うそ》つき」稼業を続けている。

「雀さん、さっき出ていった男やけど……」

「ああ、唐薬種問屋の神坂屋さんです」

　夢八は、雀丸に向かって身を乗り出すと、

「あいつとは関わらんほうがよろし」

「どうしてです？」

「神坂屋は、島津家と取り引きがおまんのや」

雀丸は文を書く手を止めた。土佐で、島津家の息のかかった連中に幾度も襲われたのは記憶に新しい。しかも、雀丸は島津の殿さまが行った詐欺行為を暴き、その目論見《もくろみ》を潰したのだから、恨みを買っていると思われる。

「でも、関わらないわけにはいかないのです」

雀丸は事情を説明した。

「えっ、ご隠居さまが病気……」

「はい……。長崎まで行く旅費とヘルマン・ダルハー先生に支払う治療費がいるのです」

「それはえらいことやなあ」

「そうなんです。鴻池さんも地雷屋さんもダメだったので、この仕事は渡りに船なのです。お祖母さまのことを考えると断るわけにはいきません」

「うーん……そうかあ……」

夢八は腕組みをして、

「けど、これは罠《わな》かもしれんで。わたいらは土佐であれだけのことをしでかしたのや。こんなときにのこのこ九州に行くやなんて、白刃のなかに飛び込むようなもんやで」

「でも、悪いのは島津の殿さまですよ。公儀に対しても山内家に対しても嘘をついてたのですから……」

「大名にそういう理屈は通らんでえ。顔に泥を塗られた、と思た島津公が、その雀丸とかゆうやつを九州におびきよせろ、言うて、ありもせん竹光二百本の仕事をでっちあげたのかもしれん」

「そうですねえ……」

「大坂ならともかく、長崎は向こうの縄張りに近い。君子危うきに近寄らず、やと思うけどなあ。烏丸諒太郎さんの同行を許したのも、あのひとが土佐で暴れた一味のうちやと知ってるからとちがうやろか」

「私と諒太郎をまとめて始末する、というわけですか」

ありえないことではない。

「でも、ほかに道はありません。お祖母さまの命を救うには長崎に行くしかないのです。それに、すでにお金を百両も受け取ってしまっています」

「返してしもたらええがな」

返すのはいやだ。

「もし罠だとしたら百両も出すでしょうか。旅行の費えもあるのですよ。太っ腹すぎませんか?」

「あっちで殺して取り返したらええ、と思とるのかもしれんで」

夢八はあくまで「島津家の罠」説を主張する。

「夢八さんは島津家から『沙汰売《さたう》り』を頼まれたのに、途中でこちら側に寝返って向こうの侍に歯向かったわけですから、私たちより恨まれているはずでしょう？　それなのにどうして肝心の夢八さんには呼び出しがないんです？」

「そ、それもそやな……」

「そもそも島津家と取り引きがある、というだけで悪者扱いするのは早計ですよ。そんな商人は大坂に山のようにいるんじゃないですか？」

「まあな……」

「ただただ私の竹光でひと儲けしようとしているのかもしれません」

「そうかもしれんけどちがうかもしれん。とにかくわたいは長崎にはついていけんさかい悪う思わんといてや」

そう言うと夢八は帰っていった。雀丸は考えた。真実がどうであれ、今の彼には神坂屋の申し出に頼るしかないのだ。それならば、裏のことは思わず、前向きに考えたほうがよいのではないか……そう思いながら雀丸が文の続きを書こうとしたとき、

「聞いたで、聞いたで、雀さん」

入ってきたのは、口縄坂《くちなわざか》に一家を構える女侠客《おんなきょうかく》鬼御前だった。

(今日は客の多い日だな……)

雀丸は筆を置き、

「聞いたって、なにを聞いたんです？」

まさか早耳で、加似江の病気と長崎行きのことだろうか……。

「蟇五郎がこのまえ言うとった。みんなで土佐まで遊びにいってたらしいやないの。なんであてても連れていってくれへんかったんや。園ちゃんやさきちゃんや、烏瓜先生まで行ったそやなあ」

ああ、そのことか……。雀丸は、けっして遊びに行ったのではないことや、島津家の刺客たちに襲われてたいへんだったことなどを手短に説明した。そして、

「しばらく留守にします。あとのことは頼みます」

「また土佐へ行くのんか」

「いえ……長崎です」

雀丸が経緯《いきさつ》を縷々《るる》説明すると、鬼御前は険しい顔つきになり、

「ご隠居さまが病気やなんてちっとも知らんかった」

「私も今日まで知りませんでした。そういうわけですので、もしかしたらふた月ほどいないかもしれませんが、よろしくお願いします」

「雀さん……」

鬼御前は雀丸の顔をまっすぐに見つめ、

「あても行くわ。連れてって。いや……連れてってくれんかて、あては勝手についていく」

「なにを言ってるんです。物見遊山の旅ではありませんよ。それに、鬼御前さんには一家があるじゃないですか。それをほったらかして長旅に出かけるわけにはいかないでしょう」

「あてらの稼業はな、兇状旅《きょうじょうたび》ゆうて親方が長いわらじを履かなあかんこともあるのや。そういうときにもちゃんと留守を守るように、日頃から子方《こかた》連中をしつけてある」

「そりゃそうかもしれませんが、鬼御前さんがわざわざ行かなくても……」

「いや、行く。どうしても行きたいのや」

「旅の費えは出ないかもしれません」

「かまへん。こういうときのためになんぼかの貯《たくわ》えはある。いざとなったらあの家を売り払《はろ》うてでも……あ、あの家は借家か」

「そこまでおっしゃるなら来ていただいてもかまいませんが……どうしてそこまで……」

鬼御前はふっと目をそらして、

「烏瓜先生、もしかしたら島津の殿さまに命を狙われとるかもしれんのやろ。そんな危ない旅に、あんただけでは心もとない。あては、烏瓜先生に命を救うてもろた身のうえや。今度はあてが先生をお救いする番やがな」

そうなのだ。鬼御前はかつて破傷風で死にかけていたところを諒太郎の蘭方治療により助けられたのである。

「あてにとって烏瓜先生は命の親や。恩人や。その先生が剣呑《けんのん》な旅に出る、ゆうのやから お守りするのがあての務めやないか？」

熱を込めて語る鬼御前を見て、雀丸は、

（おや……？）

と思った。これはもしかすると……。

「わかりました。ぜひ一緒に来てください。きっと諒太郎も喜びますよ」

「そ、そやろか……」

鬼御前は照れたように横を向いた。

◇

長崎の出島は、海に浮かぶ人工の町である。日本が公《おおやけ》に貿易を行っているのは阿蘭陀国と清国だけだが、清国人は長崎市内の唐人屋敷に住んでいるのに比して、阿蘭陀人は皆、出島から一歩も出ることを許されない（清国人は切支丹《キリシタン》を広める危険性がないとの判断からである）。出島の外で塾を開いて大勢の門人を育てたシーボルトのようなわずかな例外を除くと、年に一度の「おくんち祭」見物と、四年に一度、商館長であるカピタンとその一行が将軍家への目通りのための江戸参府が彼らにとって唯一の外出であった。

出島の阿蘭陀船は例年六、七月ごろに一番船と二番船の二隻が来航し、九、十月ごろに帰る。だから、その四カ月ほどのあいだは大勢の阿蘭陀人や、商用で訪れる出島商人、通詞《つうじ》、輸入品を検分する長崎奉行所の役人（検使）、日用品の販売人、料理人、給仕、遊女……などなど百人以上の日本人で大いににぎわうが、この時期は船員たちも帰国してしまっており、出入りの日本人たちの姿もあまりない。

残っているのはカピタン、ヘトル（副館長）、筆者頭《がしら》、勘定役、外科医、荷倉役、料理方、大工、勝手方……など十人足らずで、あとは通詞部屋に昼夜交代で詰めている通詞たちや下働きのものたちが目に付く程度だ。それでも昼間は、長崎乙名《おとな》と呼ばれる出島を管理する有力町人（出島に出入りするための鑑札の発行などを行った）や長崎奉行所の役人、物売りたちを見かけることもあったが、日が暮れるとぞっとするほどに静まり返る。犬の遠吠《とおぼ》えや波の音などに混じって、時折、阿蘭陀語の歌がかすかに聞こえたりもする。今の出島は、来る六月の阿蘭陀船入港に向けて徐々に機運を高めている状態なのだ。

そんななかひとりの男が三番蔵の二階を訪れていた。男は侍で、身なりからしてかなり身分が高そうである。相対しているのは商務員補佐係のヨハネス・ペイネンブルグだ。

出島には一番蔵から十七番蔵までの輸入品や輸出品を保管する蔵があり、そのほかにも商館員の個人的な取り引きの品を入れていた脇荷《わきに》蔵など多くの蔵があったが、その二階はたいがい商館員の住まいとなっていた。ふたりは椅子に向かい合って腰掛け、かたわらの小テーブルには赤ワインの瓶とグラスが置かれていた。部屋にいるのはふたりだけだ。ペイネンブルグは、侍から手渡された刀の刀身をしげしげ眺めている。

「いかがでござる」

侍が言った。ペイネンブルグは驚きを隠そうとせず、

「これがニセモノだとは信じられない」

通詞を介さずに会話できるのだから、かなり日本語に堪能なのだろう。

「日本では竹光と申します。まっことようできておりましょう」

「日本人の技、すばらしい。これなら皆さん、ホンモノと間違うでしょう。日本の職人はだれでもこんなタケミツを作れるのですか」

「いえ……それを作れるのは日本でもただ一人《いちにん》だけでござる。大坂に住まう雀丸という竹光屋のみにて……」

「おお、会うてみたいです、そのスズメマール氏に。でも、大坂は遠い……」

「ご安堵《あんど》召されよ。今、わが手のものが雀丸をここ長崎に呼び寄せておるところでござってな。わが手のものには、雀丸のところにある竹光は残らず買い付けよ、と申してあるゆえ、まずはそれが届くはず。そのあとも当家の屋敷に住まわせ、ひたすら竹光作りに没頭させる所存でござる」

「ほほう、それはよい。たくさん買い付けて阿蘭陀や独逸《ドイツ》の好事家に売れば、私儲かります。阿蘭陀には日本にあこがれる異国趣味のもの大勢います。彼らはこのタケミツを理想的なイミターチとして部屋に飾るでしょう」

出島では、本方荷物《もとかたにもの》という阿蘭陀商館と長崎会所間での正規の取り引きのほかに、脇荷物といって阿蘭陀商館員が個人的に売買する取り引きがあった。だから、この商務員補佐係がみずから竹光を買い付けて、自国で売りさばいても問題はないのである。

「ところが……」

侍は声をひそめた。

「もっと儲かる手立てがござる」

「どういうことです」

侍は、ペイネンブルグになにごとかをささやいた。

「おお、それは妙案」

ペイネンブルグはにたりと笑った。侍は、

「これならばそこもとも大儲けができ、我々島……」

言いかけて侍は口を閉ざし、左右を見回した。

「心配ご無用。ここは出島でーす。だれも聞いているものはおりません」

侍は咳払《せきばら》いをして、

「いや、気をつけねばなりませぬ。日本のことわざに、壁に耳あり障子に目あり、というものがござる」

「ははは……面白いことを言いますね。阿蘭陀では『水がめには耳がある』と言います。とはいえ、これだけ大きな案件、私ひとりでは扱えません。カピタンを巻き込みましょう」

「カピタンがノリますかな」

「ははは……彼は真面目な男……日本語で言うクソ真面目な男です。こんな企てには反対するに決まっている」

「ならばどうするのです」

「彼をだますのです。私に任せてください。うまく彼を料理してみせます」

「バレたらたいへんなことになりますぞ」

「あなたも知っているとおり、私はお金のためならなんでもやります」

侍は苦笑いして、

「それを承知しているからこそ、そこもとに話を持ちかけたのでござる」

「ふっふっふっ……それにしても、あなたもワルですね」

「ペイネンブルグ氏《うじ》こそ……」

「金が欲しいのは万国共通の思いでありますから」

侍はグラスを取り上げると、

「では、われらの前途を祝って……」

「タケミツに乾杯！」

ふたりの男は笑い合った。

二

かくして雀丸は、神坂屋郷太夫、加似江、烏瓜諒太郎、鬼御前とともに長崎に向かうことになった。二カ月近くは戻ってこられない、と言うと、園もさきも「私もついていく」と言い張ったが、土佐に行くよりもはるかにきつい旅になるに決まっているので、

「向こうから手紙を出しますから」

となだめたりすかしたりして、ようよう出立にこぎつけた。加似江の容態を考えると、できるだけ海路を取るよう心がけたい。乾燥させた竹や銀箔《ぎんぱく》、鞘《さや》、鍔《つば》、柄《つか》、柄糸、下げ緒、目釘《めくぎ》などの材料、それにもろもろの道具などは別便で送ることにした。加似江の手術が無事済んで体力が回復したら、すぐに大坂に戻り、家で作業を行いたいが、それまでどれだけの日数がかかるかわからない。あちらである程度仕事を進め、できあがりの目星をつけておきたかったのである。

竹光屋を出るとき、園とさきと夢八が見送りに来たが、驚いたのは皐月親兵衛と大尊和尚が姿を見せたことで、大尊和尚は、

「土地が変わると水が変わる。十分気をつけることじゃ」

などとはなむけの言葉を口にした。雀丸は皐月親兵衛に、くれぐれも地雷屋蟇五郎になにかあったら知らせてくれるよう頼んだ。夢八は別れ際に、

「ほんまに気ぃつけとくなはれや」

雀丸はうなずいた。

西横堀《にしよこぼり》から小船に乗る。雀丸、加似江、諒太郎、鬼御前、神坂屋とその手代の六人という顔ぶれである。安治川《あじかわ》から港へ出たところで大船に乗り換え、兵庫に向かう。船中、加似江はずっと酒を飲み続けていた。それも、「病人が苦しさを忘れるために飲む」という感じではなく、いつもどおり機嫌よくがぶがぶと飲んでいる。

「お祖母さま……そんなに飲んでお身体に障りませんか」

「雀丸よ、わしはもうじきお迎えが来る身ぞよ。酒ぐらい好きなだけ飲ませてくれ」

「そんな縁起でもないことを……」

「いや、ひとはだれしも寿命が来る。わしの病を治してやろうというおまえ方の気持ちはうれしいが、酒をやめて長生きしようとは思わぬ」

「そうですか……そうですね」

雀丸は加似江に禁酒を強いるのはあきらめた。船での長旅はきつい。慣れたものでも身体を壊すことがある。それを、高齢の加似江に成し遂げてもらわねばならぬのだ。

（酒ぐらい存分に飲ませてやろう……）

雀丸はそう決めた。

加似江は、帆柱のすぐ下を自分の場所と決め、日がな一日そこに座って、海原を見ながら酒を飲んでいる。ときには船頭たちとなにやら愉快そうにしゃべったり、酒をふるまったりしている。背中の腫れものが痛むときもあるようだが、烏瓜諒太郎の適切な処置でなんとか乗り切っているようだ。

（諒太郎に来てもらって、本当によかった……）

雀丸はそう思った。船に乗り合わせているのは、商人が多い。彼らは弁舌たくみにぺらぺらしゃべり、なにかにか売りつけようとするが、加似江はことごとくはねつけた。途中から乗ってきた老婆がいた。四国の丸亀《まるがめ》まで行くのだそうだ。

「ご隠居さんはよろしいな。お達者そうで……」

「なにを言うか。わしゃ重い病気なのじゃ」

「またまた、えらい冗談《てんごう》言うて……病人がそないにお酒飲めるはずがおまへんがな」

「酒は百薬の長じゃ。わしは今から長崎まで赴き、蘭方の医者にかかることになっておる」

「ひえーっ、長崎とは遠方まで……たいへんだすなあ」

「酔うておればあっという間じゃ。それに、孫がようしてくれるゆえ、なんとかなるじゃろう」

「けっこうだすなあ、ええお孫さんで……。うちの孫はアホのうえに薄情でな、わてが怪我《けが》しようが病気になろうが見舞いに来たことない。そのくせ、銭がのうなったら、金くれてゆうて顔見せまんねん。どうせあの嫁がそないせえて言うとるのやろ。ほんま、悪い嫁もろたら百年の損だっせ。嫌や嫌や……生きててもなんにもええことない。早うお迎えに来てほしいわ」

「このたわけがっ！」

　加似江が老婆を一喝した。老婆は目を丸くして硬直している。

「ぐずぐずと文句を垂れておるひまがあったら、人生を楽しまぬか！　息子も娘も嫁も孫も他人じゃ！　おのれのことをまず考えよ。ひとのことは放っておくがよい」

　そう言うと、なみなみと酒を入れた大きな湯呑《ゆの》みを突き出し、

「さ、飲め」

「え……ええっ？　こんな大きなもんで……」

「そうじゃ。長く生きておると、つらいことがたんとある。病にかかることもある。金のないこともある。親しきものに死なれることもある。そういう悲しみも喜びもひと息

にぐいと……丸呑みにしてしまうのじゃ」

老婆は差し出された湯呑みの酒をじっと見つめていたが、それを両手で押しいただくようにすると、縁に口をつけ、くーっと一気に飲み干した。

「ああ……美味い！」

「美味かろうが。それが人生の味わいじゃ。起きたことをくよくよ振り返るな。先行きをあれこれ思い案ずるな。今のこの美味さがすべてなのじゃ」

そう言って加似江は自分の酒を飲み干した。

「甘露、甘露。わっはっはっはっ……」

老婆は丸亀で、さんざん加似江に礼を言って、船を降りていった。

諒太郎も雀丸も、加似江の酒の相手をしながら、油断なく気を配っていた。いつまた、島津家の連中が海賊船をしつらえて襲ってくるかもしれない。しかも、今回は土佐行きとちがって乗り合いの船である。客や船頭のなかにどのような手合いが交じっているかわからないのだ。といって、二六時中起きているわけにはいかぬ。雀丸と諒太郎は交互に眠ることにした。

そんななかで鬼御前ひとりはずっと寝ずの番をしている。

「あてはこのために来たんやから」

そう言い張って譲らない。神坂屋郷太夫も、

「そない気ぃ張らんかて大丈夫だす。島津さんの仕返しがある？　あはは……そんなことおまへんて。うちも島津家とはちょこっとお付き合いがおますけどな、あの殿さんはそんなケツの穴の小さいお方やあらしまへん。もうすっかりまえのことなんか忘れて今ごろ南蛮菓子でも食べてはるんとちがいますか」

そう言ったが、鬼御前はかたくなに眠ろうとしない。ときどき座ったまま、こっくりこっくりと居眠りをすることもあるようだが、それだけだ。

星の美しいある夜、雀丸は風呂敷包みを枕代わりに横になっていたが、隣で寝ている加似江の大いびきのせいで眠れない。うとうと……としてもすぐに、爆弾が爆発する夢や大嵐に襲われた夢などを見て、ハッと飛び起きると、それはいびきの音なのである。船縁《ふなべり》にもたれて海を見張っている諒太郎と鬼御前の会話が聞くともなしに耳に入ってきた。

「少しは寝ないと身体に毒だぞ。人間は眠るようにできておるのだ」

「まあ、あての心配してくれはりますのん。おおきに、ありがたいわあ。せやさかい烏瓜先生は好きやねん。あっちで寝てるだれかさんなんか、まるで気遣いしてくれへん」

「そんなことはない。マルはああ見えて気配りの男だ。気配りしすぎると言うてもよいぐらいだ。おまえのことも気遣っているさ」

「そやろか。そうは見えんけど……。まあ、命の恩人の先生がそない言うのやったら信じときまひょ」

「わははははは。命の恩人か。俺の株もえらく上がったもんだな。マルに悋気《りんき》されそうだ」

「アホらしい。雀さんがあてのことで焼きもちなんか焼きますかいな。あてと先生がひっついたかて、どうぞどうぞ……てなもんだすわ」

「なに？　俺とおまえがひっつく？　面白いな。付き合ってみるか」

鬼御前は一瞬、言葉に詰まったようだったが、

「はは……あはは……なにを冗談《てんご》言うてはりますねん。こんな極道もんの渡世人とお医者の先生が釣り合いますかいな。それに、あてはこれでも一家を構える女侠客だっせ。子分子方への責《せき》がおます。一家を構えたときに、生涯独り身を通すと腹を決めましたのや」

「うーん……その覚悟は立派なものだが、たとえば次郎長《じろちょう》にしても嫁をもろうておるではないか。一家を構えたからといって独り身でいなければならぬというのはおかしかろう」

「先生はそう言わはりますけど、女と男はいろいろ違います。女の身で、この渡世で生きていくのはなかなかたいへんですのや」

「それはわからんでもないが……」

「とにかくあてはいっぺん決めたことは曲げられへん性分だす。鬼御前一家を持つ、と決めたときに、『もしこの一家を張り通すことができるなら、生涯独り身で通します』て安居《やすい》の天神さんに願掛けしましたのや」

「ほう……なかなかの頑固者だな」

「へえ、あてもそう思います」

ふたりは笑いあった。

（なーんかお似合いのような気がするけどなあ……）

雀丸はそう思いながら、いつしか眠りに落ちた。

大坂を出航し、途中、兵庫、牛窓《うしまど》、丸亀、室津《むろつ》、下関《しものせき》……と泊まりを重ねながら、小《こ》倉《くら》に着いたのは大坂を出てから十七日後であった。関門《かんもん》海峡を渡り、船上から小倉城が見えたときは、雀丸もホッと胸を撫《な》で下ろした。生まれてはじめて踏む九州の地である。

そこからは陸路となる。駕籠を雇い、長崎街道を箱崎《はこざき》、博多《はかた》、大宰府《だざいふ》、佐賀……と進んで、五日ほどかけて本庄《ほんじょう》に着いた。ここからはふたたび夜船に乗り、翌朝諫早《いさはや》に至る。雲仙《うんぜん》を左に見ながら島原《しまばら》道を徒歩で行く。加似江と神坂屋郷太夫は駕籠を雇い、雀丸と烏瓜諒太郎、それに神坂屋の手代は時折馬に乗ったが、鬼御前だけはどうしても「歩く」と言いはった。

「馬だの駕籠だの……そんな楽旅《らくたび》、あてらの渡世にはありえまへん。ヤクザもんが馬に乗ってるの見たことおますか？　どこへ行くのも、この二本の足をかわるがわるまえに出して歩いていきますのや。いえ、けっして遅れたりしてご迷惑はかけまへん」

そうごねるのを雀丸はなだめたりすかしたりしたが、どうしても言うことをきかない。しかし、諒太郎が、

「おまえは船でもほとんど寝ていないし、ここで無理をして病にでもなったら、手伝いに来たつもりが皆のお荷物になってしまう。強情を張るのもいい加減にしろ」

と言うと、急にしゅんとして、

「ほな……すんまへんけど駕籠を雇てもらえますか」

日見《ひみ》峠という難所を乗り越え、ついに一行は長崎へと到着した。

七つ（午後四時）頃市内に入り、樺島町《かばしままち》というところの旅籠「大丑屋《だいうしや》」に旅装を解く。神坂屋郷太夫が、

「ようよう無事に長崎に着きました。大坂から二百三十二里……皆さん、ご苦労さんでおました」

そう言ったときには、全員がくたびれきっていた。雀丸自身も足が棒のようになっていたが、高齢の加似江がこの強行軍に耐えてくれたことを神仏に感謝せざるをえなかった。船旅はもちろんのこと、駕籠での旅というのもかなりの重労働であり、なかには体調を崩したり、血を吐いたりするものもいるのだ。しかし、当の加似江はけろりとして

茶を啜《すす》り、

「なんじゃ、カステイラではないのか」

などと言いながら菓子を食べている。逆に鬼御前は座敷に入った途端、安堵のあまりか、倒れるようにしてそのまま眠ってしまった。その寝顔を見ながら雀丸は諒太郎に、

「では、行こうか」

「うむ、そうだな」

神坂屋が、

「え? 今からお出かけだすか。長旅でさぞお疲れやと思います。わても疲れました。今日はゆっくり骨休めして、動くのは明日からでよろしいやおまへんか」

諒太郎はかぶりを振り、

「たしかに疲れてはいるが、内藤先生のことが気になる。俺たちが旅をしているあいだになにか新たなことがわかったかもしれん。一刻も早くお内儀さまにお会いして話を聞きたいのだ」

雀丸もうなずき、

「私も、できれば内藤厳馬さんという方にお祖母さまを診ていただきたいので、諒太郎と一緒に内藤家に参るつもりです」

「そうだすか。ほな、わてひとりじっとしとるわけにはいかんなあ。雀丸先生が出島に

入れるように、出島乙名から鑑札をもろてきますわ」

「よろしくお願いします」

雀丸は頭を下げ、諒太郎に向かって、

「鬼御前さんをどうしよう。起こそうか？」

「いや、疲れておるうえ、道中ほとんど寝ておらぬのだ。寝かせておいてやれ」

「鬼御前さんには優しいんだなあ。ひっついたらいいのに」

「なに？　マル、おまえ、聞いておったのか」

「ははは……なんとなく耳に入った」

加似江が、

「ならば知っているだろう。ひっつくもなにも、生涯独り身だとさ」

「なかなか面白そうな話じゃのう。詳しゅう聞かせてくれ」

諒太郎は顔を赤くして、

「ご隠居さまに話すようなことではない。——では、出かけて参る」

そう言うと立ち上がった。

◇

内藤厳馬の自宅兼診療所は、長崎市中の栄町《さかえまち》にあった。そのまえに立った烏瓜諒太

郎は感慨深げに、

「懐かしい……。ここに住まわせていただき、先生から三年間ご指導を受けたのだ」

しかし、家のなかは静まり返っている。

「看板も外されている。どうやら先生はまだ見つかっていないようだな」

そうつぶやくと、諒太郎は勝手に門をくぐり、玄関に向かって声をかけた。

「お願いします！　お願いします！」

応えはない。

「お願いします！　烏瓜諒太郎です。お手紙を見て先生の大事を知り、飛んで参りました」

足音が聞こえ、四十半ばぐらいの女性が現れた。

「まあ……烏瓜さん、遠くからはるばる……」

そこまで言うと女性はわっと泣き崩れた。

「お内儀さま……」

内藤厳馬の内儀はすぐに涙を拭き、ふたりを奥へ案内した。

「ご無沙汰しております。この男は竹光屋雀丸と申し、今は町人ですが、かつては俺とともに大坂城に勤めておりました。祖母の背中に腫れものができ、それを治療できるのは内藤先生か出島のヘルマン・ダルハー先生だけだ、ということで、祖母とともに長崎まで来ることになったのです」

　雀丸は頭を下げた。

「そうでしたか……。お祖母さま思いのお方なのですね。でも、申し訳ありませぬが、内藤はお祖母さまのお役にたちません」

「では、先生はまだ……」

　諒太郎が言うと、内儀はうなずき、

「いなくなったままです。——あ、今、お茶を淹れますから」

「いえ、それより詳しい経緯《いきさつ》をうかがいたいのです。いったいなにがあったのです」

「それが……わたくしにもわからないのです」

　内儀の話によると、その日、内藤厳馬は「出島へ行く」と言って家を出たという。

「出島になにをしに行かれたのでしょう」

「なんでも島津家の男児がご病気で、その治療に使う薬を入手する算段をしにいく、というような話でした」

　雀丸と諒太郎は顔を見合わせた。

「また島津家か……」

　雀丸のつぶやきを耳にした内儀が、

「島津さまがどうかしましたか」

「いえ、なんでもありません。――続きをお聞かせください」

出島に行ったはずの内藤厳馬がいつまでたっても戻ってこないので、心配になった内儀は顔見知りの地役人に相談してみた。長崎には、公儀の役人ではないが、町年寄の下で働き、長崎奉行の補佐なども行う「地役人」という独特の存在があった。地役人は笑って、

「丸山《まるやま》（遊郭）にでももぐりこんだんじゃないかな。明日になれば戻ってきますよ」

ととりあわなかった。内藤は学問ひと筋の人間で、これまでそういう悪所に足を踏み入れたことはない、と内儀は知っていたが、その地役人の言うとおりひと晩待ってみた。しかし、内藤は帰ってこない。さすがに地役人も首をひねり、調べてみることになった。その結果わかったのは、前日、内藤厳馬は出島に来ていない、ということだった。

「この家から出島までのあいだに煙みたいに消えてしまった、としか思えない」

と地役人は言った。いくら足取りを探ろうにも、目撃者がひとりもいないのだ。

「先生の様子に変わったことはありませんでしたか」

諒太郎がたずねたが、内儀はかぶりを振り、

「いつもとまるで同じでした」

「お身体の具合が悪かった、とか……」

「いえ、健やかそのものでした。その日の朝もご膳を三杯食べ、小腹がすくと困るから

と握り飯を作らせて持っていきました」

「ほほう……」

「口さがないもののなかには、内藤が丸山の遊女と駆け落ちしたのだ、とか、今の暮らしが嫌になってふらりと旅に出たのだ、とか、治らぬ病を得て世をはかなんで川に飛び込んだのだ、などと言いふらすものもおりますが、とても信じられません。握り飯を持ったままそんなことをするでしょうか」

諒太郎も熱を込めて、

「先生のお人柄を知らぬからそんなことを言うのです。先生にかぎって、ありえない話です」

「はい、わたくしもそう思います。内藤は医者という仕事をこよなく愛しておりましたし、誇りも持っておりました。あのひとが患者を捨ててみずからいなくなる、など考えられないことです」

「ということは……かどわかされたのでしょうか」

「かどわかしなら身代金を求める文が届くはずですが、なにも参っておりません」

「そうですか……。あまり考えたくないことではありますが、先生に恨みを抱くような輩《やから》がいて……」

「それも考えましたが、心当たりがないのです。わたくしが申すのもおかしいですが、内藤がひとに悪く言われるのを聞いたことがありません。苦しむ病人をなんとか助けようと、いつも力を尽くしておりましたし、お金のないものからは薬代も取らぬようなひとでしたから……」

雀丸と諒太郎はしばらく考え込んだ。やがて、諒太郎が言った。

「わかりました。俺は俺なりに、先生を探したいと思っています。なにかわかったらまた参ります」

「烏瓜さん、なにとぞよろしくお願いいたします」

ふたりは内藤家を辞した。あたりはすっかり暗くなっていた。提灯《ちょうちん》はないがまぶしいほどの月明かりに照らされた長崎の通りを歩きながら、諒太郎は雀丸に言った。

「どう思う?」

「そうだな……。もしかすると、薬代を取らないような内藤さんの振る舞いを嫌がった医者仲間の仕業かも、とも思ったけど、そのぐらいではかどわかしまではしないだろう」

「俺もそう思う。なにがなんだかわからぬが、とにかくなんとかして先生の足取りを摑みたい。だが、こうなるとご隠居さまの手術はやはりダルハー先生に頼むしかないな。金はかなりかかると思うが……」

「そうだな。がんばって竹光を作るよ。明日、出島に行って、ダルハー先生に会ってみる。おまえも来てくれないか」

「悪いが俺は明日、長崎奉行所に行くつもりなのだ。出島はおまえひとりで行ってくれ。なあに、向こうには専業の通詞がいる。俺のつたない阿蘭陀語よりはずっと上手《うま》いから心配いらぬ」

雀丸は急に心細くなってきた。こういうとき諒太郎はかなり心強い存在である。まったく不案内の長崎という地に年寄り連れで来てまごつかずにすんでいるのはこの男のおかげなのだ。

（ま、しかたない。なるようになるだろう）

そう思った雀丸が、

「なあ、諒太郎。鬼御前さんのことだけど……」

そう言いかけたとき、

「気づいているか？」

「なにを？」

「尾《つ》けられている」

「えっ？」

雀丸は歩きながら耳を澄まし、

「ひとりじゃないいな」

「ああ。マルとふたりで出歩くと、ろくなことはない。土佐のときもそうだった」

「あのときは夢八が助けてくれたが、今日はそうはいかない。ふたりで乗り切るしかないぞ」

雀丸と諒太郎はしばらく並んで歩いていたが、四つ辻《つじ》に来た途端、急に左右に分かれた。背後で、あわてたようなばたばたという足音が聞こえ、

「どうする。気づかれたぞ」

「くそっ、やつら、背中に目があるのか」

雀丸は咄嗟《とっさ》に、そこにあった用水桶《おけ》の陰に隠れ、文字通り右往左往している連中をうかがい見た。数は三人。皆、侍である。覆面をしているが、着物などから見てお歴々であることは間違いないようだ。

「やつら、いずれの何者だ。内藤厳馬にゆかりのものであろうか」

「長崎奉行所のものでもなさそうだ。お由羅《ゆら》の方《かた》の手先かもしれぬ」

うろたえ騒ぐそのなかのひとりに見覚えがあった。顔はわからないが、立ち居振る舞いからして、土佐で雀丸たちを襲った侍のひとりだろうと思われた。雀丸はため息をついてひょこひょこと隠れ場所から出ると、

「また、あなたたちですか。土佐の仇《かたき》を長崎で討つ……ということですか？　もう、いい加減にしてください。こっちは忙しいんです」

侍のひとりが心底仰天したような顔で、

「き、きき貴様は雀丸！」

「あれ？　私だと知って尾けてきたんじゃないんですか」

「知るはずがなかろう！　ということは……まさかもうひとりは烏瓜……」

「はい。諒太郎です」

「うへえっ……どんな土地でもわれらの邪魔ばかりしよって……」

「そっちが邪魔してるんでしょう。土佐でもここでも我々は大迷惑です」

「土佐でのことなんぞどうでもよい。もう済んだことだ」

「へー、あっさりしてますねえ」

「貴様だとわかれば話は早い。——おい、竹光屋が内藤になんの用だ」

「お祖母さまが病気で、内藤先生に診ていただくつもりだったのです」

「それは無理だ。雀丸……内藤厳馬を探すのをやめよ」

「は……？」

「内藤のことを嗅ぎ回るな、と申しておる」

「やっぱり島津家のお侍が内藤先生の一件に絡んでいるのですね。いったいどういうことです」

「それは……言えぬ」

「これも斉彬《なりあきら》公のお指図ですか」

「言えるはずがなかろう。──とにかく内藤は、いずれ無事に帰ることになる。それまで待っておれ」

「ああ、よかった。内藤先生は生きておられるのですね。で、いつまで待てばいいのです」

「わからぬ。半年か一年か……」

「困ります。私もお祖母さまの病のことがありますから、悠長に待っていられません。先生はどちらにいらっしゃいますか」

「雀丸……どうしても手を引かぬ、というのであれば、ここで斬る」

「探しますよ。そのために長崎まで来たんですから」

侍は刀を抜いた。残りのふたりも抜刀した。

「いやー、これはまずいな……」

雀丸は目のまえに並ぶ三本の白刃を見つめながらそうつぶやいた。

（逃げるか、それとも……）

戦うか、といっても、彼は今、寸鉄も身につけていないのだ。じりじりと後ずさりしていると、背中が商家の塀に当たった。これ以上下がることができぬ。

（こうなったら突破するしかない。ええと……いちばん弱そうなやつは……）

見渡したが、どれも強そうだ。侍たちが目配せして息をそろえ、一斉に斬りかかろう

としたとき、

「火の用心、火の回り、火の元用心お頼み申す」

拍子木の音とともに数人の夜回りが近づいてきた。侍たちは顔を見合わせ、

「おい、見つかると面倒なことになるぞ」

「うむ……そうだな」

先頭の侍が、

「今夜は見逃してやる。だが、内藤を探すのはやめろ。これは、おまえたちとは関わりのないことなのだ」

雀丸が応えずにいるあいだに、拍子木や金棒の音が大きくなってくる。侍たちは舌打ちして去っていった。雀丸が四つ辻に戻ると、鳥瓜諒太郎がぼんやり立っていた。

「おお、マル」

「諒太郎、無事だったか」

「聞いていたぞ。あいつら、島津の連中だな。内藤先生がご無事だとわかって、俺はホッとしたぞ」

「でも、なんのために内藤先生をかどわかしたのだろう」

「さあな。それにしてもマル、島津斉彬という野郎はとんでもない悪大名だな。ジョン万次郎の偽者を仕立てて土佐に送り込んだり、その謎を解こうとするおまえを消そうと

したり、あまつさえ内藤先生をかどわかすとは……」

「うーん……そうだなあ……」

「どうした。おまえは腹が立たないのか」

「なんだか憎めないんだよな。土佐で私たちを家臣たちに襲わせたのも、脅かして追い返そうとしただけなんじゃないかな。竹光ひと振り送っただけでピンと来て、すぐに本物の万次郎を送って寄越《よこ》したのをみても、かなり頭のいいひとだと思うんだ。此度《こたび》のことも、きっとなにか事情があるんだと思う」

諒太郎はため息をつき、

「おまえのひとが好《よ》いのには呆れるわい」

「そう褒めるな」

「褒めてはおらぬ」

「あ、そうなんだ」

そんなことを言いながらふたりは宿へと帰った。すでに夕食が運び込まれており、腹をすかして雀丸たちの帰りを待っていたようだ。膳のうえにはがんもどき、マグロの煮物、豚肉の蒸し物などが並んでいる。

「襲われた？　また、島津の侍にか！」

鬼御前に肩を揉ませていた加似江が大声を出した。

「はい。向こうは私たちだとは思わなかったようで、驚いておりました」

鬼御前が興奮して、

「あてが一緒やったら、四、五人長脇差《ながわきざし》で叩き斬ってやったのに……。なんで肝心のときに寝てしもたんやろ！　アホ！　あてのアホ！　アホアホアホ！」

「痛い痛い……力を込めすぎじゃ」

「あ、ご隠居さま、つい気が上ずって……」

雀丸は、

「鬼御前さんがいなくてよかったです。もしいたら、斬った張ったの修羅場になってましたよ。夜回りが来たのであいつらはなにもせずに逃げていきました。長崎に来たのはお祖母さまの治療と内藤先生を探すためで、出入りのためじゃありませんから」

鬼御前はぷいと横を向いた。

「でも、これで内藤先生がどこかに囚《とら》われていることがわかりました。それだけでも収穫です。私が思うに、こうなると西浜町《にしはまのまち》にある島津家の長崎屋敷が怪しいですね」

西洋諸国に対する日本の唯一の窓口である長崎において、海外のものを買い付けたり、諸外国の最新の文化を取り入れたりすることは各大名家にとって大きな意義があった。そこで西国の大名十四家は長崎に蔵屋敷を置き、そこに「長崎聞役《ききやく》」と称する役目のものを住まわせ、情報の収集や長崎奉行所との連絡、他家の聞役との折衝などに当たらせた。

「だが、島津家の聞役は『夏詰め』と申して、蔵屋敷にいるのは阿蘭陀船が出島に入るときだけのはずだが……」

諒太郎が言うと、

「ということは蔵屋敷は無人なんでしょうか。それともだれか詰めているのかな。――ねえ、神坂屋さん」

雀丸がそう言っても、神坂屋郷太夫は心ここにあらずの体《てい》でなにやらつぶやいている。

「おかしい……そんなはずはないのやが……」

「どうしたんです、神坂屋さん」

「もしかしたら新納《にいろ》さんが勝手な計らいで……いやあ、それはあるかもしれん……」

「神坂屋さん……神坂屋さん」

「わてが聞いとるかぎりではお殿さまはそういうナニはナニでナニがナニして……」

「神坂屋さんっ！」

雀丸が両肩をバシッと叩くと、

「ふわあっ……ふわあっ……ふわーっ、びっくりした！　なにごとでおます」

「なにをぶつぶつ言ってるんです」

「な、なんでもおまへん。ああ、そうそう、わてと雀丸さんと烏瓜さんの分の鑑札をもろてきましたさかい、明日、出島に参りまひょ。カピタンと外科医のヘルマン・ダルハー先生、それに商務員補佐係のヨハネス・ペイネンブルグさんに会うてもらうよう話をつけとります」

「商務員補佐係？」

諒太郎が聞きとがめると、

「へえ、その御仁が今度の竹光を阿蘭陀に売る商いで胴を取ってはる方だすわ」

雀丸は頭を下げ、

「いろいろお骨折りいただき、ありがとうございます」

「なんのなんの、わても竹光で儲けさせていただきますよって……」

神坂屋はニタリと笑った。鬼御前が首をかしげながら、

「けど、なんで島津の殿さんが内藤先生をかどわかしたりしたんやろ」

大きなカラスミを齧《かじ》りながら酒を飲んでいた加似江が、

「もしかすると、例の『高崎崩れ《たかさき》』がいまだに尾を引いておるのかもしれぬな。ほれ、土佐の和歌森江戸四郎《わかもりえどしろう》殿が申しておったであろう」

そういえば……と雀丸は思い出したが、鬼御前が、

「それ、なんだす？　崖崩れみたいなもんだすか」

「ちがう、ちがう。知らぬならば、飯でも食いながらわしが話してやろう」

加似江はあれから自分でもいろいろ調べたらしく、和歌森よりもいささか詳しく説明をはじめた。

島津家の現当主島津斉彬は父親である斉興《なりおき》との折り合いが悪く、島津家内部も二派に分かれて争っていた。斉興の愛妾《あいしょう》お由羅の方は、自分の腹を痛めた忠教《ただゆき》（のちの久光《ひさみつ》）を次期当主にしようとし、斉興や家老の調所広郷《ずしょひろさと》たちと謀り、呪詛《じゅそ》を行って斉彬のこどもたちをつぎつぎと殺した。その結果、大勢いた斉彬のこどものほとんどが幼いころに死んでしまった……。

「うわあ、怖い怖い。呪いやなんてほんまにありますのやなあ」

喧嘩《けんか》では後ろを見せたことのない鬼御前も、そういう方面は苦手らしい。

「ふははは……こどもの寝所の床下から呪いの人形が出てきた、などということもあったようじゃ。まあ、まことかどうかはわからぬが、世情ではそう噂《うわさ》されておる」

一方では、老君斉興公がいつまでも君主の座に居座っていることへの不満や、愛妾に政《まつりごと》を牛耳られていることへの不満、異国の事情に通じ、島津家に諸外国並の軍備をもたらしてくれるであろう期待などから、斉彬を推すものたちもいた。安定を尊ばず、薩摩《さつま》の将来を憂い、思い切った改革を求める若い家臣たちである。彼らは、強引に忠教を当主にしようとする斉興を隠居に追い込み、斉彬の家督相続を願っていたが、斉彬の四男篤之助《あつのすけ》が二歳で死去すると、

「また、呪いだ！」

と斉彬派の怒りはとうとう爆発し、忠教派を襲撃しようとしたが、その直前、斉彬派の重臣たちが一斉に召し捕られ、切腹を申し渡された。そして、その他の斉彬派の家臣たち五十人にも、蟄居《ちっきょ》閉門や遠島といった重い処分が下された。

「ということは、忠教派の圧勝で決着がついたわけですね」

雀丸が言うと、

「アホ！　だとしたら、斉彬公が今、当主になっておるはずがないではないか」

「あ、そうか。じゃあ、斉彬派が巻き返したんですか」

「そういうことじゃ」

斉彬の大叔父《おおおじ》にあたる博多の大名黒田長溥《くろだながひろ》は、斉興、お由羅の方、忠教たちの強硬なやり方に危機感を持ち、弟で南部《なんぶ》家当主の信順《のぶゆき》とともに老中阿部正弘《あべまさひろ》に島津家の現状を訴えた。諸外国の船が頻々と日本を訪れ開国を迫ってくる昨今、斉彬こそこれから国を担う才の一人《いちにん》である、と考えていた阿部は、同じ考えを持つ伊予宇和島《いようわじま》の伊達宗城《だてむねなり》、越前福井の松平慶永《まつだいらよしなが》らとも計らって将軍家慶《いえよし》公を動かし、ついには斉興を隠居に追い込んだ。これが「高崎崩れ」である。

こうしてついに斉彬は島津家当主の座に就いたのである。就任したのは正月だが、お国入りが五月と遅れたのは、高崎崩れの後始末のせいだ、とも言う。薩摩に戻った斉彬は集成館《しゅうせいかん》を中心に、洋式船の建造、反射炉の建設、ガラスの製造などの事業を興し、また、西洋式軍隊の養成や武器の調達、蘭学の促進などつぎつぎと新たな政策を断行していった。ジョン万次郎との出会いによって、その速度にはますます拍車がかかった。

しかし、家中にはまだまだ斉興やお由羅の方、忠教派の勢力も根強く残っており、彼らは新当主のことを西洋かぶれのうつけもの、島津家を滅ぼす大浪費家……と考えて反発を強めていた。斉彬自身が彼らの粛清を望んでいないこともあり、くすぶる火種がいつ発火しないともかぎらない状況で、

「反対派にはもっと断固たる態度で臨むべきだ」

と考える家臣たちもいたが、斉彬は、

「確たる証拠がないのであれば放っておけ」

と取り合わなかった。異母弟の忠教とは仲も良く、当主になってからも忠教を重要な役職に就け、右腕として活躍の場を与えていた。

「内藤先生のお内儀さまが申していた『島津家の男児』というのはだれのことであろうな」

諒太郎が言うと、かなり酔ってきたらしい加似江が、

「わしは知らぬ。大勢の子がお由羅の方とやらの呪いで死んだ、と申すゆえ、ひとりも残っておらぬのかと思うておった」

雀丸が、

「神坂屋さんなら詳しいでしょう。そのあたりはどうなんです?」

「わ、わてだすか。いやあ、その……わてはさっぱり……」

「そんなことはないでしょう。島津家御用達《ごようたし》の大店《おおだな》のご主人なんですから、よくご存知でしょう」

「うーん……その、まあ、なんですわ、今、斉彬公の男の子でご存命なのは、五男虎寿《とらじゅ》丸君《まるぎみ》だけでおます。たしか……四歳やったかなあ」

「じゃあ、その虎寿丸さんのことかな」

「それがその……虎寿丸君は当然、江戸屋敷においでておますし、ご病気やとも聞いておりまへんのや」

「とすると、だれのことでしょうか。ほかにそれらしい男の子は……」

「わ、わ、わてにはわかりまへんわ。すんまへん」

神坂屋はおどおどした口調で言った。

◇

朝になった。顔を洗い終えた雀丸に鬼御前が近づいてきて、

「おはようさん」

「おはようございます。夜通し起きていたんですか?」

「まあな」

「なにごともなくてよかったです」

「まあな」

なにか奥歯にものが挟まったような言い方である。

「なにかあったんですか?」

鬼御前は小声で、

「神坂屋……あいつ、夜中にこっそりどこぞに出ていきよったで。明け方に戻ってきたけど……どうも怪しいわ」

「そうですか……。私はその神坂屋さんとふたりで出島へ参ります。諒太郎は長崎奉行所を訪ねるそうです。鬼御前さんは少し眠られたほうがいいんじゃないですか」

「おおきに。そないさせてもらうわ。くれぐれも気ぃつけて」

鬼御前は大きなあくびをした。

「それと、我々の留守中、お祖母さまをよろしく頼みます。容態が変わったら、長崎奉行所か出島まで知らせてください」

「わかってる。——けど……ご隠居さま、どう見てもご病気には思われへんのやけど……」

「でも、背中に腫れものはできていますし、諒太郎が診たのだから間違いないでしょう。おそらく酒の力で痛みや辛《つら》さをごまかしているんじゃないでしょうか」

「そやろか……。あないにがぶがぶお酒飲んで、ごちそう食べて、よう寝てはるけど……」

「とにかくヘルマン・ダルハー先生に診ていただければ、そのへんのこともわかるでしょう。では、行って参ります」

雀丸は、神坂屋郷太夫とその手代とともに出島へ向かった。出島橋のすぐまえに、さまざまな禁制が記された制札がある。神坂屋は手代に、ここで待っているよう言いつけてから雀丸と橋を渡った。表門のまえに番士が立っている。神坂屋がふたり分の鑑札を渡すと、番士はていねいに調べたうえ、

「よし、通れ」

「ありがとさんでおます」

雀丸にとって生まれてはじめての出島である。阿蘭陀船が着いていない時期なのでひとの往来はあまりない。建物はどれも木造だが、どことなく西洋風で、あちこちに阿蘭陀文字が書かれている。もちろん雀丸にはまったく読めない。通りをまっすぐ進むと、突き当たったところに辻番所がある。そこを右に折れると、出島のなかでもひときわ目立つ大きな建物があった。正面に大きな階段があり、そこが入り口のようだ。

「ここがカピタン部屋だすわ」

雪駄を脱ごうとした雀丸に神坂屋が、

「異人の館《やかた》は履きものを脱がんでよろしいねん」

「え……？」

神坂屋の言葉に雀丸は緊張した。いよいよ異文化のなかに入っていくのだ、と思えたからだ。今から、異人に会うのだ。会ってしゃべるのだ。そう思うと、階段をのぼる足取りもぎくしゃくとカラクリ人形のようになる。

「そない硬《かと》うならんでも大丈夫だっせ。ちゃんと話は通してあります。わてがしゃべるさかい、雀丸先生はなんでも『はいはい』とうなずいてはったらよろし。カピタンと会うのはほんの形だけで、ほんまの商いのやりとりは、商務員補佐係のヨハネス・ペイネンブルグさんとしますのやが、それはそのあとでおます」

「外科医のヘルマン・ダルハー先生とは……？」

「それはそのまたあとだすねん」

階段を上がりきった二階に大広間と涼所（ベランダ）、そしていくつか部屋があり、そのひとつに神坂屋は履きものを履いたまま入っていった。雀丸もぎくしゃくぎくしゃくとあとに続く。帽子をかぶった南蛮人が豪奢な肘掛け付きの椅子についており、そのかたわらに若い日本人が立っている。

「おお、神坂屋さん、お待ちしておりました」

椅子から立ち上がったカピタンが神坂屋と手を握りあった。西洋風の挨拶らしい。ヤン・ドンケル・クルティウスというそのカピタンは中肉中背で、鷲《わし》のように厳しい顔をした人物だった。神坂屋が、

「このものはまえにお話しした雀丸先生です」

そう言うと、隣に立っていた日本人が阿蘭陀語らしき言葉でカピタンに話しかけた。彼が通詞らしい。カピタンは雀丸をぎゅっとにらんだあと、ふたたびなにやら通詞にしゃべりかけ、通詞が重々しく、

「カピタンはおふたりに『椅子に座れ』と申しております」

神坂屋と雀丸は用意されていた椅子についた。カピタンはまた通詞に話しかけ、かなり長いあいだしゃべったあげく、通詞が雀丸たちに、

「カピタンは『会えてうれしい』と申しております」

それだけか！　と雀丸は椅子から落ちそうになった。そして、

（このやり方はめんどくさいな……）

と思った。いちいち通詞を介さなければ会話ができないなんて不便このうえない。

（阿蘭陀語を学んでみようかな……）

雀丸がそんなことを思ったとき、通詞が言った。

「カピタンは、『がんばって刀を作ってくだされ。私と神坂屋とのあいだでの正式な契約は、刀ができあがったときに行いたいと思います。阿蘭陀人は皆、雀丸先生の刀を欲しています。では、これで失礼いたします』と申しております」

その言葉どおりカピタンは立ち上がると、通詞とともに部屋から出ていった。

「なんともまあ短い会見でしたね」

雀丸は拍子抜けしながらもホッとした。

「これで正しく雀丸先生と阿蘭陀商館の申し合わせができました。いやあ、めでたいめでたい」

神坂屋はエビス顔だった。カピタン部屋を出た雀丸たちがつぎに向かったのは、通りをへだてて向かいにある三番蔵の二階である。そこに商務員補佐係のヨハネス・ペイネンブルグの住まいがあるのだ。

「ペイネンブルグさんは長く出島にいるので、日本語は堪能だすのや。せやさかい、通詞はいりまへんねん」

ペイネンブルグは小太りで、ちょび髭《ひげ》を生やした男だった。いきなり手を出してきたのでとまどったが、神坂屋によるとこれが西洋風の挨拶だという。

（さっき神坂屋さんがカピタンとやってたなあ……）

と思いながら、ペイネンブルグの手を握る。

「あなた、スズメマール先生の作る竹光、すばらしいです。私はまず、百本注文いたします。いつ頃できあがりますか。代金は一本三両で、三百両です。とりあえず前金として五十両お支払いします。残りは竹光ができあがったとき、ということで……いかがですか」

流暢《りゆうちよう》な日本語であった。

「あ……ああ、それで結構です」

「この百本が売れたら、また百本お願いしたいです。私の判断では、二百本はおろか、三百、四百と売れると思います」

「あ……そうですか。それはありがたいのですが……阿蘭陀ではそんなに竹光が入り用ですか」

「阿蘭陀だけではありません。英吉利、独逸、西班牙《スペイン》、亜米利加《アメリカ》、露西亜《ロシア》……どの国も日本の刀大好きです。スズメマール先生はいっぱいいっぱい竹光を作ってください。みんなで儲けましょう」

「そ、そうですね」

あまりに露骨な言い方に雀丸は辟易《へきえき》したが、

「たいへんありがたいお話ですが、ペイネンブルグさんは私の作った竹光をどこで見たのですか？」

ペイネンブルグは眉根を寄せ、

「なんですか？　日本語むずかしいです。ちょっとわかりませんでした」

神坂屋郷太夫が割って入り、

「雀丸先生、これで話は本決まりだす。あの旅籠に仕事場を調えますよって、目一杯頼んまっせ」

「心得ました」

ペイネンブルグはしきりと雀丸にワインをすすめ、自分もがぶがぶ飲んだ。雀丸は慣れない異国の酒にかなり酔ってしまった。

「スズメマール先生、あなたの竹光、阿蘭陀人みんな期待してます。よろしくお願いします」

「はいはい」

ペイネンブルグの部屋を出た雀丸たちが千鳥足で赴いたのは外科部屋と呼ばれている、ヘルマン・ダルハーが常駐している医院だった。ダルハーは鷲鼻で、髪の毛が薄く、丸《まる》眼鏡《めがね》をかけたひょろりとした人物で、白い椅子に腰をかけ、骨張った両手を組み合わせたうえに顎を置いて、じっと雀丸たちを観察している。脇に、通詞がひとりいる。さっきの通詞よりはるかに若く、まだ見習いのようだ。ダルハーが低い声でしゃべるのを必死に聞き取ろうと焦っているのがわかる。

「え、えーと……ダルハー氏は、『私は出島にいる阿蘭陀人以外を治療することは許されていない』と申しております」

雀丸が驚いて、

「えっ！」

と声を上げると、ダルハーはまたなにごとかをしゃべった。通詞は何度も聞き返したあげく、

「えーと、えーと……ダルハー氏は、『日本人の病人を診るためには、本国阿蘭陀に文書を送り、阿蘭陀国王の許可を得なければならない』……と申しております」

神坂屋もさすがに顔色を変えて、

「そんなアホな。日本人の病人を大坂から連れてくるさかい診療してほしい、ということはまえまえから文で伝えてあるはずだす。診てもよい、という返事ももろとりますのや」

雀丸たちの反応を楽しむようにダルハーは続けた。通詞はハンカチーフで汗を拭き、

「えー……えー……ダルハー氏は、『だが、どうしても診てほしいというなら、私も人間であり、医者である。ひとの命を救いたいという思いはある』と申しております」

ダルハーはにやりと笑い、なにごとかを口にした。

「えっ？　えーと……」

訳をためらう通詞に、ダルハーは早く言えとうながした。

「あの……ですね……ダルハー氏は……」

通詞は唾を飲み込み、

「『千両もらえるなら手術してもよい。ただし前金でもらいたい』……そう申しております」

雀丸は目のまえに黒い幕が下りたような気がした。千両……竹光を百本作っても三百両にしかならないのだ。そして、一本の竹光を作るにはどんなに急いでも数日かかる。

「それは……なんぼなんでもあんまりやおまへんか」

神坂屋が、つい声を高くすると、ダルハーは両手を広げて回すようにしながら唾を飛ばした。若い通詞はおろおろして、ダルハーに「これを訳してもいいのか」という風に確認していたが、

「ダルハー氏は……その……『私が手術しないと病人は死ぬ。それだけのことだ』と申しております」

雀丸は神坂屋に、

「行きましょう。無駄足でした」

「え？　え？　よろしいんだすか。千両の残りは、うちが立て替えてお支払いすることもでけんこっちゃおまへんけど……」

「いえ……もういいです」

ダルハーの、

「センリョウ！　センリョウ！」

という言葉を背中で聞きながら、雀丸は外科部屋を出た。

「雀丸先生、気ぃ落としなはんなや。ダルハー先生のほかにも蘭方の名医はおりまっせ。わても何人か知っとります。そういう先生をご紹介申しあげますさかい……」

「神坂屋さん、ありがとうございます。でも、人間には寿命があります。千両払ってその寿命を少し先に延ばす……というのは分に相応しないことだと思います」

ふたりは表門を出ると、とぼとぼと出島橋を渡った。手代が、「やっと戻ってきたか」という顔で迎えた。三人はしばらく無言で歩いた。神坂屋が、

「わても、あのダルハーいう医者ががめつい、というのはまえから聞いとりましたんやが、あそこまでとは思いまへんでした。たぶん、千両とふっかけといて、あとでじわじわ値引きしよるのやとは思いますけどな……」

「お祖母さまの命で駆け引きをしたいとは思いません。こうなったら私は諒太郎とともに内藤厳馬先生の行方を探すことにします」

「そ、そうだすなあ。それがよろし。——けど、わてが案じてますのは、これで先生が、わてらのために竹光を作るのをやめる、と言い出しはることだす。そればっかり

は堪忍しとくなはれ」

「はい、一度お引き受けしたありがたいお仕事です。がんばって続けさせていただきます」

「それを聞いて安堵いたしました。大丑屋はんに仕事場として使える部屋を支度してもろとりますので、明日からそこで細工をはじめていただきまっさ」

「わかりました……」

旅籠に戻ってくると、諒太郎がうどんを食っていた。諒太郎はひと目で雀丸の不首尾を悟ったようで、

「大金を所望されたか」

「ああ……途方もない金高《かねだか》だった。とても払えそうにない」

「たとえ払うたとて、手術が上手くいくかどうかはわからぬのだからな」

「おまえのほうはどうだった」

「手がかりは皆目なし、だ」

諒太郎はうなだれて、

「長崎奉行所もいろいろ調べてはくれていたようだが、なにも摑んではおらぬようだ。あの様子はなにかを隠している、とは思えなんだ。内藤先生は長崎にとって大事なおひとゆえ、わかったことがあったら知らせてくれ、と申しておった」

「ふーむ……」

雀丸は運ばれてきたうどんを啜りながらうなずいた。

「その足で、島津家の蔵屋敷にも行ってみたのだが、聞役も国へ帰っていて、残っておるのは家守《やもり》の爺《じい》さんひとりと何人かの下働きだけだった。内藤先生がどこかにおられるとは思えなんだ」

「内緒にしているのかもしれません」

「俺もそう思うたので、水をもらいたい、という口実で蔵屋敷のなかを見て回った。もちろんそれだけではまことのところはわからぬが、それらしい様子もないし、家守の様子からしても隠しごとをしているようでもない」

ふたりとも行き詰まってしまった。

◇

それから数日が経《た》った。鬼御前はあいかわらず昼寝て夜は見張りに立つという昼夜逆転の暮らしを続けていたが、あれ以来、島津の侍の襲撃はない。烏瓜諒太郎は毎日、朝から足を棒にして長崎市中を探索しているが、なんの手がかりも摑めずにいた。

「もしかしたら国境《くにざかい》を越えてよその土地に連れていかれたのではないか。いや、もう薩摩にいるかもしれん。お内儀さまに顔向けができん。ああ……俺はどうしたらいいんだ」

諒太郎は夜になると雀丸にそんな愚痴をこぼしたが、雀丸のほうも口を開けば愚痴しか出てこない。旅籠の一室にこもって竹光作りに専念してはいたが、いくら金を稼いでも治療してはもらえないのだ。しかし、約束は約束である。

「お祖母さまに申し訳がない……」

雀丸はときどき加似江の様子をうかがったが、当人はまるで気にしていないようで、普段同様機嫌よく酒盃《しゆはい》を傾けている。それが、加似江の強がりのようにも、雀丸たちへの気遣いにも思え、かえって雀丸はいたたまれなかった。長崎に着いてから五日目の夜、天ぷらをたらふく食べ、大飯を食らい、酒を浴びるように飲んだあげく、

「長崎名物、はた揚げ、盆祭り、秋はお諏訪《すわ》のシャギリで氏子がぶーらぶら……」

と「やだちゅう節」を歌いながら鬼御前を相手に踊りを踊り出した加似江を見ていた雀丸はとうとう耐えられなくなり、いきなり神坂屋郷太夫のまえに両手を突いて、

「神坂屋さん、このまえはえらそうなことを申しましたが、気持ちが変わりました。どんなことをしてでもかならずお返しいたしますので、なにとぞ千両お貸しください！」

神坂屋は驚いたようだったが、

「いやいや、お気持ちはようわかります。心得ました。千両ご用立ていたしましょう。そのかわり……」

「はい、竹光はどんどん作ります！」

「明日にでももっぺんふたりで出島に行きまひょ。おそらくヘルマン・ダルハーは値下げしよると思いますのや」

「そうですね……」

雀丸が力なくそう応えたとき、

「頼もう！　頼もう！」

という大声が階下から聞こえてきた。

「こちらに烏瓜諒太郎という御仁がご逗留《とうりゅう》と聞く。どなたかおられぬか」

その声を聞くや、諒太郎は立ち上がり、二階から階段を転げるような勢いで下りていった。

「おお、烏瓜。久しいのう」

「せ、せ、先生……ご無事でしたかっ！」

雀丸たちも座敷から身を乗り出して階下をのぞき込んだ。諒太郎が彼らを見上げ、

「ご一同……わが師、内藤厳馬先生だ」

皆は仰天した。

◇

座敷に上がった内藤厳馬は、酒を断って茶を所望した。

「久々に家に帰ると、おまえがここにいる、と聞いたのでな」

「先生、どちらにおられたのです」

諒太郎の問いに内藤はうなずくと、

「どこにいたかは……言えぬ。放免されるにあたっての先方との約定《やくじょう》なのだ」

「島津家の手のものに捕らえられていたのか、と推察しておりましたが……」

「それも言えぬ。わざわざ大坂から来てもらったのに、言えぬ言えぬばかりですまぬが……なにゆえ島津家がからんでいると思うたのだ」

「先生が失踪なさる日に、お内儀さまに『島津家の男児がご病気で、その治療に使う薬を入手する算段をしにいく』とおっしゃったでしょう。じつはわれらも島津家とは浅からぬ因縁があり、先生の家を出たあと、薩摩の武士たちに襲われたのです」

「なに……？」

「ですから、まことのことをおっしゃってください。島津家の男児というのは、江戸におられる虎寿丸君のことですか」

「いや……ちがう」

「では、どなたの……」

内藤はしばらく言葉を濁していたが、やがて意を決したように、

「わかった。打ち明けよう。――かまうまいな、神坂屋殿」

皆の目が神坂屋郷太夫に集中した。神坂屋は一瞬顔をこわばらせたが、

「へ、へえ……大事ない……と思います」

内藤はふたたび正面を向き、

「わしが治療を頼まれたのは、男児と申しても、当主斉彬公の子息ではない。斉彬公の異母弟忠教公の嫡男又次郎君《またじろうぎみ》のことだ」

一同は驚いた。

「又次郎君の病は重く、島津家の典医も匙《さじ》を投げたそうだが、わしの診立てでは、治らぬ病気ではない。しかるべき薬を投与すればきっと全快するが、その薬はどこにでもあるというものではない。かなり値は張るが、出島の脇荷のなかにあったはずで、あの日わしはそれを買うために家を出た。ところが途上で四、五人の侍に取り囲まれ、駕籠に押し込められてしまった」

「島津家の侍ですか」

「わしに又次郎君の治療をしてほしくない連中……ということだな。まあ、これ以上は言えぬ。察してくれい。連れていかれたのは、島津の蔵屋敷ではなく、五島町《ごとうまち》にある黒田家の蔵屋敷だ」

そうか……と雀丸は思った。博多の黒田家は、島津斉彬にとって大叔父なのである。

「どうして、突然、解き放ちということになったのですか」

「それはだな……」

内藤厳馬はちらと神坂屋を見ると、

「この神坂屋が、わしを捕らえておる連中のところに来て、これは殿さまの意向とはちがうはずだ、と言うてくれたのだ。たぶんそやつらは国許《くにもと》に文を送り、その返事が来て、解き放ちということになったのだろう」

神坂屋は無言で下を向いていた。雀丸は先日、神坂屋が深夜どこかに出ていった……と鬼御前が言ったのを思い出した。

「とにかくこれで、わしが又次郎君の治療をするのはなんの差し障りもない、ということになった。明日から又次郎君の調薬を再開し、必要とあれば薩摩へも赴く所存。ご一同にはいかく迷惑をおかけした。かたじけない」

内藤は頭を下げた。まだ真相はよくわからなかったが、内藤の態度からは、これ以上しゃべると切腹者が出る、なにもきかないでもらいたい……という気持ちがにじんでおり、一同はなにも言えなかった。

「あの……その治療のことなんですが……」

おずおずと雀丸は言いかけた。

「私の祖母に悪い腫れものができまして、それを診ていただくために長崎まで参ったのです。諒太郎の話では、心の臓の裏側で、これを取り去ることができるのは出島のダルハー先生か内藤先生だけだ、と諒太郎が申したのです」

諒太郎は、

「先生……雀丸はわが友です。こちらのご隠居さまも、たいへん世話になっているお方です。先生……なにとぞこちらのご隠居さまの治療をお願いいたします」

「ほう……」

内藤は関心を持ったようで、加似江に目を向けた。

「わしは、ダルハー先生ほどの腕ではないかもしれぬが……」

「ダルハー先生の手術代は千両だそうです」

「せ、千両だと？」

「はい。今、それをどのように工面するか話し合《お》うていたところです」

内藤厳馬は合点して、

「わかった。とりあえずその腫れものを見せていただこう。ご隠居、肩を脱いでくだされ」

しかし、加似江はなぜかいやいやをして、

「ひとまえで肌を見せるのが恥ずかしい」

雀丸は呆れて、

「いまさらなにを言ってるんですか。このまえも鬼御前さんの真似をしてもろ肌脱ぎになってたじゃありませんか」

なぜかかたくなに着物を脱ぐのを拒む加似江をむりやり押さえつけ、内藤は背中を調べた。しかし……。

「どこに腫れものがあるのだ？」

首を伸ばした雀丸は驚愕《きょうがく》した。

「腫れものが……ない！」

諒太郎や鬼御前たちも集まってきた。雀丸が代表して、

「いつごろなくなったのです」

加似江は下を向いていたが、かぼそい声で、

「船に乗っておるとき、次第に小さくなっていき、とうとう消えてしまった」

「どうして早く教えてくれなかったのです。そのために私たちがどれだけ……」

「すまぬ……。長崎まではるばる連れてきてもろうたのに肝心の腫れものがない、では収まらぬと思い、言い出せなかったのじゃ」

雀丸が内藤に、

「まことに完治したのでしょうか」

「うむ。わしの診立てでは病の根も残っておらぬようじゃ。心配いらぬ。――烏瓜！」

「は、はいっ」

「病人だけが悪いとは言えぬな。おまえの誤診が発端ではないか。たしかに間違えやすい症状ではあるが、もっと真面目に診療せよ！」

師の厳しい声音《こわね》に諒太郎はその場に土下座して、

「申し訳ありませぬ！」

「わしにではない。こちらの方々に謝るのだ」

諒太郎は雀丸や加似江に向かってもう一度頭を下げ、

「すまなかった。医者として情けない間違いをした。許してくれ」

雀丸が、

「いや……もしも誤診でなかったら、あのまま放っておけば手遅れになっていただろう。長崎行きを決めたのは私たちなのだから、気にするな」

内藤厳馬も一転して声を和らげ、

「おまえたちが来てくれなければ、わしも解き放たれなかっただろう。それに、千里万里をものともせずわしを探しにきてくれた気持ちはなにものにも替え難い。礼を言うぞ」

そう言って頭を下げた。

「そ、そんな先生……もったいない」

「わしもおまえも、まだまだ医業に精進せねばならぬ。そうではないか？」

「は、はいっ」

内藤厳馬は帰っていった。こうして加似江の手術はしなくてもよいことになり、ヘルマン・ダルハーと交渉するために出島に行く必要も、手術代捻出のために竹光を作りまくる必要も、いや、長崎にいる必要すらなくなってしまった。雀丸は安堵のあまりへなへなとその場に座り込んでしまった。

「雀丸先生……まさか竹光はもう作らん、とか言わはるのやおまへんやろな。それは困りまっせ」

神坂屋が釘を刺した。雀丸は、

「わかっています。でも……竹光なら大坂でも作れますし……」

「大坂に戻るのにまたひと月近《ちこ》うかかりますがな。そのあいだが無駄でおます。十本ぐらいは作れますやろ。それに、できあがったものを大坂から送ってもらう日数を考えたら、倍かかることになりまんがな」

雀丸は、長崎滞在が長期に渡ることを覚悟した。

「それはそうですが、私は残るとして、お祖母さまたちには帰ってもらってもいいでしょう?」

「へえ、かましまへん。もちろんその旅費もうちが持たせてもらいまっさ」

雀丸はふと、

「みんなの旅費にしろ、この旅籠の泊まり賃にしろ、かなりの額だと思うのですが、そんなに払って、元が取れるのですか？」

神坂屋はぎくりとして、

「い、いや……そらもう、わしは雀丸先生のすばらしい作品を異国に広げるために損得勘定抜きでやらせてもろとりますさかい……」

鬼御前がなにげなく、

「異人さんはよほど高う買《こ》うてくれはるんやろねえ」

雀丸は笑って、

「そんなはずないでしょう。たかが竹光です。なかには三両と聞いて怒り出すお客さんも多いんです。せいぜい一朱ぐらいだろうって。私も、材料代を考えると二分《ぶ》ぐらいが似つかわしい値だと思います。あとは私の腕にお金を払っていただいている、ということで……」

神坂屋も、

「阿蘭陀人も金払いはシブいさかい、とんとん……ちゅうところだすわ。あはははは……」

「どうでもよい。わしの全快祝いじゃ。上酒《じょうしゅ》を持ってこい」

そう言った加似江は、全員からの白い視線を浴びた。

◇

結局、加似江たちは数日間休養を取って英気を養い、長崎見物などしながらゆるゆる過ごしたあと、ゆっくり帰る……ということになった。手術の心配がなくなった加似江、師が戻ってきた烏瓜諒太郎、島津家の襲撃を見張っていなくてもよくなった鬼御前の三人は、大いに安堵してたが外れたように遊びまくっている。雀丸はひとり、仕事に励んだ。

井上真改を模した竹光が三本できあがったので神坂屋郷太夫に手渡すと、

「おお……これは見事や。これならきっと阿蘭陀人を……」

「阿蘭陀人をどうするんです?」

「あ、いや……阿蘭陀人も気に入るやろ、と思います。さっそくこれを出島へ持っていって、カピタンと契約を結んできまっさ」

「私は行かなくてもいいんですか」

「よろしよろし。先生は引き続き竹光を作っとくなはれ。先生とカピタンの顔つなぎは先日できとりますんで、あとはわてにお任せを」

「そうですか。わかりました」

布袋に入れた竹光を手代に担がせ、神坂屋は意気揚々と出かけていった。加似江も諒太郎も鬼御前も市中見物に出ていて留守である。仕事をするしかない。雀丸は仕事用にあてがわれている部屋に戻った。しばらく竹削りに没頭していたが、

「しまった……！」

下げ緒を付け忘れたことを思い出したのだ。雀丸は下げ緒をふところに入れると、旅籠の主に、

「出島へ忘れものを届けにいってきます。皆が帰ってきたらそう伝えてください」

「けど、出島へは鑑札がないと入れんが……」

「わかってます。正門のところまで神坂屋さんを呼び出してもらいますから……」

そう言い置きして外へ出た。まだよく市中の地理が呑み込めていない。先日は神坂屋と一緒だったので危なげなくたどりつけたが、もともと方向音痴の雀丸は途中で道に迷ってしまった。

（おかしいな……。海のほうに行けばかならず行けるはずなのに……）

袋小路のようなところに入り込んでしまい、そこからなんとか抜け出そうとあちこち走り回ったあげく、やっと広い通りに出た途端、

「あっ……！」

行き会った侍が大声を出した。それはこのまえ、内藤厳馬の家の近くで雀丸たちを襲ったあの島津家の武士のひとりだった。笠《かさ》をかぶっているが、今日は公用なのか、島津

家の紋が入った羽織を着ているのでそれとわかった。雀丸も身構え、数歩後ろに下がったが、侍は両手を突き出し、

「す、すまん。あれはわれらの思い違いだったのじゃ。もう二度と内藤殿のことでおはんらを咎めたりはせぬゆえ、安堵してもらいたい。非礼は幾重にもお詫《わ》びいたす。内藤殿も無事ご帰宅なされたことと思う。なにもかもわれらの失態であった。このとおりじゃ。許してたもんせ」

汗を掻《か》きながら謝るその侍に、

「たしかに内藤先生は戻られましたが、私は詳しいことを聞いておりません。謝るなら、どういう行き違いがあったのか、きちんと教えてほしいですね」

「う、うむ、そうだな。――わが島津家は、今の殿、斉彬公が当主になるにあたって、いろいろと内輪揉めがあったのじゃ」

「知ってます。『高崎崩れ』というやつですね」

加似江の勘が当たったなあ、と雀丸は思った。

「知っておれば話は早い。今も斉彬公のやり方に異を唱える勢力が根強う残っている。しかし、斉彬公を立てる側にも、呪いのせいでこどもをつぎつぎ殺された、という恨みがある。われらは斉彬公の手足となって働いておるが、いつ忠教公側の連中から襲われるかわからず、騒動はまるで終息しておらぬ。そういうときに、忠教公の嫡男又次郎君

が重い病になり、内藤厳馬殿がその治療を任された。われら斉彬公派としては、積年の恨みを晴らす絶好の機だ。内藤殿をかどわかせば、又次郎君は亡くなることになる」

雀丸は顔をしかめ、

「嫌なやり方ですね。こどもに罪はないのに……。こう言ってはなんですが、島津斉彬公というのはろくでもない殿さまなんじゃないですか？」

しかし、侍はかぶりを振り、

「わが殿はたいへんご明察なお方にて、慈悲心があり、家臣や薩摩のすべての民を慈しんでおられ、わしは心服しとりもす。しかも、殿はなんとかして金を調達して、軍備を整え、異国と対等に戦える兵力を揃えたい、と日夜苦慮しておられるのじゃ」

「そうですかねえ……」

「そもそも……じつは内藤殿をかどわかしたことを殿ご自身はご存知ないのじゃ」

「えっ！」

「家老のひとり、新納久仰《ひさのり》さまという方が気を利かして、斉彬公に内緒でわれらに指図して勝手に進めたことだったらしい。忠教公の長男が死ねば、斉彬公の治世は磐石《ばんじゃく》になる……となし
「………」

「ところが殿は、義母のお由羅の方はともかく、その子である異母弟忠教公のことを気

に入っており、又次郎君の治療を妨げるなどとんでもない、とお怒りになられた。われらはてっきり、殿も承知しておられることと思い、内藤殿をかどわかしたのだが、神坂屋に話を聞いて仰天してしまった。あわてて国許に書状を送って確かめたところ、殿はたいへんご立腹で、ただちに内藤殿を解き放ち、治療を再開せよ、との仰せじゃった。いやはや冷や汗を掻いたわい」

「そういうことでしたか……」

ようやく一連のことが腑《ふ》に落ちた。

「それにしても雀丸、土佐でさんざんおはんに迷惑をかけたわれら島津と手を結んでくれるとは、ありがたいことじゃのう」

「——え？」

「これもわが殿が考え出した企てだそうじゃ。こんな悪巧みにおまえが加担してくれるとはなあ」

悪巧み……？

「阿蘭陀人を偽計にかけるとは、さすがはわが殿……豪胆な腹をしておられる。やつらはどうせ日本刀のことなどなにもわからぬであろうゆえ、だまくらかすのはたやすかろう。信濃伊吉郎《しなのいきちろう》殿にはもう会うたか？　此度のことで、殿から直々にヨハネス・ペイネンブルグ氏《うじ》との掛け合いごとをすべて任されている人物だ」

そうか……そうだったのか……！　雀丸はようやく、おのれがどういう悪巧みに加担しそうになっていたのかを悟った。

「私は……だまされていたようです」

「なんじゃと？」

「出島……出島はどっちですか」

侍から道を聞くと、雀丸は走り出した。

◇

「おお、見事！」

カピタンは三本の刀をみずから抜き、その刀身の美しさに惚《ほ》れぼれしてそう言った。そのあとの言葉は横に立った通詞が訳した。

「日本の刀……きれいです。美しいです。これなら阿蘭陀人、争って買い求めるでしょう。阿蘭陀人だけでない、独逸人も英吉利人も皆々欲しがるにちがいありません」

神坂屋郷太夫はほくほく顔で、

「そう言うてもらえたらわてらも仲を取り持った甲斐《かい》がおます。雀丸先生の言い値はひと振り十二両だすのやが……」

「安いです。とにかくまずは百本作ってください。つぎの船が入ったらそれに積み込み、本国で売りさばきましょう。評判になること請け合いです」

通詞を介してカピタンが言った。

「では、これにて正式な契約ということで……」

神坂屋は約定を書き連ねた書状を出し、カピタンに要求した。カピタンはペンを取り、すらすらと自署した。そして、神坂屋と握手を交わそうとしたそのとき、

「その契約、待った！」

部屋に飛び込んできたのは雀丸だった。神坂屋があわてふためき、

「雀丸先生、どどどうしてここに……鑑札がなければ出島には入れないはず」

「出島乙名に経緯《いきさつ》を話して、異例に鑑札を出してもらったのです。――カピタンさん、あなたはだまされています」

カピタンは突然入ってきた雀丸に驚いた様子だったが、通詞を介して雀丸の言葉を聞き、

「どういうことです、私がだまされているというのは」

「あなたが今、手にしているのは刀ではありません。竹光といって、竹を削り、銀箔を張った偽ものなのです」

「ははは……そんな馬鹿な。これが銀箔？　ありえません。たしかに軽いが、刀以外のなにものでもない。きっと阿蘭陀で流行りますよ」

雀丸はずかずかとカピタンに近づくと、その手から刀を引ったくり、自分の膝に押し当てた。べきっ、という音がして刀は折れた。カピタンは呆然《ぼうぜん》として、

「おお……なんということだ。たしかにこれは刀ではない。バンブーだ」

「私は竹光作りを商売にしているものです。もしかするとあなたは、これをまことの刀だとして神坂屋さんやペイネンブルグさんから売り込みを受けていたのではありませんか」

　カピタンは椅子から立ち上がると、神坂屋に向かって、

「はい……私はたしかにこれは日本刀だと聞いておりました。あやうくだまされるところだった。私はこの竹光を、阿蘭陀本国に持ち帰り、刀として売りさばくことになっていたのです。――神坂屋さん、これはいったいどういうことですか」

「ああ……ああああ……つまりその、早い話が……言うなれば……」

　通詞も目を白黒させながら必死で通訳している。

「わかりました。あなたはヨハネス・ペイネンブルグと諮って、竹で作った刀をまことの刀として私に売りつけようとしたのですね。これは許されることではありません。ペイネンブルグにこれほどの悪知恵があるとは思えません。あなたが考えたことですか?」

「あ、いや……わてではのうて……」

「近頃、ペイネンブルグのところに出入りしている島津家の家臣シナノ・イキチローと

いうひとの企《たくら》みですか？」

「ううう……それはつまり……なんと申しましょうか……」

　雀丸が引き取って、

「わかりました。すべては島津斉彬公の考えなのでしょう。私が土佐から送った竹光を見て、こういうことを思いつかれたのだと思います。察するに、斉彬公の腹心の家臣である信濃伊吉郎という方がそれをペイネンブルグさんに見せて、仲間に引き入れたんでしょうね」

　神坂屋はその場に両手を突いて、

「雀丸先生、すんまへん！」

　悲痛な叫びをあげた。

「長年出入りしております島津の殿さまの頼みは断れん。悪いと承知で雀丸先生とカピタンをだます片棒を担ぎました。こうなったら逃げも隠れもいたしません。長崎奉行所でも大坂町奉行所でも突き出しとくなはれ」

　雀丸は今日何度目かのため息をつき、

「島津の殿さまもたいがいですね。薩摩国のため、日本のためを思ってのことだとは思いますが、やりすぎると自滅することにもなりかねませんよ」

「わかっとります」

「それに、私に謝るより、カピタンに謝らないといけないのでは？　あなたは日本と阿蘭陀の……国と国との関わりをめちゃくちゃにしてしまうところだったのですよ。もし、お金のやりとりがあったなら、すべてを返して、契約を破棄しなくては……」

そのとき、カピタンが折れた竹光を持って立ち上がり、なにやら早口でまくし立てた。通詞が雀丸に、

「カピタンは、『すばらしい！　きちんと鉄で作っていてさえすごいのに、竹でここまで見事に仕立てるなんて……日本人の美意識、価値観、技術、わびさび……などがこの竹光一本に凝縮している』……と申しております」

「え……？　なんのことです？」

「鉄を鍛え上げて作る刀を、竹でこしらえて、しかもなんの見劣りもしない……これこそ日本人の美であり、魂である、と私は思います。ひとを殺《あや》めることのない武器、これこそ仏教の心だ……とカピタンは申しております」

「いや、そういうことでは……」

「ぜひとも阿蘭陀に、あなたのすばらしい竹光を多数ちょうだいしたいです。これはバンブーを用いた芸術です。わが国にはありません」

「あっははは……いや、その……」

「日本における竹細工の妙技、しかと見せていただきました。武器よりも美術品を作ろ

う、というあなたの思い、しかと受け止めました。今後もぜひ、竹光を作り続けてください。私、高く買います。そして、日本人の技術を世界に広めるお手伝いをしたいと思います」

カピタンは握手を求めてきた。雀丸は照れながら、その手を強く握り返した。

◇

雀丸の竹光は、島津家と神坂屋を通して阿蘭陀に脇荷として輸出されることが正式に決まった。ただし、通常価格での取り引きであり、島津斉彬が企んだ「金儲け」の計略は潰えた。そうなると、もう急ぐ必要もない。雀丸は皆と一緒に大坂に帰り、できあった分をぼちぼち神坂屋に渡す、ということに話が決まった。阿蘭陀国を相手に詐欺を働こうとした神坂屋だが、後ろに島津家という大大名《だいだいみょう》が控えているため、阿蘭陀商館としてもばっさり切り捨てるというわけにもいかなかったのだ。しかし、商務員補佐係のヨハネス・ペイネンブルグは解雇され、つぎの船で本国へ送還されることになった。神坂屋郷太夫と手代は長崎に残り、一件の後始末をしている。

「万事めでたしめでたし、じゃな」

長崎街道を進みながら、駕籠のなかの加似江が言った。

「万事、とまではいきませんが、まあ、こんなもんでしょう」

雀丸は応えた。ボロ儲けがおじゃんになり、帰路の旅費を工面できなくなってしまった神坂屋に代わって、なんと島津家がそれを用立ててくれたのである。雀丸には、島津斉彬の苦りきった顔が目に浮かぶようだった。

「これで、おまえも帰りはゆっくり寝ることができるな」

諒太郎が、並んで歩いている鬼御前に言うと、

「へえ。烏瓜先生もお疲れだっしゃろ」

「なんの。久々に内藤先生の叱責を受けて、目が覚めた思いだ。こういうことでもないとお会いできぬからな」

「あても傍《はた》から見てて、師弟ゆうのはええもんやな、と思いました」

「わっはははは……そうかもしれんな」

自分は長崎に来てひたすら竹光を作っていた覚えしかない。仲よさそうな会話を聞いているうちに雀丸も、早く大坂に戻って園やさきに会いたい気分になってきた。さまざまな問題を抱えていた往路と異なり、すべてが解決した今は全員がゆったりしている。

（ああ……こういう日がずっと続くといいなあ……）

春も間近な街道を歩きながら雀丸はそんなことを思ったが、もちろんのどかな日々は長くは続かないのである。もうまもなく、日本を、徳川家を根底からひっくり返すような大事件が勃発するのだが、それはまたべつの話である。

本作に登場する「横町奉行」は、大坂町奉行に代わって民間の公事を即座に裁く有志の町人という設定ですが、これはもともと有明夏夫氏の「エレキ恐るべし」(『蔵屋敷の怪事件』収録)という短編に一瞬だけ登場する「裏町奉行」という存在が元になっています。この「裏町奉行」についていろいろ文献を調べ、大坂史の専門家の方にもおたずねしたのですが、どうしてもわかりません。有明氏の創作という可能性もあるのですが、ご本人が二〇〇二年に亡くなっておられるため現状ではこれ以上調べがつきません。そのため本作では「横町奉行」という名称にしておりますが、これは作者(田中)が勝手に名付けたものであることをお断りしておきます。

なお、左記の資料を参考にさせていただきました。著者・編者・出版元に御礼申し上げます。

『大坂町奉行所異聞』渡邊忠司(東方出版)
『武士の町 大坂 「天下の台所」の侍たち』藪田貫(中央公論新社)
『町人の都 大坂物語 商都の風俗と歴史』渡邊忠司(中央公論社)
『歴史読本 昭和五十一年七月号 特集 江戸大坂捕り物百科』(新人物往来社)
『大阪の橋』松村博(松籟社)
『大阪の町名―大阪三郷から東西南北四区へ―』大阪町名研究会編(清文堂出版)
『図解 日本の装束』池上良太(新紀元社)

『清文堂史料叢書第１１９刊　大坂西町奉行　新見正路日記』藪田貫編著（清文堂出版）
『清文堂史料叢書第１３３刊　大坂西町奉行　久須美祐明日記〈天保改革期の大坂町奉行〉』藪田貫編著（清文堂出版）
『近世風俗志（守貞謾稿）（一）』喜田川守貞著　宇佐美英機校訂（岩波書店）
『歴史群像シリーズ73　幕末大全　上巻　黒船来航と尊攘の嵐』（学研）
『黒船異変』加藤祐三（岩波書店）
『全集　日本の歴史　第12巻　開国への道』平川新（小学館）
『図説長崎歴史散歩　大航海時代にひらかれた国際都市』原田博二（河出書房新社）
『出島』片桐一男（集英社）
『開かれた鎖国――長崎出島の人・物・情報』片桐一男（講談社）
『江戸時代の通訳官　阿蘭陀通詞の語学と実務』片桐一男（吉川弘文館）
『文明開化は長崎から　上』広瀬隆（集英社）
『人物叢書　新装版　島津斉彬』芳即正（吉川弘文館）
『島津斉彬公伝』池田俊彦（中央公論社）
『シリーズ・実像に迫る０１１　島津斉彬』松尾千歳（戎光祥出版）
『英語襲来と日本人――今なお続く苦悶と狂乱』斎藤兆史（中央公論新社）
『英語達人塾』斎藤藤兆史（中央公論新社）

『ジョン万次郎の英会話』乾隆（Ｊリサーチ出版）
『ジョン万次郎のすべて』永国淳哉編（新人物往来社）
『ジョン・マンと呼ばれた男　漂流民中浜万次郎の生涯』宮永孝（集英社）
『漂巽紀畧　全現代語訳』ジョン万次郎述　河田小龍記　谷村鯛夢訳　北代淳二監修（講談社）
『「適塾」の研究――なぜ逸材が輩出したのか』百瀬明治（ＰＨＰ研究所）
『緒方洪庵と適塾』梅溪昇（大阪大学出版会）
『幕末の外交官　森山栄之助』江越弘人（弦書房）
『江戸時代　舟と航路の歴史』横倉辰次（雄山閣）
『歴史散歩39　高知県の歴史散歩』高知県高等学校教育研究会歴史部会編（山川出版社）
『県史39　高知県の歴史』荻慎一郎・森公章・市村高男・下村公彦・田村安興（山川出版社）

本作執筆にあたって成瀬國晴、片山早紀の両氏に貴重なご助言を賜りました。謹んでお礼申し上げます。

解説――謎の田中

内藤裕敬

田中啓文氏に初めて会ったのは、何年前だったかなぁ……。桂九雀《かつらくじゃく》師匠が間に入って一緒に舞台作品を創ろうってことになって、尼崎《あまがさき》の駅裏で一杯やることになった。一歩外へ出たならば、ピンサロ、昼キャバがキラキラしていて、どうも俺達三人には、そっちのパワーは無く、「どうして初顔合わせが尼崎になったんだろう?」そんな猫背が野良公よろしく相当飲んだと記憶している。田中氏は、飲んでも飲んでも様子が変わらず飄々《ひょうひょう》と酒を流し込む痩せ猫で、師匠は厳《いか》つい交雑種、俺はゴミ箱を漁《あさ》る肥満猫。ああ、なる程。尼崎で良かったんだろう。

それから田中氏は、何度も稽古場へ遊びに来たし、その度に一杯やらかした。話を聞くにつれ、酒を飲むにつれ、彼について興味が湧く。好感度が上がるわけではない。殊更、ウマが合うわけでもない。当然、趣味も合わないのだけれども、だから増して謎の田中が気にかかる。

原稿は、もっぱら喫茶店で書くそうだ。行きつけを何軒もハシゴするらしい。そして夕方。いつも最後に訪れるそこを出て駅へ向かうその途中、数店のコンビニがあるらしい。何故《なぜ》かフラフラとそこへ入り、出て来た時にはレジ袋に缶チューハイ。店先にしゃがみ込むとグイっとやる。また次のコンビニが目に入ればワンカップ。次の店ではハイボール……と、駅に着く頃には、すっかりデキ上がっているらしい。家に着いたら晩酌やって、夜中の二時まで原稿に向かう。昼前にノコノコ起き出し、まだ酒も抜けぬまま、いつもの喫茶店へと歩を運ぶのだ。

その結果、どうなったのか？

なんとかという病気でダ液が出なくなっちゃったらしい。勿論《もちろん》、原因は飲み過ぎ。これが大変に辛《つら》いらしい。食べ物がノドを通らない。話せない。眠れない。なさけない。投薬を続け、酒を断ち、白湯《さゆ》なんか飲まされちゃう。何を口に入れても味がしない。それが、その身に降りかかった不幸、不運、不憫《ふびん》に見えないのが彼なのだ。

そもそも、敏感な味覚を持つような顔をしていないのだから、喪失した数々の旨味《うまみ》に未練がありそうなリアリティーを感じない。どちらかと言えば無口な方で、日頃から、あまり寝ていないのだから、話せない、眠れないも苦に見えない。三か月は飲むなと医者に止められているとボヤきながら、また飄々と稽古場に来て、ノンアルのビールを七本も飲む。来月からは、再び真面目《まじめ》に飲酒をしますと、平気な顔だ。ますます俺の中で彼は謎の田中になって行く。

仮に、彼とは面識が無いということにしてみよう。たまたま阿倍野《あべの》辺りのコンビニで、しゃがみ込んでワンカップをチビチビやっている彼を見てしまうとする。俺は彼を、どう思うだろう。

失業者だな。まずピンと来る。こんな夕方、まだ陽《ひ》も暮れないのに一杯やりやがってと、ついさっきまで喫茶店でお仕事をなさっていた作家先生とは夢にも思わない。きっと、職安にも行かず、通天閣《つうてんかく》の近所でヨタヨタし、天王寺《てんのうじ》の駅で昼寝して、日がな一日、四天王寺さんの池の亀でも眺めてボーっとしてやがったな。細身の体じゃ肉体労働は無理だろう。日雇いの職にもありつけず、これからどうするつもりだろうか？　ああ気の毒に……。

間違いなく、そう思う俺だ。しかし彼は、飄々と遠くの目線で酒を飲む。飲んで全てを忘れるつもりだ。出て行った女房、子供のこと。使い込んだ会社の金と、クビになる時に浴びせられた専務からの罵り。どうせクビになるのなら、もっと着服しとくのだったという後悔。この失業者にも夢はあるのだろうか？　明日のことよりも、一年、五年後を思う胸の内は何色だろう。流れ流れて辿《たど》り着く先など発想の中には無い。ただ、一杯やる今だけが優しいなあ。そういう奴《やつ》だな、君は！　決めちゃう俺だ。

人は様々に思いを廻《めぐ》らせる時、ついつい自身を振り返る。俺もそうだ。実は、喫茶店で舞台の台本を書く。今も、この原稿を心斎橋《しんさいばし》でアイスコーヒーやりながら二階のテーブル席で書いている。誰かと会う約束も無い今日だからヒゲはボーボー、頭に櫛《くし》など入れてない。俺のことなど誰も気に留めないだろうし、見やしない。見たとしても次の瞬間に忘れてる。下はスウェットでいいや。素足にサンダル。穴の空いたTシャツもジャンパー羽おればわからねえ。ペンの進みが悪ければ、隣の客が大声で話すからだということにしよう。気分転換に別の店をハシゴして、また明日にするかと表へ出ると街は夕暮れ。コンビニにしゃがみ込みはせぬものの、ハイボール百九十円！　てなのを見れば一杯やらかすか？　となる。

　そんな俺を、店のオヤジや他の客は、どう思っているだろう？　ありゃりゃ、俺も謎の田中と同種ではないか……。けれど、そんなこと気にならない。人目気にする回路が無い。作品に取り組んでいる時は、世間とは違う時間の中に居る。その速度も温度も違う。作品を生きる登場人物たちの世間を探検し、深入りしすぎて気持ち良くなっている。二十四時間が、いつまで経《た》っても終わらない。書き上げるまで終わらない。昼も夜もなく、しらふも酔っぱらいもなく、迷い込んでる作品世界で、ポツンと座り込んでいる。ああっ、あのコンビニ前の失業者のように……。

　何か、いろいろ、わかったような気がする。謎の田中の、あの飄々は、違う世間で労働しているからなのだ。こっちの世間では失業中なのだ。作家なんて、だいたいがそういう連中だ。虚構の中に実在を掘り起こし、実存の中に虚構を捜す。両者の中間地点で行ったり来たりを繰り返し、千鳥足の放浪者だ。しかし、作家などという一人孤独の世間を生きていなくても、千鳥足の放浪者になってしまう一日が誰しもあるはずだ。

　ある日、友人が五時間も待ち合わせに遅刻して来たことがある。何をしてやがった！と問い質《ただ》せば、どうも水族館に居たらしい。何故、そこへ行ったのかは定かではない。ほんの気まぐれ、時間つぶしの類《たぐい》だった。水辺の両生類、淡水の生き物達、それらの小展示を巡った後、行き当たったのが大水槽だった。上層を泳ぐ鰯《いわし》の群れが一度として同じ魚群を形成せず瞬時に隊列を変化させるのを面白がっていると、中型の回遊魚に目が止まった。何やら泳ぎがおかしい。よく見ると口元が歪《ゆが》んでいる。壁に激突したか、魚同士のケンカか。このままでは、数日の命だろう。それに気づいていたのは彼だけではなかった。二メーター程の鮫《さめ》だ。近づいては去り、また近くに寄っては離れて行く。確実に狙っていて、もうパクリとやりそうだ。水族館で野生の瞬間に出会えるなんて、そうそうない。ところがその鮫、なかなか襲いかからない。とても用心深く、付かず離れずを繰り返す。大海原に暮らしたならば、一気に食らいつくのかも知れない。こんな都会のアクリルの中だ、神経質になってるんだ。彼は、そんな思いの中、遂《つい》に鮫の捕食を目撃する。時計を見れば、四時間もそこに居たのだという。彼のこの四時間は、どんな時間だったのだろう？　偶然に遭遇してしまった現実を前に、幻想の水槽内を脳ミソで迷い歩いた四時間だ。何故にそこまで夢中になったのか？

また別の友人は、営業の外回りに疲れ、四天王寺の池に居た。ベンチに腰掛けウトウトするつもりだったらしい。けれども意外な光景を見てしまう。何百も池を泳ぐ亀のうち、数十匹が中の島で甲羅干しをしている。エサを探すハト達も、そこで羽を休めるのだが、その足をパクリとやった亀が居たというのだ。驚き羽ばたくハトを池の底へ引きずり込んだ。それを合図に中の島の亀達が次々水中へ飛び込み、辺りを泳ぐ亀達も加わって、浮き沈みするハトは、あっという間に見えなくなった。かつて、「野生の王国」というテレビ番組があって、そこで見た水辺のワニの狩りに似ていたという。おい、亀がハトを食うのかよ!?　それから彼は毎日、四天王寺の亀が気にかかり、今日もまたハトを餌食にしているんじゃないかと落ちつかず、いつの間にか池のベンチに向かってしまうらしい。そんなもん見て何になる！

わかっちゃいるけどやめられない。俺は思った。わかるよ、その気持ち。鮫も亀も、その行動を目撃してしまったからといって、明日からの私達に何の変化も、もたらさないだろう。しかし、それでも、それに夢中になってしまった彼等《ら》は、それが痛いほどわかる俺は、いや、きっと謎の田中も大いに理解してくれると思うのだが、その夢中の時間が、自分にとって、どんな時間だったのかに、いつ至るのだろう？

未《いま》だに、何故、あんなに、あの女が好きだったのか分からない。何でラーメン食べ歩きにのめり込んだのか？　一本、ひょろ長く生えてきちゃった腕の白い毛を大切に育てちゃって、ある日、それが抜け落ちてしまっていることにひどく落胆してしまう。何で、こんなことになっちゃう俺達なの？

おそらく……、気持ち良いんだな、これが。その時間が、ひと時が。妙に心地好《よ》い。いろんなコトやモノが、どうでもよくなるくらい。そんな時間の中に、きっと謎の田中は毎日いる。とても自己主張など持っちゃいない風体で、その実、自分だけの心地好い時間にこだわり、誰にもくれてやる気のない快楽を文字にする。ああ、ウラヤマシイ。

いつか街で見かけるでしょう。そんな田中啓文を。それが、田中啓文じゃなかったとしてもヨロシイ。田中啓文だということにしてみましょう。そう思ってみる。違う時間を歩くその人を見れば、きっとわかるような気がするはずだ。彼の小説世界が……。

（ないとう・ひろのり　劇作家／劇団「南河内万歳一座」座長）

本書はｗｅｂ集英社文庫で二〇一九年三月から六月まで連載された作品に、書き下ろしの「長崎ぶらぶら武士の巻」を加えたオリジナル文庫です。

田中啓文の本――浮世奉行と三悪人シリーズ

浮世奉行と三悪人

武士を捨てて竹光作りを生業とする雀丸。ある日、三人の武士にボッコボコにされている老人を救い出す。庶民の揉めごとを裁く横町奉行だというこの老人は、あろうことか雀丸に跡を継いでくれと言い出した。おまけに助っ人として現れたのは悪徳商人に女ヤクザ、破戒僧という面々で――。

集英社文庫

田中啓文の本――浮世奉行と三悪人シリーズ

俳諧でぼろ儲け

芭蕉の辞世の句が見つかった。記念の発句大会で天に抜ければなんと一〇〇両！　法外な賞金に欲深い連中はあわよくばと目の色を変えている。そんななか横町奉行の竹光屋雀丸は、大坂市中で子供の誘拐が増えていることを知る――。全三編を収録の痛快娯楽時代小説。シリーズ第二弾。

集英社文庫

田中啓文の本――浮世奉行と三悪人シリーズ

鴻池の猫合わせ

豪商・鴻池家の肝煎りで大々的な猫の品評会が開催されることになった。猫好きの庶民やお近づきを狙う商人たちが色めき立つ中、市内ではツチノコや毛むくじゃらの化け物など、不思議な生き物の目撃談が続出する――。活気あふれる江戸期の大坂を描くシリーズ第三弾。

集英社文庫

田中啓文の本——浮世奉行と三悪人シリーズ

えびかに合戦

大坂市中で蟹そっくりの老婆を探す怪しげな一団が現れた。と同時に雀丸にとてつもない儲け話が転がり込み——（表題作）。駿河国で売り出し中の博徒、清水次郎長のもとから禍を招くという曰くつきの刀が盗まれた。流れ流れて大坂の町に辿り着き……（「犬雲・にゃん竜の巻」）。シリーズ第四弾。

集英社文庫

集英社文庫

ジョン万次郎《まんじろう》の失《な》くしもの　浮世奉行《うきよぶぎょう》と三悪人《さんあくにん》

2019年6月30日　第1刷　　定価はカバーに表示してあります。

著　者　田中啓文《たなかひろふみ》

発行者　徳永　真

発行所　株式会社 集英社

東京都千代田区一ツ橋2-5-10　〒101-8050

電話　【編集部】03-3230-6095

【読者係】03-3230-6080

【販売部】03-3230-6393（書店専用）

印　刷　図書印刷株式会社

製　本　図書印刷株式会社

フォーマットデザイン　アリヤマデザインストア　　マークデザイン　居山浩二

ISBN978-4-08-745895-4 C0193